Victoria Gebser

Ramón sah nie das Meer

Erzählungen

Victoria Gebser

Ramón sah nie das Meer

Erzählungen

Bibliografische Information der Deutschen Bibliothek:
Die Deutsche Bibliothek verzeichnet diese Publikation in der
Deutschen Nationalbibliografie; detaillierte bibliografische
Daten sind im Internet unter *http://dnb.ddb.de* abrufbar.

Impressum
© 2014 Victoria Gebser
Satz, Layout und Umschlaggestaltung:
  Keysselitz Deutschland GmbH, München
Umschlagabbildung:
  © Michael Junker
Herstellung und Verlag:
  BoD - Books on Demand, Norderstedt
ISBN 978-3-7386-6523-9

Für
Wolfgang, Edith, Isolde und Fritz

Inhalt

Zwei Kraniche aus Kristall 9
Gastfreundschaft auf Hawaii 40
Marek fährt in den Urlaub..49
Ramón sah nie das Meer..65
Das Märchen vom dankbaren Buffet 72
Die unerbittliche Natur 91
Die arme Poetin 99
Waidmanns Leid 123
Drei Frauen namens Elisabeth 138
Die rote Bucht 171

Zwei Kraniche aus Kristall

Adelheid liebte Tiere. Aus diesem Grund schaute sie im Fernsehen so ziemlich jede Tiersendung an, derer sie habhaft werden konnte. Einmal entdeckte sie im Fernsehprogramm eine zweiteilige Sendung, die sie als besonderes Juwel empfand. In der Reportage ging es um einen Australier, der alleine im Busch lebte und dort verwaiste Kängurus aufzog.

In dem emotional aufgezogenen Beitrag wurde der Mann, der in Wirklichkeit Chris Caine hieß, als Känguru-Flüsterer bezeichnet. Außerdem hatte er noch einen Zweitnamen, den ihm die Aborigines gegeben hatten: Brolga. Dies heiße in der Landessprache Storch, so wurde in der Sendung erklärt, und jeder Zuschauer verstand beim Anblick des Känguru-Flüsterers sofort, warum er so genannt wurde. Der Mann war sehr schlank und an die zwei Meter groß. Umso rührender war der Anblick, wie er mit den winzigen Känguru-Waisen umging. Adelheid war begeistert, wie liebevoll der große Australier die kleinen Tiere umsorgte und bemutterte.

Der Brolga habe in seiner Kindheit die Fernsehserie »Skippy, das Buschkänguru« gesehen, so hieß es, und dadurch sei in ihm der Wunsch entstanden, ebenso wie der Junge in der Serie mit Kängurus zu leben. Obwohl dies in der Sendung nicht erwähnt wurde, konnte man annehmen, dass er für eine Organisation arbeitete, die sich dem Schutz der Kängurus verschrieben hatte. Wie sollte er sonst die aufwendige und teure Aufzucht der Tierbabys finanzieren? Man erfuhr zum Beispiel, dass Chris eine Schutzzone für Kängurus geschaffen hatte, die nicht mehr ausgewildert werden konnten. In diesem Reservat lebte eine Gruppe von Kängurus annähernd wie in Freiheit.

Der Film vermittelte ganz nebenbei eine Menge Wissen über das Leben dieser Tiere. Eines der Känguru-Weibchen war so zutraulich, dass es den Brolga in den Beutel hineinschauen ließ. Und natürlich durfte auch die Kamera hineinblicken, sodass der

Zuschauer die Möglichkeit hatte, Aufnahmen eines embryonalen Känguru-Babys zu sehen, das fest an der Zitze seiner Mutter hing. Im zweiten Teil des Films wurde die Geburt eines Kängurus gezeigt und der Weg dieses winzigen, unfertigen Wesens in den Beutel der Mutter, den es in erstaunlich kurzen Zeit zurücklegte. Weiter erfuhr der Zuschauer, dass Känguru-Männchen ihren Harem gegen Rivalen verteidigen. Nur der Stärkste kommt bei den Weibchen an und boxt seine Rivalen weg.

Der Anführer von Chris' Känguru-Gruppe war ein stattliches Männchen, Roger, das ebenfalls von Hand aufgezogen worden war. Selbst der Brolga musste sich inzwischen vor seinem Zögling in Acht nehmen. Roger, der ungefähr so groß war wie Chris Caine selbst, betrachtete diesen inzwischen als Rivalen und versuchte, ihn zu vertreiben. Ein amüsanter Anblick, aber keine ungefährliche Situation für den Menschen.

Besonders angetan war Adelheid von den Szenen, die zeigten, wie der Brolga sich um die verwaisten Känguru-Babys kümmerte. Er sammelte die Kleinen vom Straßenrand auf. Der Highway wird für unzählige Tiere zur Todesfalle. So kommen auch immer wieder Känguru-Mütter um. Falls deren Babys den Unfall überstehen, haben sie ohne ihre Mutter keine Chance, zu überleben. Und kein Autofahrer hält für die Verwaisten an – außer Chris Caine.

Das Känguru-Baby, das er gerade in Pflege hatte, hieß William. Es wurde in einen Kissenbezug als Beutel-Ersatz gesteckt und durfte sogar im Bett seines Pflegevaters schlafen. Regelmäßig wurde es mit Milch aus dem Fläschchen und mit Streicheleinheiten versorgt. Bald holte Chris Caine zwei Schwestern für William ins Haus, damit dieser nicht allein aufwachsen musste. Der Brolga besuchte zwei alte Damen, die sich wie er der Aufzucht von Känguru-Waisen verschrieben hatten, und nahm ihnen zwei Babys ab, da sie selbst zu viele hatten. Mit seinen drei Zöglingen war der Brolga dann rund um die Uhr beschäftigt. Als sie etwas größer waren, ging er regelmäßig mit ihnen spazieren, damit sie ihren artgemäßen Lebensraum kennenlernen und ihre Kondition trainieren konnten.

Der Brolga war rührend um seine Schützlinge besorgt: In seinem Känguru-Reservat mähte er sogar das Gras, um die Gefahr eines Buschbrandes zu verringern. Er mähte mit einem gewöhnlichen Haushaltsrasenmäher – mit Sicherheit eine schweißtreibende Arbeit. Trotz aller Vorsicht geschah einmal ein Unglück.

Als Chris Caine einmal mit seinen drei Känguru-Babys draußen war, kam ein Gewittersturm auf. Eines der Kleinen, Daisy, erschreckte sich so, dass es aufgeregt davonsprang und mit dem Drahtzaun kollidierte. Dabei verletzte es sich schwer am Bein. Chris brachte es zu einer weit entfernten Tierklinik. Wegen der schweren Verletzung musste Daisy eingeschläfert werden. Anders ging es nicht, da ein Känguru im Busch auf gesunde Beine angewiesen ist. Und mit einer Behinderung hätte Daisy ein Leben in Gefangenschaft verbringen müssen. Nur wo? Erwachsene Kängurus dürfen in Australien nicht als Haustiere gehalten werden. Es gab also nur die Möglichkeit der Euthanasie für Daisy. Chris Caine ging der Tod seines Pflegekindes sichtlich nahe.

Einmal musste der Brolga Einkäufe erledigen. Da er seine Babys nicht allein zu Hause lassen konnte, mussten sie mit in den Supermarkt. Ein merkwürdiger Anblick: Zwei Känguru-Babys, verpackt in Kissenbezüge, saßen im Einkaufswagen und ließen sich durch den Supermarkt kutschieren. Die Verkäuferin war sichtlich angetan von den kleinen Joeys – so werden in Australien junge Kängurus genannt.

Nebenbei lernte der Zuschauer, dass Kängurus, wie alle Beuteltiere, allergisch auf Laktose reagieren. Sie müssen mit laktosefreier Milch aufgezogen werden, was die Aufzucht kostspielig macht und hoffen lässt, dass es in Australien genügend tierfreundliche Spender gibt, die Projekte wie das des Brolga unterstützen.

Schließlich waren die Babys groß genug, um ausgewildert zu werden. Nachdem Chris sie versuchshalber mit seiner Känguru-

Gruppe im Reservat zusammengebracht hatte, wusste er, dass sie mit erwachsenen Artgenossen zurechtkommen würden. Sie konnten sich selbst in der Wildnis durchschlagen, waren entwöhnt und brauchten ihn nicht mehr.

Nachdem er ein schönes und abgelegenes Tal gefunden hatte, in dem es weitere Kängurus gab, wilderte er seine Zöglinge dort aus. Wieder waren dem großen Mann seine Emotionen anzusehen. Es fiel ihm sichtlich schwer, seine Pflegekinder gehen zu lassen, die er so lange umsorgt hatte. Aber natürlich war ihm klar, dass es für die Tiere so am besten war.

Mit einer letzten Einstellung auf Chris Caine und die atemberaubende, feurig rote Landschaft Australiens endete der Film, nachdem die beiden jungen Kängurus im Busch verschwunden waren.

Adelheid wischte sich vor dem Fernseher verstohlen ein paar Tränen aus den Augen. Sie war mindestens genauso gefühlvoll wie der im Film gezeigte Mann und konnte nachempfinden, wie er den Abschied von seinen Schützlingen erlebt hatte. In ihr erwachte der Wunsch, nach Australien zu reisen. Schon immer hatte sie sich für dieses ferne Land begeistert: die Weite, das raue Leben, die Aborigines, die Tierwelt, die fantastische Landschaft, das Klima, Sydney. Nur hatte sie es bisher noch nie geschafft. Vor allem hatte es ihr am nötigen Kleingeld gefehlt, und die passende Reisebegleitung war ebenfalls nicht in Sicht. Alleine wollte sie nicht nach Australien.

Aber jetzt stand ihr Entschluss fest. Sie würde nach Australien fliegen! Und zwar dorthin. Genau dort, wo die Kängurus waren – und der Brolga! Sie wollte ihn sehen, ihm persönlich die Hand geben, mit ihm sprechen und ihm mitteilen, wie beeindruckt sie von seiner Arbeit war. Vielleicht konnte sie sogar eine Weile bei ihm bleiben und mit ihm zusammen die Känguru-Babys pflegen? Wer weiß, was alles möglich war, am Ende blieb sie sogar für immer!

Hier ging ihre Fantasie restlos mit ihr durch, und sie stellte sich vor, dass sich der Brolga unsterblich in sie verlieben würde, so wie sie sich beim Fernsehen spontan in ihn verliebt hatte. So würde sich aufs Schönste alles miteinander vereinbaren: ihr Idealismus, ihre Abenteuerlust und ihr Wunsch nach einer glücklichen Beziehung. Ob der Brolga genauso begeistert von ihrer Planung wäre, in die sie ihn ungefragt einbezogen hatte, darüber machte sie sich im Moment keine Gedanken. Ihr Enthusiasmus war grenzenlos – eine Eigenschaft, die sie schon in so manche schwierige Situation gebracht hatte.

Adelheid passte rein äußerlich gar nicht zu dem Zweimetermann. Die zierliche Blonde war wirklich hübsch, aber mit Anfang Zwanzig vermutlich zu jung für ihn und mit ihrer Größe von allenfalls einem Meter fünfundfünfzig um einiges zu klein. Darüber machte sie sich aber keine Sorgen.

Als sie am nächsten Tag in der Mittagspause etwas Zeit hatte, rief sie ihre beste Freundin an. Adelheid arbeitete in einem medizinischen Labor und war ständig sehr angespannt. Sie konnte es sich nicht leisten, während der Arbeitszeit ein privates Telefongespräch zu führen.

Melanie, ihre Freundin, arbeitete bei einer Versicherung. Die beiden hatten sich in einem Italienischkurs kennengelernt und waren völlig verschieden. Vielleicht kamen sie gerade darum so gut miteinander zurecht. Während die zierliche Adelheid ein Energiebündel war, bewahrte die größere, rundliche Melanie die Ruhe und glich so das Temperament ihrer Freundin aus. Sie war um einige Jahre älter als Adelheid, hatte rötlich braunes, lockiges Haar und einen zarten, hellen Teint.

Insgeheim beneidete Adelheid ihre Freundin um ihr Aussehen und ihr ausgeglichenes Wesen, brauchte sie aber für Unternehmungen. Und Melanie tat es gut, von der unternehmungslustigen Freundin mitgerissen zu werden. So hatten sie schon einiges miteinander unternommen. Verreist waren sie allerdings noch nie zusammen. Adelheid würde Melanie heute beibringen müssen, dass sie im Urlaub miteinander nach Australien flogen.

»Hallo Melanie, ich bin es!«, rief Adelheid in ihr Handy, als sie Verbindung mit ihrer Freundin hatte. Melanie hatte sich kaum gemeldet, als sie von Adelheid mit einem Wortschwall überschüttet wurde. »Ich habe eine tolle Sendung über Australien im Fernsehen gesehen. Es ging um einen Mann, der Känguru-Babys groß zieht. Weißt du, was ich mir überlegt habe? Wir fliegen da hin und besuchen ihn, er freut sich bestimmt! Nach Australien wollte ich schon immer, Kängurus finde ich süß. Und der Typ ist auch ganz süß! Er heißt Brolga, das heißt in der Landessprache Storch, und genau so sieht er auch aus ...«

»Halt, lass mich auch mal was sagen«, klinkte sich Melanie ein. »Die Sendung habe ich auch gesehen, der Känguru-Flüsterer hat mir auch gefallen. Aber glaubst du wirklich, dass man den einfach so besuchen kann? Ich kann mir nicht vorstellen, dass er davon begeistert sein wird. Außerdem wissen wir ja gar nicht, wo er lebt, da sie das in dem Film nicht gesagt haben. Australien ist groß! Wir können doch nicht in drei Wochen Urlaub das ganze Land nach dem Brolga absuchen. Wie wäre es, wenn wir stattdessen lieber nach Italien reisen würden? Das ist auch nicht so teuer.«

Aber Adelheid ließ sich nicht so leicht abbringen. Sie hatte nicht daran gedacht, dass sie die genaue Adresse von diesem Chris Caine gar nicht kannte, versprach aber sofort, diese heraus zu finden. Melanie seufzte insgeheim, hatte aber nicht genug Energie, ihrer Freundin diese Wahnsinnsidee auszureden. Wahrscheinlich würde der Plan sowieso daran scheitern, dass der Aufenthaltsort des Mannes nicht zu ermitteln war. Sie beendeten ihr Gespräch, da beider Mittagspause vorbei war, und vereinbarten, in Kontakt zu bleiben.

Später fand Melanie heraus, was Brolgas tatsächlich waren. Sie recherchierte ein wenig und stellte fest, dass es sich keineswegs um Störche handelte, wie in der Fernsehsendung behauptet worden war, sondern um Kraniche. Im Internet entdeckte sie ein Video. In der kurzen Sequenz sah man zwei Brolgas, die anmutig miteinander im hohen Gras tanzten. Diese schönen, hochbeinigen Vögel zeichneten sich durch Eleganz und Grazie aus. Melanie freute sich über ihre Entdeckung und schickte ihrer Freundin das Video. Adelheid war genauso angetan von den schönen Tieren wie ihre Freundin. Das Video fasste sie als einen Wink des Schicksals auf. Was blieb ihr jetzt noch anderes übrig, als in dieses begnadete Land zu reisen, das so wunderbare Geschöpfe hervorbrachte? Sie beschloss, sofort zu handeln!

Nach einer kurzen Recherche hatte sie die Kontaktadresse zu dem Fernsehsender herausgefunden, der die Reportage über den Brolga gebracht hatte. Selbstbewusst rief sie dort ausnahmsweise gleich unter der Arbeitszeit an und erreichte die Sekretärin des Aufnahmeleiters. Adelheid schilderte der Sekretärin ihr Anliegen, das positiv aufgenommen wurde, da die Frau auch ganz begeistert von dem Film und vor allem von dem Brolga gewesen war. Adelheids Wunsch, ihn zu besuchen, leuchtete ihr vollkommen ein, und sie setzte Adelheid tatsächlich mit ihrem Chef in Verbindung.

»Hören Sie?«, rief Adelheid ins Telefon. »Mein Name ist Wegele, und ich habe neulich eine Sendung von Ihnen über Australien gesehen. Können Sie mir die genaue Adresse von dem Brolga sagen, da ich ihn besuchen möchte?«

»Also, meine liebe junge Dame, das glauben Sie doch wohl selbst nicht, dass ich Ihnen die Adresse einer meiner Akteure herausgebe!«, kläffte der Aufnahmeleiter. »Schon mal was von Datenschutz gehört? Unsere Darsteller haben ein Recht darauf, dass wir ihre Privatsphäre schützen. Ich mache mich ja strafbar, wenn ich jeder neugierigen Verehrerin sofort erzähle, wo der Brolga lebt! Nein, nein, meine Liebe, vergessen Sie es!«

»Ach so, ich dachte, das sei kein Problem, da ich ihn ja nur besuchen will. Weiter tue ich ihm ja nichts«, wandte Adelheid kleinlaut ein.

»Ich sagte, vergessen Sie es! Küss die Hand, gnädiges Fräulein!«, sagte er und hängte ein. Adelheid war frustriert, merkte aber, dass sie jetzt wieder mit der Sekretärin verbunden war. Diese schien das Gespräch mitgehört zu haben.

»Fräulein Wegele? Denken Sie sich nichts, so ist er immer! Wissen Sie was, da ich es so reizend finde, dass Sie den Brolga besuchen wollen, teile ich Ihnen ausnahmsweise unter dem Siegel der Verschwiegenheit mit, wo Sie ihn in Australien finden können, aber nur, wenn Sie für sich behalten, wer Ihnen das gesagt hat. Andernfalls bin ich erledigt. Aber ich hoffe so sehr, dass Sie dem Brolga einen lieben Gruß von mir ausrichten! Vielleicht gibt er Ihnen sogar ein Autogramm für mich? Also, schreiben Sie sich die Adresse auf...«

Adelheid war begeistert, dass sie ihr Ziel doch noch erreicht hatte, und versprach der Sekretärin, ihren Gruß auszurichten und ein Autogramm des Brolga für sie zu erbitten. Zufrieden beendete sie das Gespräch und machte Feierabend.

Auf dem Heimweg bummelte sie durch die Innenstadt und schaute in ein paar Schaufenster. Dabei machte sie sich bereits Gedanken darüber, was sie für ihre Reise nach Australien einkaufen würde. Sie bräuchte unbedingt geeignete Kleidung für das Outback, soviel stand fest. In Gedanken versunken, bummelte sie weiter, als sie plötzlich in einen Wolkenbruch geriet. In diesem verregneten Sommer passierte es oft, dass man unversehens von einem Gewitter oder Platzregen überrascht wurde. So auch jetzt.

Adelheid flüchtete vor den großen, vom Himmel klatschenden Regentropfen unter einen Torbogen und spähte in das Schaufenster eines kleinen Geschenkeladens. Sie hatte schon oft die hübschen Tiere aus Kristallglas bewundert, die hier angeboten wurden. Ein paar davon hatte sie sogar schon als Geschenke für Freunde und Familienmitglieder gekauft, obwohl die kleinen Kunstwerke für ihren Geschmack zu teuer waren.

Im Zentrum der Auslage entdeckte Adelheid plötzlich eine Skulptur, die neu im Angebot sein musste. Die beiden wenige Zentimeter großen, tanzenden Kraniche wirkten ungeheuer lebensecht. Die Vögel standen sich auf ihren langen Beinen gegenüber und neigten einander die Köpfe zu. Die Körper waren aus farblosem Kristallglas gearbeitet, nur die Käppchen auf den Köpfen der beiden Tiere waren rubinrot. Die Hälse und Flügelspitzen waren in einem rauchigen Graugrün. Adelheid wusste, dass die Farbgebung in etwa mit den echten Kranichen übereinstimmte. Das kleine Kunstwerk fing die Anmut und Eleganz der Vögel hervorragend ein.

Adelheid war von dem Anblick entzückt. Ein Zeichen! Es musste ein Zeichen sein, ein Wink des Schicksals! Warum entdeckte sie diese Skulptur aus Kristall ausgerechnet heute, als sie mit Melanie über den Brolga gesprochen hatte und ihre Freundin ihr erklärt hatte, dass dies in der Sprache der australischen Aborigines Kranich bedeute? Adelheid nahm dies als weitere Bestätigung ihres Planes auf, zum Brolga zu reisen.

Ihre Begeisterung wurde allerdings gedämpft, als ihr Blick auf das Preisschild fiel. Ein stolzer Preis für zwei tanzende Kraniche aus Kristall! Trotzdem entschied sich Adelheid spontan zum Kauf. Sie würde das Kunstwerk als Geschenk für den Brolga kaufen. Bestimmt würde er sich über seine beiden Abbilder aus Kristallglas freuen, davon war Adelheid überzeugt. Sie betrat den Laden und kaufte das Geschenk. Die Verkäuferin gab sich viel Mühe mit der Verpackung, und Adelheid beschloss, die Kraniche zusätzlich einzupacken, damit sie die weite Reise gut überständen.

Als sie aus der Tür des Geschenkeladens trat, hatte auch der Wolkenbruch aufgehört. Wie schön! Zufrieden machte sie sich auf den Heimweg. Zu Hause angekommen, rief sie sofort bei ihrer Freundin Melanie an.

»Hallo, Melanie! Hör mal zu, wir müssen unbedingt nach Australien fliegen! Ich habe heute ein Zeichen bekommen, das eindeutig dafür spricht, dass wir es tun sollen. Ich habe vorhin zwei Kraniche aus Kristallglas in einem Laden entdeckt. Na, wenn das kein eindeutiger Hinweis auf den Brolga ist! Natürlich habe ich sie gleich gekauft, obwohl sie nicht gerade billig waren. Aber schließlich möchte ich ihm ja ein passendes Geschenk mitbringen, wenn wir bei ihm hereinschneien. Was meinst du, wird er sich freuen? Bestimmt versteht er die Anspielung auf seinen Namen, nicht wahr? Brolga, Kranich, ha! Und das beste: Die Adresse habe ich auch, weil ich im Sender angerufen habe, und die waren so freundlich, sie mir zu geben. Was meinst du, wann wir fliegen sollen? Ich würde vorschlagen, im Herbst, weil dann in Australien Frühling ist. Das müsste doch die passende Reisezeit sein, da ist es vielleicht nicht so heiß. Bekommst du im Herbst Urlaub? Bei mir müsste es klappen.«

Adelheid musste Luft holen, und so bekam Melanie, die heimlich seufzte, endlich die Gelegenheit, auch etwas zu sagen:

»Jetzt mal langsam, so schnell kann ich das nicht entscheiden. Hältst du es wirklich für eine gute Idee, so weit zu reisen, um unangemeldet einen Fremden zu besuchen? Vielleicht mag er das gar nicht. Und da eine Reise nach Australien nun mal viel kostet, sollten wir uns das wirklich gut überlegen. Vielleicht kannst du dich doch für Italien erwärmen? Da könnten wir endlich unsere Italienischkenntnisse testen«, wandte Melanie ein.

So wurde das Gespräch längere Zeit fortgesetzt und wiederholte sich in den nächsten Wochen noch viele Male. Aber was Adelheid sich einmal vorgenommen hatte, zog sie auch durch. Und so gelang es ihr schließlich, ihre Freundin zu der Reise zu überreden. Sie beschlossen, im Oktober zu reisen, um genügend Zeit für ihre Reisevorbereitungen zu haben.

Schneller als gedacht, war es so weit, und die beiden jungen Frauen stürzten sich in ihr Abenteuer. Die nötige Ausstattung für eine Reise ins Outback hatten sie sich zugelegt und glaubten, sich insgesamt gut vorbereitet zu haben. So flogen sie eines schönen Herbsttages von München ab und landeten in Melbourne. Für eine Besichtigung der Stadt nahmen sie sich keine Zeit, sondern reisten gleich anschließend mit dem Zug weiter, eine weite

Strecke ins Landesinnere. Und in einer Kleinstadt wollten sie einen Geländewagen mieteten, um damit die letzte, allerdings noch beträchtliche Strecke bis zu dem Brolga zurückzulegen.

Adelheid und Melanie waren überrascht, wie glatt alles ging. Die Menschen hier waren ausgesprochen hilfsbereit, und auch mit der Verständigung klappte es recht gut, obwohl die Australier eine ziemlich ungewohnte Art hatten, das Englische auszusprechen. Ihr Dialekt wich stark vom Schulenglisch der beiden Freundinnen ab. Trotzdem kamen sie prima zurecht, verständigten sich notfalls mit Händen und Füßen und einem freundlichen Lächeln. Das wirkte immer. Zwei junge hübsche Frauen konnten stets auf Unterstützung zählen.

Melanie und Adelheid waren vom ersten Augenblick an hingerissen von dem Land, von der Weite, der Hitze und den glühenden Farbtönen in Rot, Gold und Ocker, die alles beherrschten. Die Erde und der Staub waren feurig rot, die Vegetation goldbraun. Es gab wenig Grün zu sehen, höchstens das matte Graugrün der Eukalyptusbäume. Auch Tiere waren ihnen schon begegnet, wenn auch nicht so viele, wie sich Adelheid gewünscht hätte. Vereinzelt hatten sie in der Ferne Kängurus gesehen, eine kleine Herde verwilderter Kamele, viele auf der Straße überfahrene Kaninchen und Leguane, und mehrere kleine Schwärme weiß-rosafarbener Kakadus. Diese hatten Melanie besonders begeistert.

In der Kleinstadt, wo sie den Geländewagen mieteten, hatten sie großes Glück. Sie lernten einen älteren Aborigine namens Pete kennen, der sich für wenig Geld dazu bereit erklärte, sie das letzte Stück bis zum Brolga zu begleiten. Im Busch würde es nützlich sein, einen ortskundigen Begleiter zu haben. Und Pete mit seinen grauen Locken und seinen gutmütigen Gesichtszügen war absolut vertrauenswürdig. Er schärfte den beiden ein, vor allem genügend Trinkwasser mitzunehmen, und gehorsam deckten sie sich im hiesigen Supermarkt mit vielen Flaschen Mineralwasser ein. Pete hatte außerdem die großartige Idee, eine Menge

Lebensmittel für den Brolga einzukaufen. Schließlich würde er seine Überraschungsgäste verköstigen müssen.

Ansonsten fand Pete das Anliegen der beiden Ladys völlig normal und wunderte sich in keinster Weise darüber. Der alte Mann hatte in seinem langen Leben schon so viel erlebt, dass ihn so leicht nichts mehr aus der Ruhe bringen konnte. Den Brolga kannte er übrigens gut, und er begrüßte dessen tierfreundliches Projekt von ganzem Herzen, obwohl er selbst Kängurus eher auf seinen Speiseplan gesetzt hätte, als sie zu verwöhnen. Dies band er den beiden Tierfreundinnen aus Germany aber nicht auf die Nase, da er sich gut vorstellen konnte, dass er damit nicht punkten würde.

Die Weißen hatten die seltsamsten Einstellungen gegenüber Tieren: Manche verhätschelten sie, andere knallten sie gnadenlos ab oder überfuhren sie mit ihren Autos. Sehr inkonsequent war das; die Aborigines hatten da eine ursprünglichere Einstellung: Tiere wurden in genießbar oder ungenießbar eingeteilt. Allerdings waren viele Aborigines schon lange völlig von der Kultur der Weißen beeinflusst und ernährten sich inzwischen lieber von Fastfood als von ihren althergebrachten Lebensmitteln – was ihnen zahlreiche Zivilisationskrankheiten eingebracht hatte.

Nachdem die beiden jungen Frauen in einer einfachen Bed and Breakfast-Pension übernachtet hatten, traten sie den letzten Abschnitt ihrer Reise zum Brolga an. Am Morgen war es noch empfindlich kühl, worüber Melanie sehr froh war. Die Reise hatte sie bereits sehr mitgenommen. Adelheid dagegen war von einer unverwüstlichen Vitalität und freute sich darauf, gegen Mittag endlich mit Chris Caine zusammenzutreffen. Sie wünschte sich fast, noch schnell ein verwaistes Känguru-Baby zu finden, um es ihm überreichen zu können, aber dieser Wunsch wurde ihr nicht erfüllt. Pete, der am Steuer saß, konnte auf der holprigen und staubigen Straße durch den Busch nicht so rasen, dass dadurch eine Känguru-Mutter zu Tode gekommen wäre. Allerdings sahen sie auch weit und breit keines der Tiere.

Da Pete aus Rücksicht auf seine Fahrgäste häufig pausierte, brauchten sie für die Strecke zum Brolga länger als gedacht. Am frühen Nachmittag kam endlich der Drahtzaun seines Känguru-Reservates in Sicht, anschließend seine bescheidene Hütte und sein Trinkwassertank. Viel mehr war nicht zu sehen, am allerwenigsten die Kängurus oder Chris Caine selbst. Pete stellte den Wagen neben der Hütte ab, und die beiden Frauen stiegen aus. Nach der langen Fahrt mussten sie sich erst einmal die Füße vertreten. Jetzt, da Adelheid so nahe am Ziel ihrer Wünsche war und die Begegnung mit dem Brolga unmittelbar bevorstand, war sie doch aufgeregt – trotz ihres unschlagbaren Selbstbewusstseins. Melanie war zu erschöpft, um aufgeregt zu sein. Beide waren staubig und verschwitzt. Adelheid erkannte plötzlich, dass sie nicht präsentabel war. Schließlich wollte sie sich vor dem Mann, der sich in sie verlieben sollte, von ihrer besten Seite zeigen, soweit dies im Busch möglich war.

»Wo ist denn hier die Toilette?«, fragte sie Pete, da sie hoffte, sich dort vor einem Spiegel frisch machen zu können.

Erst nach einigen Verständigungsschwierigkeiten war es möglich, Pete klarzumachen, was sie suchte. Er glaubte, sie wolle wirklich die Toilette benutzen, und führte sie ohne Begeisterung zu einem Häuschen, das an das Wohnhaus angebaut war. Die Notwenigkeit einer solchen Einrichtung hatte ihm noch nie so recht eingeleuchtet. Er schärfte den beiden Frauen ein, mit dem knappen Wasser beim Spülen der Toilette sparsam umzugehen. Die beiden schauten sich erschrocken an. Ein so primitives Örtchen war ihnen noch nie begegnet. Adelheid stellte sich mit Grausen vor, dieses Häuschen womöglich in Zukunft regelmäßig benutzen zu müssen. Notgedrungen gingen beide zur Toilette, obwohl diese von Fliegen übervölkert war. Spiegel gab es hier keinen, sodass Adelheid sich nicht mehr in Form bringen konnte. Aber der Brolga würde schon Verständnis dafür haben, dass sie nach der langen Reise etwas mitgenommen aussah.

Dann machten sie sich auf die Suche nach ihrem unfreiwilligen Gastgeber und umrundeten seine Hütte. Er war nicht zu finden. Immerhin entdeckten sie aber endlich in der Ferne die halb zahmen Kängurus. Die kleine Herde ruhte im Schatten unter dem spärlichen Buschwerk, und die Tiere käuten ihr Futter wieder. Sie wirkten entspannt und waren mit ihrem rötlich-grauen Fell im Gelände nur schwer auszumachen. Wenn Pete die beiden Frauen nicht auf die Tiere aufmerksam gemacht hätte, wären sie ihnen gar nicht aufgefallen. Schließlich zeigte er ihnen das Gatter, das in das Gehege hinein führte. Nachdem er Melanie und Adelheid hindurchgelassen hatte, achtete er sorgfältig darauf, es wieder zu schließen. Dann gingen die drei langsam auf die Tiere zu. Die Frauen ahmten einfach Pete nach, der sich leicht gebückt an die Tiere heranschlich. Dadurch wollte er verhindern, dass die Kängurus sich angegriffen fühlten.

»Was haben Sie hier zu suchen?«, gellte plötzlich eine helle Stimme.

Adelheid und Melanie erschraken. Aus dem spärlichen Gras erhob sich eine kleine, menschliche Gestalt, die in der Nähe der Kängurus gekauert hatte. Ein etwa siebenjähriger Junge. Er schien gut Freund mit den Tieren zu sein, da sie beim Klang seiner Stimme kaum die Köpfe gehoben hatten. Nun stand er aufrecht da, die Hände in die Seiten gestemmt, und blickte die drei Erwachsenen an. Er war klein und schmal und trug kakifarbene Kleidung. Er hatte nur Shorts an, dafür aber feste Schnürstiefel an den Füßen. Auf dem Kopf trug er einen eindrucksvollen, breitkrempigen Hut. Seine hellblauen Augen blitzten selbstbewusst und signalisierten den Eindringlingen, dass er seine Kängurus vor ihnen beschützen würde. Offensichtlich betrachtete er sich als den Herrn im Hause. Dass er mit Sommersprossen und einer Zahnlücke geziert war, tat seinem Selbstbewusstsein keinen Abbruch. Melanie erkannte sofort die Ähnlichkeit des Jungen mit Chris Caine. Pete übernahm die Initiative.

»Hallo Andrew. Das hier sind zwei Frauen, die deinen Vater kennenlernen wollen. Sie heißen Heidi und Melly. Wo ist denn dein Vater?«, fragte Pete den Jungen. Die Namen der beiden Frauen hatte er der Einfachheit halber abgekürzt.

»Nicht hier«, gab Andrew zurück. Seine Pose als Hausherr gab er dabei nicht auf.

Ein weiteres Gespräch kam nicht so recht in Schwung. Adelheid musste erst ihren Schock wegen der Tatsache verwinden, dass Chris Caine offensichtlich ein Kind hatte. Die Ähnlichkeit des Kleinen mit dem Brolga war unverkennbar. Adelheid war nie auf den Gedanken gekommen, der Mann könne verheiratet sein. Schließlich war er im Film als eine Art Einsiedler dargestellt worden. So blieb sie stumm. Also musste Melanie eingreifen. Da sie mehrere Neffen hatte, wusste sie mit kleinen Jungen umzugehen – so dachte sie zumindest.

»Hi Andrew, du hast aber schöne Kängurus. Hast du mit ihnen gespielt?«, fragte sie.

»Kängurus sind doch kein Spielzeug!«, erwiderte Andrew überlegen.

Frauen gingen ihm auf die Nerven. Das traf sogar auf seine Mutter zu, obwohl er sie sehr liebte. Aber seitdem sie seinen Vater verlassen und ihn, Andrew, mitgenommen hatte, war er nicht mehr so gut auf sie zu sprechen. Jetzt klinkte sich Adelheid ein, die sich etwas von ihrem Schrecken erholt hatte.

»Hallo Andrew, ich bin Heidi, sag uns doch bitte, wo dein Vater ist. Wir kommen aus Deutschland und haben deinen Vater im Fernsehen gesehen. Wir wollen ihn nur begrüßen und ihm dafür danken, dass er sich so für die Kängurus einsetzt.«

Adelheid hoffte, sich dem Kind verständlich gemacht zu haben. Und tatsächlich lächelte Andrew zum ersten Mal.

»Ja, Dad war im Fernsehen, das hat er gut gemacht! Jetzt ist er berühmt, und all meine Freunde bewundern mich dafür!«

Dann verschloss sich sein kleines Gesicht, und wieder riss der Gesprächsfaden ab. Da hatte Adelheid eine Idee. Aus ihrer

Handtasche holte sie die beiden Kraniche aus Kristall, die sie während des Trips sorgfältig gehütet hatte, damit sie heil in Australien ankämen. Im Flugzeug hatte sie sie im Handgepäck gehabt. Schnell riss sie die aufwendige Verpackung auf und ließ sie auf den Boden fallen, was Pete missbilligend registrierte. Adelheid trat auf Andrew zu, ging vor ihm in die Hocke und zeigte ihm die kleine Skulptur.

»Schau mal, was ich hier habe. Zwei Brolgas! Eigentlich wollte ich sie deinem Vater schenken, weil er auch ein Brolga ist, aber jetzt schenke ich sie dir«, sagte Adelheid und reichte ihm das Geschenk.

»Ja, Brolgas, Brolgas! Mein Dad ist auch ein Brolga«, sagte der Junge und lächelte wieder.

Seine schmutzige, kleine Hand schloss sich um das Geschenk. Dann stellte er die tanzenden Kraniche auf seine Handfläche, betrachtete sie genau und ließ die Facetten des Kristallglases in der Nachmittagssonne blitzen. Das Geschenk gefiel ihm. Trotzdem fand er diese Heidi doof.

»Pass aber auf, dass sie dir nicht runterfallen, sonst sind sie kaputt«, belehrte ihn Adelheid.

»Was haben Sie hier zu suchen?«, ertönte plötzlich eine barsche Stimme. Andrews Auftritt schien sich zu wiederholen, nur, dass die Stimme diesmal zu einem Erwachsenen gehörte.

»Dad!«, rief Andrew freudig und rannte zu Chris Caine, der sich der Gruppe unbemerkt genähert hatte. Zuerst schien es, als ob der Junge seinen Vater umarmen wolle. Dann blieb er allerdings in einigem Abstand vor ihm stehen und blickte ängstlich zu dem großen Mann auf, der sehr verärgert zu sein schien. »Schau mal, was mir Heidi geschenkt hat«, sagte Andrew und zeigte seinem Vater die beiden Kraniche aus Kristall. »Melly und Heidi haben dich im Fernsehen gesehen. Sie wollen die Kängurus anschauen«, erklärte der Junge.

Melanie fasste sich ein Herz und trat auf den Känguru-Flüsterer zu.

»Guten Tag, ich bin Melanie. Das hier ist meine Freundin Heidi. Wir kommen aus Deutschland und wollten Sie besuchen, da wir von Ihrem Engagement für die Kängurus begeistert sind. Pete war so freundlich, uns das letzte Stück zu begleiten.«

»Wir haben extra die weite Reise gemacht, nur, um Sie kennen zu lernen«, schmeichelte Adelheid. »Wir sind unheimlich beeindruckt von Ihrer Arbeit und hoffen, dass wir ein paar Tage bei Ihnen bleiben dürfen, um dabei zuzusehen, wie Sie die Tiere versorgen. Wo sind denn Ihre Känguru-Babys?«

Chris Caine blickte immer noch ärgerlich auf die Fremden. Er schätzte seine Einsamkeit und wollte unter allen Umständen in Ruhe gelassen werden. Das hatte er nun davon, dass er sich von diesem Fernsehteam hatte filmen lassen! Bald würde es mit der Ruhe aus sein.

»Zurzeit habe ich kein einziges Känguru-Baby! Sie haben sich also umsonst auf die weite Reise gemacht!«, herrschte er seine Besucherinnen an.

Heidi blickte verschüchtert zu ihm auf. Er sah in Wirklichkeit genau so aus wie im Fernsehen: breitkrempiger Hut, kakifarbenes Hemd und Shorts, gebräunte Beine und feste Schnürstiefel an den Füßen. Eine größere Ausgabe von Andrew, nur, dass der Vater graugrüne statt blaue Augen besaß. Aber die Ausstrahlung des Brolga war in der Realität noch weit intensiver spürbar als im Fernsehen. Adelheid konnte nicht umhin, ihn zu bewundern, trotz seiner abweisenden Art.

»Also gut, mitkommen!«, befahl Chris.

Er konnte die drei ja nicht gut im Busch stehen lassen. Obwohl es ihm bei Pete egal gewesen wäre, da sich dieser überall durchschlagen konnte. Aber die beiden Frauen waren ohne Unterstützung hilflos. Er würde sie also wohl oder übel versorgen müssen, bis sie wieder abreisten – hoffentlich bald! Was diesen Leuten auch einfiel, ihn einfach so zu überfallen. Ob das in Germany so üblich war?

Die Gruppe setzte sich in Richtung Wohnhaus in Bewegung. Chris übernahm die Führung, die Frauen folgten ihm. Andrew hielt in der einen Hand seine Brolgas aus Kristall, die andere Hand legte er vertrauensvoll in Melanies Rechte, was sie sich freudig überrascht gefallen ließ. Andrew gefiel die dicke Rothaarige viel besser als die dünne Blonde, die ständig so hektisch mit ihrem Pferdeschwanz wippte. Außerdem erinnerte ihn die Rothaarige ein wenig an seine Mom. Pete schloss sich der Gruppe an, nachdem er die Geschenkverpackung aufgehoben, zerknüllt und in die Hosentasche gesteckt hatte. Er würde das Papier beim nächsten Anzünden eines Lagerfeuers brauchen können. Die Kängurus hatten sich schon längst unauffällig in die andere Richtung entfernt und waren, ungeheuer gelangweilt von den Menschen, im Busch verschwunden. Schließlich wandte sich Chris an Pete:

»Was hast du dir dabei gedacht, mir diese beiden Frauen ins Haus zu schleppen? Du weißt doch, dass ich meine Ruhe haben will, vor allem, seit Helen mich verlassen hat!«, tadelte er seinen Freund.

»Ich konnte ja nicht ahnen, dass du so abweisend bist«, verteidigte sich Pete. »In unserem Land wird die Gastfreundschaft gepflegt, und ich glaubte, das gilt auch für dich! Die beiden Frauen tun dir nichts, sie wollen dich nur ein bisschen anhimmeln. Und warte nur ab! In ein paar Tagen wird ihnen sowieso alles zu viel, die Hitze, der Staub, der Mangel an Komfort! Dann bist du sie wieder los.«

»Von wegen! Hast du die Blonde gesehen? So, wie die mich anschaut, geht die so bald nicht wieder! Die hat es auf mich abgesehen!«, wandte Chris ein.

Leichte Panik war ihm anzuhören. Andrew, Melanie und Adelheid hatten inzwischen so viel Abstand von den beiden Männern, dass sie das Gespräch nicht mithören konnten. Trotzdem ahnten die beiden Frauen, dass sie hier nicht willkommen waren.

»Siehst du, ich habe es dir die ganze Zeit gesagt, dass es eine Schnapsidee ist! Hast du gesehen, wie böse er geschaut hat? Es war ein großer Fehler, so weit zu reisen, ohne sich vorher anzumelden!«, tadelte Melanie ihre Freundin. Adelheid, die allmählich erkannte, dass Melanie recht hatte, schwieg ausnahmsweise.

»Ist dein Vater immer so unfreundlich?«, fragte sie schließlich den Jungen.

Andrew wusste nicht recht, was er darauf antworten sollte. Er kannte seinen Vater eher als traurig oder zurückhaltend. Als unfreundlich empfand er sein Verhalten nicht.

»Dad ist nur traurig, weil Mom nicht mehr da ist«, sagte er schließlich.

Die kurze Strecke zum Wohnhaus war schnell zurückgelegt. Pete half den Ladys noch beim Ausladen ihres Gepäcks aus dem Wagen. Dann machte er sich Richtung Busch davon. Er würde im Freien übernachten. Chris nahm Andrew und die Frauen mit ins Haus. Nun musste er sie notgedrungen bewirten. Sie würden auf dem Boden in ihren Schlafsäcken übernachten müssen, da es kein Gästebett gab. Die sanitären Einrichtungen kannten sie ja schon.

Chris machte sich also ans Kochen und überließ es Adelheid und Melanie, sich häuslich einzurichten. Andrew half seinem Vater dabei, ein kleines Feuer im Herd zu entfachen. Dann bereitete Chris eine einfache Suppe zu, die aus wenigen Bohnen aus der Dose und viel Wasser bestand. Melanie und Adelheid waren einigermaßen entsetzt über das spärliche Mahl, wagten es aber nicht, sich zu beschweren. Wenigstens ließ er sie nicht verhungern. Es gab außerdem etwas trockenes Brot dazu. Auch Andrew beschwerte sich nicht über das einfache Essen; er schien es gewohnt zu sein. Diese Australier waren schon zäh! Und so einfach zufriedenzustellen.

Während des Essens und auch später kam kein rechtes Gespräch in Gang, obwohl die Frauen versuchten, Chris einige Informationen über Kängurus, seine Arbeit und sein bisheriges Leben herauszulocken. Er aber gebärdete sich mehr als einsilbig, und Andrew tat es ihm gleich. Auch als Adelheid schließlich versuchte, dem Gastgeber ihre eigene Lebensgeschichte zu erzählen, zeigte er wenig Interesse.

Alle legten sich bald schlafen. Andrew kroch zu seinem Vater in das große Doppelbett. Adelheid und Melanie mussten ihre Schlafsäcke wohl oder übel auf dem Boden ausrollen.

Nach einer kurzen und wenig erholsamen Nacht folgte ein Frühstück, das ähnlich spärlich ausfiel wie das Abendessen am Tag zuvor. Immerhin gab es Kaffee, der die beiden jungen Frauen sichtlich aufmunterte und sie sogar über die einfachen sanitären Einrichtungen hinwegtröstete. Duschen fiel aus, da der Brolga seinen Gästen nur wenig von dem kostbaren Wasser zum Waschen zugestand.

Er blieb weiter einsilbig und dachte gar nicht daran, sich mit seinen beiden Gästen zu unterhalten oder ihnen den Aufenthalt irgendwie angenehmer zu gestalten. Keine Spur von Gastfreundschaft! Bald ging er zusammen mit Andrew los, um die Kängurus zu besuchen, ohne die Frauen dazu einzuladen, sich ihnen anzuschließen. Melanie und Adelheid blieben frustriert im Schatten des einfachen Holzhauses sitzen. Adelheid nahm die beiden Kraniche aus Kristall in die Hand, die Andrew auf einem Tisch im Freien hatte stehen lassen. Die kleine Skulptur war übersät mit fettigen Fingerabdrücken des Jungen und verschmutzt durch rötlichen Staub. Vorsichtig polierte Adelheid das Kristallglas mit einem Zipfel ihres T-Shirts.

»Na, das war ja ein Reinfall!«, klagte sie. »Wenn ich gewusst hätte, dass der so was von abweisend ist, hätte ich nicht die weite Reise auf mich genommen.«

»Hab ich es dir nicht gleich gesagt? Man macht nun mal keine Überraschungsbesuche bei Leuten, die man gar nicht kennt!«, antwortete die Freundin.

Sie beschlossen abzureisen, sobald Pete wieder auftauchen würde. Wenigstens würden sie sich noch Sydney ansehen, bevor sie wieder nach Hause fliegen würden. Damit die Reise nicht zu einer völligen Pleite würde. Als sie in ihren Überlegungen so weit gekommen waren, sahen sie den Brolga zusammen mit Andrew von den Kängurus zurückkehren. Der Junge redete eifrig auf seinen Vater ein; solange sie alleine waren, schienen sie sich bestens zu unterhalten. Erst, als sie sich den beiden Frauen näherten, verstummten sie.

Andrew ging ins Haus, um ein paar Spielsachen zu holen. Viel hatte er nicht dabei, hauptsächlich Spielzeugautos und ein paar Spielfiguren aus Plastik. Anschließend holte er sich die Kraniche aus Kristall, um sie in sein Spiel am Rande des Busches unter ein paar Eukalyptusbäumen einzubeziehen. Er beschäftigte sich ganz ruhig und schien dabei keine Gesellschaft zu brauchen. Und Chris Caine ging ins Haus, um etwas Wäsche zu waschen – von Hand. Er hatte die Kleidung schon am Vortag in wenig Wasser eingeweicht und rieb sie nun mit Seife ein. Die beiden Frauen beachtete er nicht weiter. Sollten sie doch alleine sehen, wo sie blieben, er hatte sie schließlich nicht eingeladen.

Adelheid und Melanie waren unschlüssig, was sie tun sollten. Sie machten sich daran, ihr Gepäck und ihre Schlafsäcke wieder einzupacken, um startklar zu sein, sobald Pete wieder auftauchen würde. Allmählich sehnten sie den freundlichen alten Mann mehr und mehr herbei. Wenigstens er würde sich mit ihnen unterhalten!

Adelheid hatte sich in den einzigen Liegestuhl gelegt, den es hier gab. Von ihrem Platz im Schatten beobachtete sie den Jungen, der sich mit seinen Spielsachen beschäftigte. Nach etwa einer Stunde wurde es ihm in der Glut der Vormittagssonne zu heiß, und er unterbrach sein Spiel. Andrew ließ seine Spielsachen im Sand liegen. Die Kraniche aus Kristall stellte er in eine Astgabel des zunächst stehenden Eukalyptusbaums, der einen intensiven Duft nach ätherischen Ölen verbreitete. Andrew schlenderte dann langsam zu den beiden Frauen. Er lächelte Adelheid an, als ob er etwas sagen wollte, überlegte es sich dann anders und rannte eilig ins Haus, um seinen Vater zu suchen.

»Der Kleine ist auch nicht besser als sein Vater!«, sagte Adelheid.

»Wie soll er auch etwas anderes lernen bei dem Vorbild! Also mich wundert es nicht, dass diesem Chris die Frau davongelaufen ist. So ein unfreundlicher Kerl«, lästerte Melanie.

»Komm, wir sehen nach den Kängurus«, schlug Adelheid vor. »Deshalb sind wir ja eigentlich hier.« Sie schien bereits vergessen zu haben, dass sie in erster Linie wegen des Känguru-Flüsterers gekommen war, den sie so aufregend gefunden hatte.

»Das hatte ich anders in Erinnerung!«, spottete Melanie. »Eigentlich sind wir hier, weil du dem tollen Mann nachlaufen wolltest. Aber das scheinst du verdrängt zu haben. Du hast ja schon immer ein Talent dafür gehabt, dir die Realität nach Lust und Laune zurechtzubiegen!«

Verblüfft blickte Adelheid auf ihre Freundin. Solche harten Worte war sie von ihr nicht gewohnt. Aber mittlerweile war Melanie so genervt von dem unglücklichen Ausgang ihrer Reise, dass sie die Vorwürfe an Adelheid nicht mehr unterdrücken konnte.

»Ich biege mir gar nichts zurecht! Wie du siehst, nehme ich die Realität genau so, wie sie ist!«, rechtfertigte sich Adelheid. Auf diese Weise setzten sie ihren fruchtlosen Wortwechsel fort, während sie langsam in Richtung des Geheges spazierten.

Nachdem sie das Gatter durchquert und hinter sich geschlossen hatten, näherten sie sich vorsichtig den Tieren, so wie man es ihnen gezeigt hatte. Die Kängurus bewegten sich gemächlich von Busch zu Busch und knabberten hier und da ein paar Blätter. Eilig hatten sie es dabei nicht. In der größten Hitze des Tages würden sie sich bald zu einer ausgiebigen Siesta im Schatten niederlassen. Als die Mädchen die Tiere einige Minuten lang beobachtet hatten, bemerkten sie plötzlich, dass sich Andrew ihnen angeschlossen hatte und still neben ihnen stand. Für einen Siebenjährigen bewegte er sich erstaunlich leise. Vermutlich hatte er gelernt, sich im Busch so vorsichtig zu verhalten, um die Tiere nicht zu verschrecken. Andrew hatte eine ganze Handvoll

Möhren dabei. Den Kängurus war dies nicht entgangen, und langsam und wie zufällig bewegte sich die Gruppe auf die Menschen zu. Andrew lächelte und reichte Melanie eine Möhre.

»Magst du auch füttern? Sie mögen Möhren.«

Adelheid beachtete er nicht weiter, aber Melanie brach ihre Möhre in zwei Teile und reichte eines davon ihrer Freundin – eine versöhnliche Geste. Als sich die zutraulichen Kängurus genähert hatten, nahmen sie den Menschen die angebotenen Möhren mit ihren Vorderpfoten ab, die sie wie Hände benutzten. Dann führten sie den Leckerbissen zum Mund und knabberten genüsslich daran herum.

Adelheid stellte entzückt fest, dass bei einer der Mütter ein Känguru-Baby aus dem Beutel herausschaute. Auch die Hinterbeine und der Schweif des Jungtieres hingen aus dem Beutel, und Adelheid war glücklich, dass sie wenigstens zum Teil auf ihre Kosten gekommen war. Immerhin hatte sie fast wild lebende Kängurus aus nächster Nähe gesehen und gefüttert, und jetzt würde sie auch noch eines streicheln. Das mit dem Baby im Beutel würde sich bestimmt anfassen lassen. Und vielleicht könnte sie sogar das Baby streicheln? Sie streckte die Rechte aus, um das seidenweiche, rötlich graue Fell des Tieres zu berühren.

»Feuer!«

Chris Caines Ruf schallte vom Haus her. Dann sahen ihn die drei auch schon mit Riesenschritten auf das Gatter zueilen. Melanie und Adelheid erstarrten vor Schrecken; die Kängurus warfen die Köpfe hoch und witterten in Richtung des Hauses. Tatsächlich war dort eine schwärzliche Rauchfahne zu sehen, die zum Himmel stieg, und der Brandgeruch war zu riechen. Andrew fing sich als erstes.

»Kommt, schnell!«, rief er den Frauen zu und rannte zu seinem Vater.

Die beiden folgten ihm, während sich die Kängurus in die andere Richtung davonmachten. Am Gatter trafen die vier Personen zusammen.

»Wir müssen löschen!«, ordnete Chris an. Dann eilten alle zum Haus.

Der Brolga ließ das Gatter offen, damit sich die Tiere im Notfall retten konnten, falls das Feuer auf ihr Gehege übergriff. Und die Gefahr, dass dies eintreten würde, war hoch. Adelheid und Melanie sahen, dass das Feuer in der Nähe des Hauses ausgebrochen war und bereits einen weiten Streifen Busch erfasst hatte. Das Feuer bewegte sich vom Haus weg und auf die Kängurus zu, was durch den leichten, aber stetigen Wind begünstigt wurde, der aus nördlicher Richtung wehte.

Die Frauen sahen, dass Chris bereits ihren Wagen umgeparkt und zu seinem eigenen Jeep gestellt hatte, auf die andere Seite des Hauses. Dort wäre er besser vor dem Feuer geschützt. Chris holte drei Feuerklatschen aus dem Geräteschuppen und drückte Adelheid und Melanie jeweils einen davon in die Hände. Es handelte sich um einfache Werkzeuge zur Brandbekämpfung. Mehrere Blechstreifen waren fächerförmig am Ende eines langen Stabes angebracht.

Chris befahl Andrew, beim Haus zu bleiben. Dann zeigte er den beiden Mädchen, wie sie den Brand zu löschen hatten. Die Klatsche musste relativ behutsam auf das brennende Gras geschlagen und mit einem großen Streich darübergezogen werden. Nur so hatte man eine Chance, das Feuer zumindest stellenweise zu löschen. Schlug man zu heftig zu, wirbelte man Funken in alle Richtungen und verschlimmerte dadurch alles nur noch.

Melanie und Adelheid merkten bald, dass es sich um eine mühsame Arbeit handelte. Nach kurzer Zeit waren beide völlig erschöpft und glaubten, den Durst und die mörderische Hitze nicht mehr ertragen zu können. Wenigstens stand Pete plötzlich, wie aus dem Nichts, vor ihnen. Chris verständigte sich schnell mit ihm. Er selbst würde das Känguru-Gehege umrunden und an dem Ende, das vom Brandherd am weitesten entfernt war, den Drahtzaun aufschneiden. Pete würde im Inneren des Geheges die Tiere in Richtung der Lücke im Zaun treiben, sodass sie flüchten konnten. Andernfalls säßen sie in der Falle, sobald der Brand auf ihr Gehege übergriff. Die beiden Männer rannten los; Melanie und Adelheid versuchten weiter, zu löschen, allerdings ohne große Wirkung.

Andrew beobachtete fasziniert das Feuer. Er schien sich nicht weiter davor zu fürchten, ängstigte sich allerdings um seinen Vater und die Kängurus. Chris hatte ihm eingeschärft, sich vom Feuer fernzuhalten. Schließlich suchte er da, wo er vorhin gespielt hatte, nach seinen Spielzeugfiguren und Autos. Dort hatte sich der Brand schon totgelaufen und verkohlte Erde zurückgelassen. Andrew stellte leidenschaftslos fest, dass seine Spielsachen im Feuer geschmolzen waren. Sie hatten ihm nichts bedeutet. Dann zog er sich wieder ins Haus zurück, da der verkohlte Boden eine Hitze ausstrahlte wie eine heiße Herdplatte. Kaum auszuhalten! Andrew beschloss, sich ein Glas Wasser zu holen.

Chris' Plan hatte funktioniert. Er hatte den Zaun seines Privat-Reservates auf der Südseite geöffnet, und Pete hatte die Kängurus durch die Lücke in die Freiheit getrieben. Fragte sich nur, ob die halb zahmen Tiere damit zurechtkommen würden. Unglücklich schaute Chris dabei zu, wie seine Schützlinge einer nach dem anderen zügig hüpfend im Busch verschwand, weg von dem Buschbrand. Roger, das große Männchen, hatte die Führung übernommen. Vermutlich würde Chris die Tiere nie wieder sehen.

Aber für Sentimentalität war jetzt keine Zeit; er musste zurückgehen und nach dem Jungen und dem Haus sehen, und nach diesen unvernünftigen Weibern. Bestimmt hatte der Ausbruch des Brandes etwas mit den beiden zu tun. Er hatte zwar nicht festgestellt, dass sie rauchten, aber irgendwie mussten sie es geschafft haben, den Busch anzuzünden. Es konnte kein Zufall sein, dass ausgerechnet dann Feuer ausbrach, wenn die beiden hier auftauchten. Erbittert wandte er sich zurück Richtung Wohnhaus. Er sah, dass die Rothaarige sich immer noch darum bemühte, zu löschen, allerdings erfolglos. Das Feuer hatte längst auf das Känguru-Gehege übergegriffen und fraß sich zügig in den Busch. Die Blonde hatte schon aufgegeben und hockte am Boden, beide Hände in ihre Haare gewühlt.

»Wo ist der Junge?«, herrschte er sie an.

Bevor sie antworten konnte, kam Andrew auch schon aus dem Haus gestürmt und warf sich in die Arme seines Vaters. Beide waren völlig verschmutzt, aber unverletzt. Erleichtert drückte der Brolga den Jungen an sich.

»Deine Mutter bringt mich um, wenn sie das erfährt!«

Den Jungen immer noch an sich gedrückt, wandte er sich an Melanie.

»Hör auf damit, es hat sowieso keinen Sinn. Die Kängurus sind weg, und der Brand hört früher oder später von selbst auf. Solange mein Haus nicht abbrennt, kann jetzt nichts Schlimmes mehr passieren – wenn man mal von den verbrannten Tieren absieht.«

Sie tranken Wasser, wuschen sich und beobachteten den Buschbrand, der sich zügig vom Haus weg in die Wildnis hineinfraß. Er dachte keineswegs daran, zu verlöschen, sondern brannte munter den ganzen Nachmittag und bis in die Abendstunden hinein weiter. Erst ein ergiebiger Regenschauer oder Mangel an Brennmaterial würde ihn zum Erliegen bringen. Regen war jedoch keiner in Sicht, so würde es vielleicht noch tagelang weiter brennen. Schließlich wandte sich Chris zum Haus. Er musste Andrew zu essen geben, und auch Melanie, die sich redlich angestrengt hatte. Auf Adelheid war er nicht gut zu sprechen. Morgen würde er den Jungen nach Hause zu seiner Mutter bringen. Was sollte das Kind noch hier? Seine Freunde, die Kängurus, waren weg, und er selbst, sein Vater, schien keine gute Gesellschaft für den Jungen zu sein.

Als sich Chris der Haustür näherte, fiel sein Blick auf den Eukalyptus, der dem Haus am nächsten stand. Der Baum hatte den Brand gut überstanden. Das Laub war teilweise verkohlt und der

Stamm ziemlich geschwärzt, aber der Eukalyptus würde sich wieder erholen. Chris sah, dass in einer Astgabel ein Gegenstand steckte. Es waren die beiden Kraniche aus Kristall. Die geschliffenen Facetten der kleinen Skulptur hatten in der Mittagssonne wie ein Brennglas gewirkt und das trockene Gras unterhalb des Baumes angesteckt. Chris spürte, wie unbändiger Zorn in ihm aufstieg. Diese blöden, unvernünftigen Weibsbilder! Besonders die Blonde, sie war an allem schuld. Sie hatte sein Kind gefährdet, sie war schuld daran, dass beinahe seine Existenz abgebrannt wäre. Und vor allem war sie daran schuld, dass seine geliebten Kängurus weg waren. Wutentbrannt riss er die beiden Kraniche aus Kristall, die vom Brand geschwärzt waren, aus der Astgabel und schleuderte sie, so weit er konnte, in den Busch. Dann wandte er sich, vor Zorn sprühend, Adelheid zu. Diese hatte ihn beobachtet und voller Schrecken verstanden, was die beiden Kraniche aus Kristall angerichtet hatten.

»Du!«, schrie sie der Brolga an. »Wegen dir ist hier alles abgebrannt! Mein Haus hätte hin sein können! Wir hätten alle tot sein können! Mein Auto! Meine Kängurus! Mach, dass du wegkommst!« Dann zog er sich mit großen Schritten ins Haus zurück.

Adelheid wusste nicht, was sie tun sollte. Sie war völlig schockiert. Alles war schiefgegangen! Und das, obwohl sie es so gut gemeint hatte. Vor Scham wusste sie nicht aus, noch ein. Sie wusste nicht, wie sie die Tatsache, beinahe die Existenz dieses Mannes zerstört zu haben, wiedergutmachen sollte. Obwohl Melanie tröstend den Arm um sie legte, fühlte sie sich dadurch nicht besser. Auch Pete, der plötzlich vor ihnen stand, konnte sie nicht merklich aufmuntern. Sein dunkles Gesicht strahlte vor Freude. In der Hand hielt er einen verkohlten Leguan, der dem Feuer zum Opfer gefallen war. Pete verstand immer, aus allem das beste zu machen. Für ihn war der Buschbrand kein Unglück. Brände gehörten nun mal zum Leben.

»Heute gibt es Bohnen mit Leguan zum Abendessen! Heidi, warum so traurig?«

Nachdem ihm Melanie erklärt hatte, wie das Feuer zustande gekommen war, machte er sich auf, die beiden Kraniche aus Kristall zu suchen, die der Brolga in den Busch geworfen hatte. Pete brauchte eine Weile, wurde aber schließlich fündig. Er hob die kleine Skulptur aus der Asche, nahm sie in die Hand und pustete den Schmutz fort. Die Kraniche aus Kristall waren zwar verdreckt, aber wie durch ein Wunder heil geblieben. Sie waren weich gefallen. Ein Bad in sauberem Wasser, und sie wären wie neu. Lächelnd brachte Pete sie zu Adelheid, aber sie schüttelte den Kopf.

»Behalte du die Kraniche. Ich mag sie nicht mehr und werde sie keinesfalls wieder mit nach Hause nehmen! Vielleicht möchtest du ja eine Erinnerung an zwei besonders dumme Hühner zurückbehalten.«

»Hier gibt es nur ein dummes Huhn«, dachte Melanie erbost, behielt ihren Gedanken aber für sich. Adelheid war schon genügend bestraft durch den gerechten Zorn des Brolga.

Pete lächelte und behielt die Kraniche freudig in der Hand. Sicher würden sich seine Enkelkinder über den hübschen Gegenstand freuen. Außerdem würde er ihnen etwas zu erzählen haben, sobald er nach Hause käme. Aber zuerst würde er die beiden Frauen wieder heil in der Stadt abliefern müssen. Er konnte sich nicht vorstellen, dass sie Lust hätten, noch weiter beim Brolga zu bleiben. So verabredeten sie, am nächsten Morgen zurück in die Stadt zu fahren.

Nach einer weiteren, unbequemen Nacht auf dem Fußboden, in der sie kaum geschlafen hatten, machten sich die beiden Frauen zusammen mit Pete auf die Rückfahrt. Chris Caine machte aus seiner Erleichterung, die beiden Störenfriede loszuwerden, kein Geheimnis. So fiel der Abschied äußerst knapp aus, und in seiner gewohnten Art verlor der Brolga kaum ein Wort, als er den beiden die Hand drückte. Immerhin sorgte er noch dafür, dass sie für die Rückfahrt genügend Proviant und Wasser dabei hatten. Und er blickte Adelheid lange und hart in die Augen, während er ihr zum Abschied fast die Hand zerquetschte. Mehr hatte er ihr nicht zu sagen.

»Ich – es tut mir leid, wirklich, ich weiß nicht, wie ich das wiedergutmachen soll!«, stammelte sie.

»Lass es«, murmelte Melanie neben ihr. »Du kannst es nicht mehr gutmachen. Lass ihn einfach in Ruhe.«

Auch Andrew drückte den beiden fest die Hand zum Abschied. Melanie umarmte er sogar. Dabei lächelte er unergründlich, sagte aber nichts. Dann reisten die beiden Freundinnen zusammen mit Pete ab.

Etwas später brach auch Chris mit Andrew auf, der wieder zurück zu seiner Mutter gebracht werden musste. Andrew hatte nichts dagegen einzuwenden. Da die Kängurus weg waren, gab es hier nichts Interessantes mehr für ihn. Das Alleinsein mit seinem schweigsamen Vater war für einen Siebenjährigen auf Dauer zu langweilig. Nach einer langen und anstrengenden Reise kamen sie gegen Abend in der Vorstadtsiedlung an, wo Helen ein kleines Haus mit Garten gemietet hatte. Es war schon dunkel geworden, aber aus den mit Fliegengitter versehenen Küchenfenstern und der Haustüre fiel heimeliges Licht in den Garten. Andrew, der eben noch geschlafen hatte, sprang munter aus dem Wagen und rannte zur Tür.

»Hallo Mom, wir sind hier!«

Helen hatte gerade gekocht. Chris hatte seine und Andrews Ankunft telefonisch angemeldet, sodass sie sich darauf einstellen hatte können, ihren Sohn bald wieder bei sich zu haben. Als sie den Jungen hörte, kam sie aus der duftenden Küche. Er rannte ihr entgegen und umarmte sie stürmisch. Sobald er sie vor sich sah, war aller Groll vergessen. Wie sehr liebte er seine Mutter, sie war so weich und rund und hatte so wunderschönes, rotes Haar. Und ihre Gesichtszüge waren so sanft und gütig, dass er sich gar nicht daran sattsehen konnte.

»Hallo Mom, es hat gebrannt, und alle Kängurus sind weg, und hier ist Dad!«

Andrew fasste seine Mutter an der Hand und versuchte, sie näher zu Chris zu ziehen. Dieser stand verlegen an der Türe und hielt seinen Hut in beiden Händen.

»Hi Chris!«, sagte Helen und lächelte. Erleichtert erwiderte der Brolga ihr Lächeln.

Viele Wochen waren vergangen. Adelheid und Melanie waren längst wieder zu Hause und gingen ihrer Arbeit nach. Adelheid war dabei, ihren unrühmlichen Trip nach Australien und die peinliche Rolle, die sie dabei gespielt hatte, zu vergessen. Allerdings hatte sie viel aus der Episode gelernt und war inzwischen etwas vorsichtiger damit, ihre vermeintlich guten Ideen spontan umzusetzen. Auch bemühte sie sich darum, ihre Mitmenschen, allen voran Melanie, nicht mehr so stark zu manipulieren. Die Reise hatte ihr insgesamt gutgetan, auch wenn sie am liebsten nicht mehr daran denken wollte.

Eines Tages erhielt sie vom Brolga eine E-Mail und war überrascht, wie wortgewandt der schweigsame Mann plötzlich war, wenn er seine Gedanken schriftlich formulierte.

Liebe Heidi,
vielleicht erinnerst du dich noch an den unfreundlichen Brolga aus Australien? Ich hoffe, dass du dich von mir wieder gut erholt hast. Das gleiche gilt natürlich für deine Freundin Melanie. Im Nachhinein tut es mir sehr leid, dass ich euch eure Reise verdorben habe. Schließlich habt ihr viel Zeit und Geld investiert, um zu mir zu kommen. Niemand, der so viel Mühe auf sich genommen hat, hat es verdient, so unhöflich behandelt zu werden. Aber du musst verstehen: Ich wollte einfach nur meine Ruhe haben und fühlte mich durch euren Überraschungsbesuch unglaublich gestört. Vielleicht könnt ihr euch, falls ihr wieder einmal einen Besuch plant, vorher anmelden? Dass meine Kängurus geflüchtet sind, hat mich damals schwer getroffen. Schließlich habe ich alle von Hand aufgezogen, und sie sind mir ans Herz gewachsen wie

eigene Kinder. Aber vielleicht war es am besten so für die Tiere. Ich habe einige von den Weibchen zusammen mit Roger später nochmal im Busch getroffen, und ich glaube, es ging ihnen gut. Aus diesem Grund bin ich zuversichtlich, dass es letztendlich ein Segen war, dass sie sich gewissermaßen selbst ausgewildert haben. Der materielle Schaden an meiner Hütte und meinem Grundstück hat sich in Grenzen gehalten. Deswegen brauchst du dir also keine Gedanken zu machen. Ich bin vor Kurzem umgezogen und lebe jetzt etwas näher bei der Stadt. Auch hier gibt es verwaiste Känguru-Babys, seit Kurzem habe ich wieder eines. Es ist ein Weibchen, und was denkst du, wie es heißt? Heidi! Ich muss nur bald einen Artgenossen für die Kleine auftreiben, damit sie nicht alleine bleibt. Aber das dürfte nicht weiter schwierig sein. Und hier das Beste: Helen und ich sind wieder zusammen! Sie hat gesagt, dass sie mir noch eine Chance geben will. Andrew ist ungeheuer glücklich darüber, und ich ebenfalls, wenn ich ehrlich sein darf. Der Junge braucht beide Eltern, das haben wir jetzt erkannt. Ich selbst habe an mir gearbeitet und weiß jetzt, dass ich mich mehr um Helen kümmern muss als früher. Liebe Heidi, durch deinen seltsamen Besuch hast du also gewissermaßen einen Beitrag dazu geleistet, uns wieder zusammenzuführen. Vielen Dank dafür. Schau doch mal wieder bei uns vorbei, wenn du in Australien bist, aber melde dich vorher an. Auch Melanie ist herzlich willkommen.
Viele Grüße,
Chris Brolga Caine

Adelheid war froh über den versöhnlichen Ton der E-Mail. Chris hatte ein Foto von Andrew angefügt, der das Känguru-Baby Heidi liebevoll in den Armen hielt, und eine gekritzelte Kinderzeichnung von zwei tanzenden Brolgas. Wenn man genau hinsah, entdeckte man zwischen den beiden erwachsenen Vögeln, zu ihren Füßen, ein Kranich-Küken. Adelheid lächelte. Sie druckte den Brief, das Foto und die Zeichnung aus und heftete alles an ihre Pinnwand.

Gastfreundschaft auf Hawaii

Die Schneeeule Blanche hatte eine weite Reise hinter sich, als sie auf einer unbekannten Insel landete. Sie war in der arktischen Tundra Kanadas aus dem Ei geschlüpft. Der Sommer war kurz gewesen und ihre Eltern hatten viel Mühe gehabt, sie und ihre fünf älteren Geschwister aufzuziehen. Da Blanches Geburtsjahr ein gutes Jahr für Lemminge gewesen war, hatten sie es geschafft, alle sechs Eulenküken in dem einfachen Erdloch, das als Nest diente, groß zu bekommen. Auch war keines der Jungen von einem Eisfuchs geraubt worden, sodass alle das Erwachsenenalter erreicht hatten.

Blanche als jüngstes Küken hatte das Nest als letzte verlassen. Die Eltern fütterten sie bald nicht mehr. Jetzt musste sie lernen, selbst für ihren Lebensunterhalt zu sorgen. Da aber auch alle anderen Eulenpaare in Blanches Heimat heuer überdurchschnittlich viel Nachwuchs großgezogen hatten, war sie gezwungen gewesen, abzuwandern und sich ein eigenes Jagdrevier zu suchen. Damals war Blanches Gefieder noch dunkelgrau gewesen, aber nach der Jugendmauser würde sie sich in einen stattlichen, weiß gefiederten Greifvogel mit vielen dunklen Sprenkeln verwandeln. Bereits jetzt, am Ende ihres ersten Sommers, hatte sie ihre Erwachsenengröße erreicht und eine beachtliche Flügelspannweite von fast eineinhalb Metern.

Blanche begann ihre Reise nach Süden, um ein weniger dicht besiedeltes Gebiet zu finden, wo sie sich niederlassen und nächstes Jahr mit einem Männchen verpaaren konnte. Auf ihrer Reise entwickelte sie sich zu einer geschickten Jägerin. Ihre Hauptbeute waren Lemminge und immer mehr Mäuse, je weiter sie nach Süden kam. Ab und zu erlegte sie auch ein Kaninchen oder eine Ente. Hunger musste sie nicht leiden. Durch die reichliche Nahrung und die stete Weiterreise entwickelte sie sich zu einem kräftigen und gesunden Vogel. Allerdings hatte sie, wo sie auch hinkam, immer wieder Begegnungen mit anderen jungen

Schneeeulen, die sie in ihrem Revier nicht dulden wollten, sodass sie weiter und weiter nach Süden reisten musste. Dabei überquerte sie eine Vielzahl verschiedener Landschaften.

Nachdem sie lange Zeit über scheinbar endlose dunkelgrüne Nadelwälder geflogen war, sah sie bald ausgedehnte Laubwälder, die in den buntesten Herbstfarben feurig leuchteten. Große blaugraue Seen überflog sie ebenso wie zahlreiche eigenartige Gebilde, die hauptsächlich aus weißen oder grauen, glänzenden Felsformationen bestanden. Diese Gebilde schienen die Behausungen jener eigenartigen Lebewesen zu sein, die sie immer häufiger sah, je weiter sie nach Süden kam. Als sie sich einmal auf der ziegelroten Oberseite eines weißen, würfelförmigen Felsens ausgeruht hatte, hatte sie diese Lebewesen zum ersten Mal aus der Nähe gesehen. Es schienen Vögel zu sein, da sie, genau wie Blanche, auf zwei Beinen gingen. Federn hatten sie allerdings nicht, was der Grund dafür war, dass sie nicht fliegen konnten. Bei der Begegnung war nichts weiter passiert, als dass diese Wesen sie irgendwann bemerkt hatten und mit ihren federlosen Flügeln auf sie gedeutet hatten. Die Schneeeule kam zu dem Schluss, dass diese Tiere wohl ungefährlich waren, und es am besten war, sie einfach in Ruhe zu lassen.

Diese Strategie bewährte sich auf ihrer Weiterreise. Sie machte nie negative Erfahrungen mit den flugunfähigen Vögeln, ging ihnen allerdings trotzdem aus dem Wege, da sie ihr zu laut und zu hektisch waren. Besonders die Küken der federlosen Vögel hüpften meist aufgeregt und gaben schrille Schreie von sich, die für Blanches an Stille gewöhnte Ohren eine Strapaze waren. Allerdings lernte sie andere Tiere kennen, die noch viel lauter waren. Es gab zum Beispiel Tiere, die sich immer nur auf den grauen Bändern bewegten, die mehr und mehr die Landschaft durchzogen, je weiter Blanche nach Süden kam. Diese Tiere waren leuchtend bunt gefärbt, rasten unheimlich schnell und machten viel Lärm dabei. Aber noch lauter waren die riesigen weißen Vögel, die oft viel höher als Blanche und auch viel schneller als sie dahinflogen. Diese ängstigten sie sehr, da sie wegen ihrer Größe und ihres Lärms bedrohlich wirkten. Die Schneeeule fürchtete, dass es sich um riesige Raubvögel handelte, die kleinere Vögel schlugen. Allerdings konnte sie nie beobachten, dass einer dieser Raubvögel ein anderes Tier jagte. Ob sie nachts jagten, wenn Blanche in einem hohen Baum oder auf einem Hochspannungsmast schlief?

Blanche machte hier auch noch andere interessante Beobachtungen. Man musste zum Beispiel nicht immer auf die Jagd gehen. Wenn man an den grauen, steinernen Bändern entlangflog, auf denen die bunten, brüllenden Tiere dahineilten, fand man immer kleinere Tiere, die offensichtlich niedergetrampelt worden waren. Man brauchte sich nur zu bedienen, musste allerdings aufpassen, dass man nicht selbst zum Opfer von solch einem hastenden Geschöpf wurde. Die Schneeeule hielt sie für Büffel, die keinerlei Rücksicht auf andere Lebewesen nahmen und alles überrannten, was ihnen in die Quere kam.

Blanche verzichtete allerdings nach Möglichkeit lieber auf die totgetrampelten Tiere als Nahrung, da ihr selbst erlegtes Futter lieber war. Und meistens herrschte auch kein Mangel daran. Der Greifvogel hatte außerdem bereits gelernt, dass es bei den am Straßenrand liegenden toten Tieren sogar welche gab, die ungenießbar waren und in großem Umkreis einen geradezu bestialischen Gestank verbreiteten. Dies war immer dann der Fall, wenn das getötete Tier ein schwarz-weiß gestreiftes Fell gehabt hatte – soweit man dies noch erkennen konnte. Blanche nahm sich vor, um solche Tiere, falls sie ihr einmal lebendig begegnen sollten, einen großen Bogen zu machen, anstatt sie zu erlegen. Nein, das Aas überließ sie lieber anderen, zum Beispiel Krähen und Schakalen.

Der Gast aus dem Norden überflog nun weite Landschaften, die sich ganz flach oder in sanften grünen Hügeln unter ihr ausbreiteten. Die Behausungen der flugunfähigen Vögel kamen hier seltener vor. Das Land war vor allem von riesigen, bereits abgeernteten, dunkelbraunen Getreidefeldern geprägt. Auch weite, mattgrüne Grasebenen erstreckten sich, soweit das Auge reichte. Blanche fühlte sich an ihre Heimat erinnert, die sich unabsehbar weit und offen im fernen Norden ausbreitete. Allerdings sah sie hier andere Tiere als zu Hause: Rinder und Pferde in riesigen Herden. Da diese für eine Eule nicht als Beute in Frage kamen, fand sie sie wenig interessant. Blanche spielte mit dem Gedanken, sich hier niederzulassen. Da sie nun aber auf den Geschmack gekommen war, reiste sie weiter, von ihrer Neugierde getrieben. Dabei merkte sie, dass das Gelände unter ihr nun unaufhaltsam anstieg und es jetzt wieder mehr sattgrüne Nadelwälder gab. Sie würde ein Gebirge überqueren müssen. Aber Blanche fühlte sich stark und traute sich diese Anstrengung zu. Bisher hatte sie noch überall Nahrung gefunden, warum also nicht auch hier?

Tag für Tag breiteten sich nun höhere Berge unter ihr aus. Die Eule blickte im Flug auf schroffe, zerklüftete Felsformationen und in tiefe Schluchten hinab. Das Wetter wurde immer rauer. Oft musste sie im Regen fliegen, war aber durch ihr prachtvolles Gefieder, das an arktische Bedingungen angepasst war, ausgezeichnet geschützt. In der Tat wurde das Futter jetzt knapp. Die Schneeeule fürchtete allmählich, dass die karge Felswüste unter ihr nie mehr aufhören würde. Schon lange waren die Berge unter ihr schneebedeckt. Sie schienen sich höher und höher aufzutürmen. Blanche ruhte nun manchmal auch tagsüber einige Zeit im Schnee. Zu ihrer Freude konnte sie eines Tages ein unaufmerksames Schneehuhn erlegen. Gestärkt flog sie weiter und stellte bald fest, dass sie den höchsten Gipfel überquert haben musste. Nun mussten ja bald wieder Ebenen vor ihr auftauchen. Dort würde sie sich dann niederlassen. Blanche hatte fürs erste vom Reisen genug und sehnte sich nach einer ruhigen, offenen Graslandschaft mit vielen Nagetieren. Allerdings hatte sie die Rechnung ohne das Wetter gemacht.

Hier schien es viel feuchter zu sein als auf der anderen Seite des Gebirges. Ein heftiger Wintersturm baute sich ganz plötzlich auf und wirbelte die Eule, ehe sie Schutz suchen konnte, mit

Wind und Schneeregen dahin. Orientierung war nicht mehr möglich. Blanche ließ sich lange Zeit vom Sturm forttragen und hoffte, dass sie nicht gegen ein Hindernis geschleudert würde. Sie fühlte, dass sie von dem Sturm viel höher hinaufgetragen wurde, als es ihrer normalen Flughöhe entsprach. Beängstigend, so völlig die Kontrolle verloren zu haben! Manchmal wurde sie sogar bewusstlos. Ihr Zeitgefühl hatte sie auch verloren. Sie konnte nicht mehr beurteilen, wie lange sie schon so dahingetragen wurde. Blanche hatte das Gefühl, der Sturm würde niemals enden.

Und dann war es doch irgendwann vorbei. Der Wind flaute merklich ab, der Regen hörte auf, und plötzlich konnte der Vogel wieder den leuchtend blauen Himmel über sich sehen. Die Sonne stand tief in sattem Orange; es war also Abend. Zeit, sich einen Schlafplatz zu suchen und sich von dem Schock und der Strapaze des Sturms zu erholen. Blanche schaute nach unten und stellte zu ihrem maßlosen Schrecken fest, dass sie über Wasser flog! Weit und breit keine Möglichkeit, zu landen. Der Sturm hatte sie aufs Meer hinaus getragen. So blieb ihr nun nichts anderes übrig, als weiter zu fliegen. Irgendwo würde sie wieder auf Land treffen.

Blanche entdeckte einen großen Schwarm Seevögel und beschloss, hinterherzufliegen. Bestimmt wussten diese weit gereisten Vögel, wo Land zu finden war. Der Eule kamen nun ihre Jugend und das Schneehuhn zugute, das sie vertilgt hatte, bevor sie von dem Sturm verdriftet worden war. Trotzdem war der Flug eine entsetzliche Anstrengung für sie. Jetzt sah sie sich gezwungen, auch in der Nacht zu fliegen, was sie sonst nie tat. Wenigstens wurde sie durch gutes Wetter und leichten Rückenwind begünstigt.

Aber ihre Rechnung, den Seevögeln zu folgen, ging nicht auf, da diese nachts auf dem Wasser ruhten. Diese Möglichkeit stand einer Eule nicht offen, sodass sie weiter fliegen musste. Über ihr wölbte sich nun der prachtvolle Sternenhimmel, aber dafür hatte sie keinen Blick. Als der Morgen begann, war die Eule am Ende ihrer Kräfte. Sie flog sehr langsam und dicht über dem Wasser und glaubte jeden Moment, hineinzustürzen. Welche Kreaturen es wohl im Wasser gab, die nur darauf warteten, eine müde Eule zu verschlingen? Blanche war kurz davor, sich fallen zu lassen, als sie im Morgenlicht wieder weiß leuchtende Möwen über der See kreisen sah. Sie hörte auch ihre heiseren Schreie. Land! Land!

Die Schneeeule mobilisierte ihre letzten Reserven und erreichte das Ufer. Dort ließ sie sich in den weißen Schnee fallen. Nein, es war feinkörniger, kühler Sand! Auch gut. Hier würde sie sich erst einmal ausruhen. Nachdem sie mit ihren befiederten, kräftigen Füßen eine kleine Mulde in den Sand gegraben hatte, schlief sie ein. Sie war so klug gewesen, sich weit genug von der See zu entfernen, dass sie von den auflaufenden Wellen nicht erreicht werden konnte. Bodenfeinde ließ sie für den Moment Bodenfeinde sein. Ihr Schlaf war allerdings kurz, da sie von Hunger und Durst geweckt wurde.

Langsam ging sie los – zum Fliegen war sie zu müde – und inspizierte den Strand nach etwas Essbarem. Bald fand sie die Reste einer toten Krabbe, im Normalfall nicht ihre Lieblingsnahrung, aber heute war sie nicht wählerisch. Die Krabbe stillte Blanches größten Hunger, aber jetzt brauchte sie unbedingt zu trinken! Auch danach musste sie nicht lange suchen. Da regnerisches Wetter war, fand sie bald eine Pfütze. Wegen der Nähe zum Meer war das Wasser recht salzig, aber zur Not trinkbar. Blanche wollte nun schlafen und später richtige Nahrung schlagen. Als Bäume gab es hier nur seltsame hohe, hellgraue Säulen, aus deren Spitze eigenartige, glänzend grüne Wedel herauswuchsen. Wie sollte man darauf nur sitzen? Sie wählte als Schlafplatz lieber ein flaches Brett, das dicht über dem Boden auf zwei Holzpfosten quer lag. Dies war hoch genug, um sich einen Überblick zu verschaffen und mögliche Feinde rechtzeitig herannahen zu sehen. Die Schneeeule hatte bis jetzt aber kaum andere Tiere entdeckt außer Möwen. Es schien hier also nicht besonders gefährlich zu sein, sodass sie eines ihrer leuchtend gelben Augen schloss, um zu ruhen. Das andere Auge blieb einen schmalen Spalt weit offen, um die Umgebung zu beobachten.

Blanche schien ihr neues Heim gefunden zu haben. Die Macht des Sturmes hatte sie herbeigetragen, und sie beschloss, sich hier anzusiedeln. Nachdem sie sich von ihrem Flug über die See wieder erholt hatte, flog sie weiter ins Landesinnere, um sich zu orientieren. Was sie sah, gefiel ihr ausgezeichnet. Offensichtlich war sie auf einer Insel gelandet, aber mit ausreichend viel Platz. Auf mehreren Erkundungsflügen entdeckte sie keine einzige andere Schneeeule, die ihr die Ressourcen hätte streitig machen können. Darüber war sie einerseits froh; andererseits fühlte sie ein leises Bedauern, da sie sich inzwischen ein wenig nach Gesellschaft sehnte. Ein einzelner Artgenosse würde ihr schon reichen – aber der konnte ja noch kommen.

Auf ihren Rundflügen hatte sie entdeckt, dass es hier sehr abwechslungsreiche Landschaften gab. Die Insel beherbergte grasige Ebenen genauso wie üppig bewaldete Berge und kahle schwarze Felsformationen. Zu essen gab es genug. An Nagetieren herrschte kein Mangel. Die Insel wurde außerdem wie das Festland von den flugunfähigen Zweibeinern bewohnt. Hier gab es sogar besonders viele davon. Sie hatten einen ausgedehnten, unregelmäßig geformten Bau mit vielen hohen Türmen angelegt. Auch die riesigen weißen Vögel lebten hier. Sie schienen mit den Zweibeinern vergesellschaftet zu sein. Das Revier dieser Vögel war eine große, graswachsene Ebene, wo es reichlich Mäuse und Kaninchen gab.

Da die Schneeeule sich wieder an ihre nordische Heimat erinnert fühlte, beschloss sie, sich hier niederzulassen, obwohl die Riesenvögel so nahe waren. Sie flogen ständig an und ab und machten dabei gewaltigen Lärm, aber Blanche hielt respektvollen Abstand zu ihnen und gewöhnte sich einigermaßen an das Getöse. Wegen des guten Nahrungsangebots kam sie bald zu

Kräften und fühlte sich rundum wohl. Auch das milde Klima behagte ihr, obwohl sie aus der Arktis stammte. Sicher würden bald Artgenossen den Weg hierher finden. Sie brauchte also nur noch zu warten und etwas Geduld zu haben, dann könnte sie eine Familie gründen.

Mittlerweile war sie von den flugunfähigen Tieren, die hier so häufig vorkamen, entdeckt worden. Diese gingen manchmal allein oder zu zweit über das Gelände und beobachteten sie. Manchmal hielten sie sich dabei zwei schwarze Röhren vor das Gesicht und schauten in ihre Richtung. Überrascht beobachtete Blanche, dass diese Geschöpfe einen Greifvogel mit sich trugen. Es musste ein Bussard sein. Dieser saß auf dem nackten Flügel von einem der Zweibeiner. Einmal flog der Bussard auf Blanche zu und stürzte sich im Flug mehrmals auf sie, um jedes Mal wieder beizudrehen. Da sie die Reaktion anderer Raubvögel auf Eulen kannte, war sie nicht weiter beunruhigt. Sie duckte einfach etwas ab und blieb sitzen.

Am nächsten Tag kamen wieder die Zweibeiner in ihre Nähe. Blanche ließ sie herankommen, da sie ungefährlich zu sein schienen. Sollten sie ihr zu nahe kommen, konnte sie außerdem leicht abfliegen, da sie auf einer kleinen Anhöhe im Gelände saß. Heute hatten sie den Bussard nicht dabei. Einer der Flugunfähigen kniete auf eines seiner mageren Beine nieder. Dann erhob er einen Stock und hielt ihn in ihre Richtung, was Blanche wirklich amüsierte. Wollte er sie etwa aus dieser Entfernung mit einem Stock erschrecken?

Sie erhob leicht ihre Flügel, um wegzufliegen. Da ertönte plötzlich ein schrecklicher Knall. Gleichzeitig wurde Blanche von einer unsichtbaren Macht auf die Seite geschleudert. Sie überschlug sich mehrmals. Als sie versuchte, wieder auf die Beine zu kommen, fühlte sie entsetzliche Schmerzen in der Brust und im Bauch. Trotzdem wollte sie abfliegen, aber ihre Flügel gehorchten ihr nicht mehr. Ihr prächtiges Gefieder, das auf der langen Reise fast weiß geworden war, färbte sich blutrot.

Die Schneeeule warf sich in Panik herum, als sie merkte, dass die Zweibeiner nun über ihr waren, hielt ihnen ihre furchteinflößenden Klauen entgegen und fauchte drohend. Ihre gelb leuchtenden Augen waren weit geöffnet und furchtlos auf die beiden Angreifer gerichtet. Eines der Geschöpfe fasste die verletzten Flügel der Eule hinter ihrem Rücken zusammen und zog einen langen, glänzenden Gegenstand aus dem Gürtel. Blanches Reise war zu Ende.

Marek fährt in den Urlaub

Marek entspannte sich mit jedem Kilometer, den er auf seiner Reise in den Süden zurücklegte, mehr. In letzter Zeit hatte er sich in der Firma zu viel zugemutet. Dies war nicht ohne Folgen geblieben. Schon lange fühlte er sich völlig erschöpft, und jetzt war auch noch der Hörsturz hinzugekommen. Seitdem ließ ihn das schrille Pfeifen im rechten Ohr nicht mehr los. Immerhin war es durch die ärztliche Behandlung besser geworden, aber trotzdem hatte ihm sein Arzt dringend eine Auszeit empfohlen. Und nachdem sein Vorgesetzter verstanden hatte, dass Marek kurz vor dem Burnout stand, hatte Armin zugestimmt, seinen Angestellten vier Wochen lang Urlaub nehmen zu lassen. Schließlich war er auf Marek angewiesen, der ein tüchtiger Mitarbeiter war, noch nie gegen Überstunden aufbegehrt hatte und über großes Verhandlungsgeschick verfügte.

Marek arbeitete schon seit elf Jahren für seinen Chef und war außer Armin der einzige in der Firma, der einen guten Überblick über sämtliche Abläufe hatte. Es war wichtig, Mareks Arbeitskraft zu erhalten. Aus diesem Grund fuhr er nun Richtung Österreich.

Er hatte vor, sich mindestens zwei Wochen lang in einem angesagten Wellness-Ressort verwöhnen zu lassen. Das war zwar teuer, aber den Spaß gönnte er sich. Die Ski-Saison war noch nicht eröffnet, und sein Arzt hatte ihm dringend geraten, sich bei einer ruhigen Art der Freizeitgestaltung zu erholen. Also würde er schwimmen, die Sauna besuchen, sich massieren lassen und gutes Essen genießen. Darauf freute er sich schon. Auch hatte er nichts dagegen, dass seine Frau Nina diesmal nicht mitgefahren war. Sie hatte so kurzfristig keinen Urlaub bekommen, und auch finanzielle Gründe hatten die beiden dazu bewogen, dass Marek diesmal alleine fuhr.

Er lächelte vor sich hin, während er seinen Wagen gemächlich durch den mäßigen Verkehr an diesem Spätnachmittag steuerte.

War ja mal ganz nett, alleine unterwegs zu sein. Wer weiß, was sich daraus ergeben würde? Er war gespannt, was ihn in dem Wellness-Ressort erwarten würde. Womöglich die eine oder andere attraktive Frau? In etwa zwei Stunden würde er es wissen. Marek freute sich schon auf das Ende der Fahrt. Bei diesem Wetter war er nicht so gerne auf der Autobahn unterwegs, besonders dann, wenn es schon dunkel wurde. Es war nasskalt und neblig an diesem tristen, düsteren Herbsttag. Wie schön wäre es gewesen, einfach für ein paar Wochen in den sonnigen Süden zu fliegen. Aber wie hätte Marek dies seiner Frau gegenüber vertreten sollen? So würde er eben Dampfbäder und heiße Steine genießen, auch gut. Aber was war das? Am Armaturenbrett glühte eine der Warnleuchten auf. Marek fluchte leise vor sich hin. Die Scheißkarre würde doch nicht ausgerechnet jetzt schlapp machen? Er hatte in letzter Zeit schon genug Ärger gehabt. Auf eine Autopanne konnte er im Moment gut verzichten.

Marek verließ an der nächsten Ausfahrt die Autobahn und fuhr auf der Landstraße weiter in der Hoffnung, schnell eine Autowerkstatt oder eine Tankstelle zu finden. Mit einem defekten Auto weiterzufahren war ihm zu riskant, da war er vorsichtig. Allerdings zeigte sich schnell, dass Marek in einer recht einsamen Gegend gelandet war. Er war in ein kleines Flusstal eingebogen. Am Anfang passierte er noch ein paar kleine Dörfer, aber bald entdeckte er allenfalls vereinzelte, spärlich beleuchtete Häuser neben der Straße. Schließlich schien er völlig in den düsteren Gebirgswald hineingeraten zu sein. Die Steigung nahm zu, und die Straße wurde schmaler und kurviger. Sie folgte nach wie vor dem kleinen Flusslauf, der rechts von der Straße zu Tal stürzte. Die rote Warnleuchte am Armaturenbrett glomm mahnend in der einbrechenden Dämmerung, und Marek beschloss, bei der nächsten Gelegenheit umzukehren. Diese Strecke jedenfalls schien ins Nichts zu führen.

Doch als Marek um eine weitere Kurve fuhr, sah er ein einsames Haus am Straßenrand stehen. Das einstöckige Gebäude mit dem steilen Giebeldach war so weit von der Straße zurückgesetzt, dass man es in dem schwachen Licht des Herbstnachmittags nur schwer ausmachen konnte. Marek bog langsam in den Hof ein. Er hatte beschlossen, hier nach einer Autowerkstatt zu fragen. Immerhin leuchtete über dem Eingang eine kleine Lampe. Es war also jemand zu Hause. Marek parkte direkt vor dem Haus und zog die Handbremse gut an. Dies schien ihm ratsam in dem steilen Gelände.

Als er ausgestiegen war, stellte er fasziniert fest, dass das einstöckige alte Haus geschickt in den felsigen Untergrund hineingebaut war und aus dem gleichen Gestein bestand wie der Berg. Es schmiegte sich in den Gebirgswald, und mit der rückwärtigen Fassade kam es dem kleinen Fluss bedenklich nahe. Wer war nur auf die Idee gekommen, hier ein Haus zu bauen? Ein Wasserrad gab es nicht, es war also keine Mühle. Der Erbauer musste aus unbekannten Gründen die Einsamkeit gesucht haben. Vielleicht hatte hier jemand in alter Zeit nach Gold gesucht. Womöglich war es sogar ein ehemaliges Räubernest.

Marek hörte den Fluss im Dunkeln rauschen. Das Geräusch übertönte den Pfeifton in Mareks Ohr, was ihm nur recht war. Er schloss den Wagen ab und näherte sich der Haustür, um schnell aus der Kälte und dem leichten Nieselregen zu kommen. Es gab eine altmodische Türglocke. Marek betätigte den Glockenzug, und im Inneren des Hauses ertönte ein Scheppern, aber niemand reagierte darauf. Erst, als Marek sich schon abwenden wollte, um zu seinem Auto zurückzukehren, wurde die Haustüre langsam geöffnet, und der Reisende sah in dem schwachen, gelblichen Lampenlicht einen kleinen, uralten Mann stehen. Der Alte hatte einen krummen Rücken und war in schlecht sitzende, abgetragene Kleidungsstücke gehüllt. Er schien eben noch gelegen zu haben, da sein weißes Haar in alle Richtungen vom Kopf abstand. Seine eng beieinanderliegenden, blassen Augen blickten den Eindringling unter schweren Lidern misstrauisch an. Der Alte sagte kein Wort.

»Guten Abend. Mein Wagen ist defekt. Ist hier irgendwo eine Autowerkstätte in der Nähe?«

Der Alte schien ihn nicht zu verstehen. Er antwortete nicht.

»Wissen Sie, ob es hier in der Gegend eine Tankstelle gibt? Oder einen Automechaniker?«

Der alte Mann blickte Marek stumm an.

»Kann ich mal telefonieren?«

Diesmal bewegte der Alte geringfügig den Kopf, wandte sich langsam um und schlurfte in seinen abgetretenen Filzpantoffeln mit kleinen Schritten in die Diele. Marek fasste dies als Einladung auf und folgte ihm.

Drinnen stellte er überrascht fest, dass das Haus zum Gasthof ausgebaut war. Nachdem er dem Hausherrn langsam durch die Diele gefolgt war, betraten sie einen Raum, der als Empfang diente. Auf der kurzen Empfangstheke stand ein uralter Telefonapparat, nach Mareks Schätzung mindestens so alt wie der Hausherr. Marek trat hinter den Tresen und zog aus einer Ablage ein zerfetztes Telefonbuch hervor. Der alte Mann schaute ihm dabei stoisch zu.

»Wo sind wir denn hier?«

»Zirbenschlag«, krächzte der alte Mann. Seine Stimme schien eingerostet.

»Und wie heißt die nächste größere Ortschaft?«

»Acherau«, sagte der Mann nach längerem Nachdenken.

Marek blätterte in dem Telefonbuch nach dem genannten Ort. Schließlich fand er die Telefonnummer der einzigen Autowerkstätte am Platze, hob den Hörer des Uralt-Telefons ab und begann, die Wählscheibe zu drehen. In dem Moment bemerkte er, dass das Telefon tot war. Hätte ihn auch gewundert, wenn diese Absteige mit der Zivilisation verbunden gewesen wäre. Verärgert kehrte er zum Auto zurück und holte sein Handy.

Er hatte Empfang und erreichte den Inhaber der Autowerkstatt sofort. Dieser bedauerte jedoch sehr, Marek am gleichen Tag nicht mehr helfen zu können. Zu viele Aufträge, alles vorrangig, zu wenig Personal und so weiter. Marek kannte das schon. Wahrscheinlich hatte der Kerl einfach keine Lust mehr, bei Dunkelheit die gewundene, steile Bergstraße heraufzufahren. Obwohl Marek ihm die Dringlichkeit seines Anliegens zu vermitteln suchte, schließlich wollte er schnellstens hier weg, ließ sich der Österreicher nicht umstimmen. Er versprach aber, am nächsten Tag zu helfen und Mareks Auto abzuschleppen. Dieser wurde allmählich ärgerlich. Was sollte er hier in diesem Nest? Er wollte so schnell wie möglich in seinem Hotel einchecken, das Zimmer war gebucht! Aber der Automechaniker war nicht zu überreden. Marek würde sich damit anfreunden müssen, in dieser Absteige zu übernachten. Wütend beendete er das Gespräch. Der alte Mann war dem Telefonat mit unbewegtem Gesichtsausdruck gefolgt.

»Haben Sie ein Zimmer für mich? Ich muss hier übernachten«, fuhr Marek den Greis ungehalten an.

»Ja«, erwiderte der Alte nach einer längeren Denkpause.

»So kommen wir nicht weiter. In dem Tempo dauert das Jahre«, dachte Marek ärgerlich.

Im gleichen Moment öffnete jemand schwungvoll die Eingangstüre. Marek blickte überrascht auf die junge Frau, die mit einem großen Weidenkorb und mehreren Einkaufstaschen beladen war.

»Hallo Opa, wie geht es dir? Oh, wer ist das? Hast du Besuch?«, rief die junge Frau.

Sie hatte eine laute, helle Stimme und sprach einen breiten, einheimischen Dialekt. Das Gesicht des alten Mannes hatte sich beim Erscheinen der Enkelin merklich aufgehellt. Sein Blick war munter geworden, und mit belebter Stimme antwortete er:

»Die Gundi! Wie schön, dass du da bist, ich hab schon so auf dich gewartet! Der Mann will hier ... «

»Mein Auto ist defekt«, unterbrach Marek den Großvater, »und ich kann es heute nicht mehr reparieren lassen. Ich werde wohl oder übel hier übernachten müssen. Da dies ja ein Gasthof zu sein scheint, hoffe ich, dass Sie mir ein halbwegs anständiges Zimmer anbieten können«, blaffte er unwirsch in Gundis Richtung.

Die junge Frau stellte ruhig den Weidenkorb und ihre Einkaufstaschen ab. Sie war gekommen, um ihren Großvater mit Lebensmitteln zu versorgen und nach dem Rechten zu sehen. Sie, ihre Mutter und ihre beiden Schwestern wechselten sich darin ab, sodass der alte Mann stets gut versorgt war in seiner Einöde. Gern hätten sie ihn bei sich aufgenommen, aber der Großvater wollte nicht von seinem Zuhause weg, in dem er sein ganzes Leben verbracht hatte.

Gundi richtete sich auf und betrachtete den Fremden ruhig. Die kräftige junge Frau war in praktische, alltagstaugliche Sachen gekleidet. Ihr langes, hellbraunes Haar hatte sie zum Zopf geflochten und diesen in Form eines dicken Knotens am Hinterkopf aufgesteckt. Ihre hellblauen Augen lagen eng beieinander, wie die des Großvaters. Trotz ihres rustikalen Aussehens war sie eine moderne und selbstbewusste Frau. Von diesem großmäuligen Fremden würde sie sich nicht den Schneid abkaufen lassen. Langsam stemmte sie ihre Hände in die Seiten.

»Ich kann Ihnen selbstverständlich ein Zimmer mit Frühstück anbieten, falls es Ihnen bei uns gut genug ist. Falls es Ihnen bei uns nicht gut genug ist, kann ich Sie mit dem Auto nach Acherach mitnehmen. Dort gibt es aber auch kein feines Hotel. Sie müssten dann mit dem Bus weiterfahren in die nächste Stadt, um etwas zu finden, was vornehm genug für Sie ist.«

»Nein, nein, ich übernachte hier«, unterbrach Marek sie. Gundis frecher Tonfall erinnerte ihn an die Art und Weise, wie seine Frau Nina manchmal mit ihm umsprang.

»Können Sie mir morgen ein Frühstück machen?«

»Ja, das geht, ich übernachte allerdings nicht hier. Sobald ich für Großvater etwas zu essen gemacht habe, fahre ich wieder nach Hause. Stallarbeit, Kühe melken, verstehen Sie? Und morgen komme ich, wenn ich mit dem Melken fertig bin, und mache

Frühstück. Was darf es denn sein für den gnädigen Herrn? Jetzt haben Sie noch die Möglichkeit, sich was auszusuchen. Wie wäre es mit kuhwarmer Milch?«

Marek fragte sich, ob die junge Dame immer so mit ihren Gästen umging. Der Gasthof sah nicht danach aus, als ob er häufig in Anspruch genommen würde. Vermutlich war dies nicht nur der einsamen Lage, sondern auch der undiplomatischen Art der jungen Wirtin geschuldet.

»Stellen Sie mir einfach auf den Tisch, was Sie haben. Ich erhebe keine besonderen Ansprüche. Hauptsache, es gibt Kaffee«, lenkte Marek versöhnlich ein. Wenn er schon hier bleiben musste, würde er das Beste daraus machen. Dazu gehörte auch, nicht allzu unhöflich zu den Inhabern des Gasthofes zu sein.

Gundi näherte sich gewandt der Empfangstheke und ergriff einen der wenigen Zimmerschlüssel.

»Opa, setz dich schon mal ins Kuchl, ich kümmere mich gleich um dich!«, rief sie ihrem Großvater zu. Gehorsam bewegte sich der alte Mann mit kleinen Schritten in Richtung Küche.

Marek war zu seinem Auto gegangen, um den Teil seines Gepäcks zu holen, den er für die Nacht brauchte. Als er wieder eintrat, wartete Gundi schon auf ihn und ließ den Zimmerschlüssel um ihren Finger wirbeln. Wortlos wandte sie sich um und ging voraus. Kein Gedanke daran, ihm das Gepäck zu tragen. Als sie auf der knarzenden Holztreppe in den ersten Stock hinaufstiegen, wandte sich Gundi grinsend zu Marek um.

»Fließend Wasser haben wir auch, sehen Sie?« Sie deutete auf ein kleines Fenster, durch das man den Fluss hätte sehen können, wenn es nicht schon dunkel gewesen wäre. Marek würdigte den schwachen Scherz keiner Antwort.

Im ersten Stock drehte Gundi an einem Lichtschalter, und in dem spärlichen Licht eines winzigen Lämpchens sah man einen Gang, der vollständig mit duftendem Zirbenholz vertäfelt war. Marek erkannte, dass dies einmal eine hübsche, kleine Pension gewesen sein musste. Alles war sauber, wenn auch altmodisch ausgestattet. Mareks Blick schweifte irritiert über die vielen Hirschgeweihe und Gämsengehörne, die die Wände schmückten. Gundi stieß die Tür zu einem Zimmer auf – sie war nicht abgesperrt gewesen – und deutete in den winzigen Raum. Genau genommen, handelte es sich allenfalls um eine Kammer, aber für eine Nacht reichte es, befand Marek. Zumal das Bett sauber aussah. Allerdings hatte er keine Gelegenheit, das Zimmer genauer anzuschauen.

»Los, kommen Sie mit nach unten. Sie können mir helfen. Und wenn Sie brav sind, bekommen Sie auch eine Jause!«

Gundi schaltete das schwache Licht in dem Moment aus, als sich Marek auf halber Höhe der Treppe befand. Plötzlich stand er im Dunkeln und setzte unsicher den linken Fuß auf die nächste Treppenstufe. Sobald er nichts mehr sah, machte sich sein Ohrgeräusch unangenehm bemerkbar.

»Übrigens. Hier spukt es!«, flüsterte Gundi dicht hinter ihm mit gepresster Stimme. Marek zuckte zusammen und wäre beinahe gestürzt.

»Hören Sie auf, mich zu erschrecken, und schalten Sie gefälligst das Licht wieder an«, brauste Marek auf.

Gundi kicherte wild.

»Haben Sie etwa Angst? Ihr Leute aus der Stadt haltet einfach nichts aus!«

Sie dachte gar nicht daran, das Licht wieder einzuschalten. Marek tastete sich vorwärts und suchte dabei mit den Händen die Wände nach einem Lichtschalter ab, vergebens. Endlich fand er sich im Erdgeschoss wieder und drehte das Licht an. Gundi hatte sich die ganze Zeit köstlich amüsiert und war ihm kichernd und schnaufend dichtauf gefolgt, sodass er den leichten Stallgeruch wahrnahm, der von ihr ausging. Ob sie verrückt war?

Marek machte sich seine Gedanken über die Bewohner abgelegener Alpentäler. Alle inzüchtig, das kannte man ja, und dementsprechend geistig minderbemittelt. Inzest wirkte sich nun mal nicht gerade positiv auf die Qualität der Gene aus. Marek fragte sich, ob es der Opa in seinen jüngeren Jahren mit der eigenen Tochter getrieben hatte. Das wäre eine Erklärung für Gundis Geisteszustand gewesen.

Als das Licht anging, wurde Gundi plötzlich wieder ernst, ging in die Küche und sprach zu ihrem Großvater:

»So, Opa, jetzt mache ich dir was zu essen. Ich habe eine Hühnerbrühe mitgebracht, und das Fleisch bekommst du auch, mit Reis, alles schön weich, damit du es gut kauen kannst!«

Der Großvater hatte geduldig im Halbdunkel der altmodischen Küche auf seine Enkelin gewartet. Er freute sich darauf, bald etwas zu essen zu bekommen. Auch die Gesellschaft der jungen Frau tat ihm wohl, obwohl er vorgab, am liebsten alleine zu sein.

Marek wurde dazu eingespannt, den Tisch zu decken. Außerdem musste er Brot, Speck und harten Käse schneiden, was ihm mit dem riesigen Messer nicht leicht fiel. Zu Hause hatten sie für solche Zwecke natürlich eine Schneidemaschine. Gundi beobachtete ihn belustigt bei seinen Bemühungen.

»Pass fei auf, dass dich ned schneidest!«

Jetzt duzte sie ihn also schon. Die nassforsche Art der Landpomeranze ging ihm allmählich auf die Nerven. Er war froh, als das Abendessen vorbei war und er sich zurückziehen konnte. Zum Glück hatte er von der Seniorenkost nichts essen müssen. Er hatte sich an Brot, Butter und Käse gehalten, die ihm überraschend gut geschmeckt hatten. Der Großvater hatte Bier zur Jause bekommen, damit er besser schlafen konnte. Für Marek gab es nur ein Glas Wasser, das ihm Gundi unfreundlich hingestellt hatte. Dafür würde der Kaffee am nächsten Morgen umso besser schmecken, hoffte Marek. Er wagte kaum zu fragen, wo man sich hier waschen konnte. Vielleicht würde er es ja selbst herausfinden. Kleinlaut verabschiedete er sich von Großvater und Enkelin und zog sich auf sein Zimmer zurück.

Gundi amüsierte sich königlich über den Gast. Sie freute sich diebisch, dass es ihr gelungen war, den großmäuligen Typen kleinzukriegen. Sie war zusammen mit drei Brüdern aufgewachsen. So schnell ließ sie sich von keinem Mannsbild verunsichern. Sie beschloss, dem Gast am nächsten Morgen für die Übernachtung eine gesalzene Rechnung zu präsentieren. Nachdem Gundi die Küche aufgeräumt hatte, half sie ihrem Großvater, sich zu waschen und in den Schlafanzug zu schlüpfen. In eine Wolldecke gewickelt, ließ sie ihn auf dem Sofa zurück. Er wollte noch nicht ins Bett. Dann machte sich Gundi auf den Heimweg. Die Stallarbeit wartete.

Marek ging auf sein Zimmer, da er nicht wusste, was er mit sich anfangen sollte. Zwar war es viel zu früh, um schlafen zu gehen, aber wie sollte er den Abend denn sonst verbringen? Er telefonierte mit dem Hotel, um mitzuteilen, dass er sein Zimmer erst am nächsten Tag belegen könne. Anschließend führte er ein Telefongespräch mit seiner Frau. Wie zu erwarten war, interessierte sich Nina kaum für seine Autopanne. Marek hätte genauso gut verletzt in einem Krankenhaus liegen können. Auch das hätte Nina nur am Rande berührt. Ihre Ehe schien in einer Krise zu stecken.

Später ging Marek noch mal hinunter, um nach einem Badezimmer zu suchen. Im ersten Stock war definitiv keines zu finden. Der kleine Raum im Erdgeschoss wies ein winziges Waschbecken und eine schmutzige Toilette auf. Offensichtlich kam Gundi hier nicht so oft zum Putzen, wie es nötig gewesen wäre. Es stank durchdringend nach Fäkalien. Marek benutzte die sanitären Einrichtungen widerwillig und beschloss, der Wirtin am nächsten Morgen wegen dieser Schweinerei die Meinung zu sagen. Es war eine Zumutung, ein Gästezimmer zu vermieten, ohne ein anständiges Bad zur Verfügung zu stellen, so fand er. Danach zog er sich schnell wieder in sein Zimmer zurück.

Der einzig warme Raum im Haus schien die Küche zu sein, die durch einen Kachelofen beheizt wurde. Mareks Zimmer war eiskalt. Er zog sich schnell aus, legte sich ins Bett und hüllte sich in zwei Decken. So würde es gehen. Kurz überlegte er, wo der alte

Mann wohl schlief. Ob er auf dem Sofa in der Küche eingeschlafen war? Egal, was kümmerte es ihn, wie der Greis die Nacht verbrachte. Obwohl es noch früh am Abend war, schlief Marek schnell und tief ein. Ausnahmsweise störte ihn dabei nicht einmal sein Ohrgeräusch.

Mitten in der Nacht wachte er auf. Verflixt, wo war der Lichtschalter? Es war stockfinster im Zimmer. Durch das kleine Fenster, welches von einem karierten Vorhang verhüllt wurde, fiel kaum Licht. Marek merkte, dass er dringend pinkeln musste, obwohl er nur ein Glas Wasser getrunken hatte. Komisch, so kannte er sich gar nicht. Kurz spielte er mit dem Gedanken, einfach das Fenster aufzumachen und … schließlich lag der Fluss direkt unterhalb seines Zimmers. Er ekelte sich davor, nochmal die schmutzige Toilette im Erdgeschoss zu benutzen. Allerdings standen drei kümmerliche, ungepflegte Topfpflanzen am Fenster. Marek hatte keine Lust, sie wegzuräumen, um das Fenster öffnen zu können. Ob er in die Blumentöpfe pinkeln sollte? Den mickrigen Gewächsen hätte er damit vielleicht sogar einen Gefallen getan. Gleichzeitig wäre es eine Möglichkeit gewesen, Gundi eins auszuwischen.

Schließlich besann sich Marek auf seine Kinderstube und beschloss, vor das Haus zu gehen. Die Müdigkeit war plötzlich von ihm abgefallen, und ein paar Schritte an der frischen Luft würden ihm gut tun. Vielleicht konnte er danach wieder einschlafen. Schnell zog er sich an und verließ das Zimmer, das bedrückend auf ihn wirkte.

In der Diele war es noch dunkler als im Zimmer. Marek tastete sich langsam zum Lichtschalter vor. Angewidert dachte er an die Hirschgeweihe und Gämsengehörne, die irgendwo über ihm in der Finsternis hingen. Hoffentlich stieß er nicht daran. Wo war nur dieser verdammte Lichtschalter? Er musste ihn verfehlt haben, und auch an der Treppe musste er bereits vorbeigegangen sein. Der Holzboden knarrte leise unter seinen Füßen, und die Wandvertäfelung knackte. Marek machte kehrt und tastete sich wieder zurück. Endlich der Lichtschalter! Marek drehte ihn, und es passierte – nichts. Der Strom schien ausgefallen zu sein. Oder wurde er hier nachts abgestellt? Marek hielt das in dieser Einöde für möglich. Dann musste er eben im Dunklen hinuntergehen, das kannte er ja schon. Endlich fand er die oberste Treppenstufe und bewegte sich vorsichtig abwärts. Er hatte keine Lust, sich das Genick zu brechen.

Auf halber Höhe der Treppe schien Marek ein Schwall eisig kalter Luft in den Rücken zu fallen, und das fiepende Ohrgeräusch trat plötzlich durchdringend auf seiner rechten Seite auf. Marek schauderte. Das Geräusch hörte sich an wie ein menschlicher Schrei. Schnell legte Marek die restlichen Treppenstufen zurück, ohne sich Gedanken über einen möglichen Sturz zu machen, und eilte zum Eingang. In der eisigen Diele im Erdgeschoss stank es abgestanden wie in einer Gruft. Das war ihm vorhin nicht aufgefallen. Marek drehte auch hier an dem altertümlichen Lichtschalter, ohne Erfolg. Schließlich riss er die Haustür auf und hastete ins Freie.

Erleichtert atmete er die frische, feuchte Nachtluft ein und blickte sich um. Der Himmel war bewölkt, die Nacht war stockfinster. Es nieselte leicht. Hinter dem Gebäude rauschte der Fluss. Langsam bewegte sich Marek auf den Waldrand zu, stellte aber verwundert fest, dass ihm jeglicher Harndrang vergangen war. Er konnte genauso gut wieder schlafen gehen. Als er sich zum Haus wandte, bemerkte er, wie wenig verlockend der Gedanke war, in diese düstere, muffige Höhle zurückzukehren. Er würde noch ein paar Schritte spazierengehen, auch wenn man bei der Finsternis kaum sah, wohin man trat.

Fröstelnd umrundete er sein Auto und das Haus. Hinter dem Gasthof führte ein schmaler Pfad direkt am Fluss entlang. Es war nicht ganz einfach, hier zu gehen, da der Pfad steil bergauf führte und aus feuchten, bemoosten Steinen bestand. Die Finsternis, die zwischen den hohen Nadelbäumen nistete, machte den Aufstieg nicht angenehmer. Marek legte wenige Meter zurück, dann blieb er stehen und folgte dem Verlauf des Pfades mit den Augen. Der Pfad führte in eine Schlucht hinein.

Hier hatte der Fluss im Lauf von Jahrtausenden eine enge Klamm in den Felsen gegraben, durch welche das Wasser wild rauschend hinabstürzte. Bei Tage wäre dieser Ort für einen trainierten Bergwanderer eine Herausforderung gewesen. In der Dunkelheit war die Schlucht für einen ungeübten Flachlandtiroler wie Marek lebensgefährlich. Obwohl ihm dies durchaus bewusst war, fühlte er sich gegen seinen Willen weiter vorwärtsgetrieben. Im Moment war ihm alles andere lieber, als in das abstoßende Gebäude zurückzukehren.

Behutsam bewegte er sich auf den glitschigen Felsen ein Stück voran. Das Gelände wurde immer steiler. Schwer atmend blieb Marek stehen und blickte sich langsam um. Unter ihm rauschte der Fluss, hinter ihm lag düster der Gasthof. Mareks Blick fiel auf ein Fenster im ersten Stock. Es musste das Fenster seines Zimmers sein. Aber was war das? Marek erinnerte sich deutlich, dass der Vorhang zugezogen gewesen war, als er den Raum verlassen hatte. Ob der Alte hinaufgegangen war und den Vorhang zurückgezogen hatte? Aber warum hätte er das tun sollen? In dem Zimmer leuchtete ein schwaches, rötliches Licht, wie Glut aus einem Kachelofen. Marek starrte entsetzt hin. Er war sich völlig sicher, dass es in dem Zimmer keinen Ofen gab.

Ungläubig rieb er mit beiden Händen seine Augen, dann riss er sie weit auf und starrte wieder auf das Fenster. Da, ein Gesicht! Das geisterhaft bleiche, hagere Gesicht einer uralten Frau schaute aus dem Fenster zu Marek herüber. Der Mund der Frau stand weit offen, als ob sie schrie, ihre Augen waren wie blind. Marek sah, dass die Gestalt beide Hände wie in Verzweiflung weit über ihren Kopf hob. Plötzlich ertönte rechts von ihm ein gellender, weit entfernter Schrei. Der schrille Ton nahm kein Ende und schien Mareks Kopf zu erfüllen.

Entsetzt wandte er sich von dem Anblick des düster glühenden Fensters ab und versuchte, weiter dem Felspfad bergaufwärts zu folgen. Als er sich nicht mehr auf den Füßen halten konnte, kroch er auf allen Vieren. Weg, nur möglichst weit weg von diesem verfluchten Haus! Der ferne Schrei gellte immer noch in Mareks Ohr und trieb ihn voran. Weiter, nur immer weiter hinauf! Er hoffte, wenn er der Schlucht nach oben folgen würde, den Wald irgendwann hinter sich zu lassen und endlich wieder frei atmen zu können. Zurückkehren würde er jedenfalls nicht mehr. Lieber übernachtete er im Freien, als dieses Haus vor Sonnenaufgang nochmals zu betreten!

Marek mühte sich auf Händen und Füßen ab. Die Kälte des feuchten Gesteins durcheiste ihn. Nachdem er etwa zehn Minuten lang weitergekrochen war, erreichte er eine kleine Felsplattform, die weit über den Fluss hinausragte. Marek ruhte sich einen Moment lang aus, dann wagte er es, sich aufzurichten. Wenn nur das Gellen in seinem Ohr nicht gewesen wäre, es schien seinen ganzen Kopf auszufüllen. Ihn schwindelte. Langsam wandte sich Marek um, da er feststellen wollte, ob das Haus von hier aus immer noch zu sehen war. Erleichtert bemerkte er, dass er ausschließlich auf dunkle Nadelbäume hinabblickte. Alles war besser, als noch mal den Anblick dieses verwünschten Gasthofs mit dem glühenden Fenster ertragen zu müssen.

Marek dehnte seinen schmerzenden, eiskalten Körper und atmete tief durch. Langsam wich die Angst von ihm, die ihn in der letzten Viertelstunde gepeinigt hatte, sodass er wieder klar denken konnte. Verwundert fragte er sich, warum er hier heraufgeklettert war, anstatt sich in seinen Wagen zu setzen. Dort hätte er es wesentlich bequemer gehabt als hier im Fels. Er beschloss, den Rest der Nacht auf der Plattform zu verbringen, so unangenehm das auch sein mochte. Bei Dunkelheit wagte er sich nicht an den Abstieg. Vorsichtig kauerte er sich möglichst weit weg vom Rand der Felsplattform nieder. An Schlafen war nicht zu denken, viel zu gefährlich, da er im Schlaf abstürzen konnte. Aber die Kälte würde ihn wach halten. Schließlich brachte Marek sogar so etwas wie ein säuerliches Lächeln zustande. In der tiefen Dunkelheit amüsierte er sich über sich selbst.

»Keine Ahnung, was ich hier oben eigentlich wollte? Ich bin doch sonst nicht so ängstlich. Das mit dem Gesicht im Fenster muss ich mir eingebildet haben, und der Schrei, den ich gehört habe, war nichts anderes als mein Ohrgeräusch«, beschwichtigte er sich selbst.

Er würde versuchen müssen, am Morgen noch vor Gundi den Gasthof zu erreichen. Nicht auszudenken, wie sie sich über ihn lustig machen würde, wenn sie herausfände, dass er vor Angst außer Haus übernachtet hatte! Behutsam lehnte Marek seinen müden Kopf an die Felswand hinter ihm. Dabei fiel sein Blick auf die gegenüberliegende Seite der Schlucht. Auch dort wuchs düsterer Nadelwald, so weit das Auge reichte. Doch was war das?

Auf halber Höhe der zunächst stehenden Bäume glomm etwas im Finsteren. Es war wieder das Gesicht. Bleich und körperlos schwebte es zwischen den Bäumen. Der Mund war wie zum Schreien weit aufgerissen, eine runde, schwarze Öffnung. Die Augen waren wie blind. Marek stand auf und näherte sich der Felskante. Sein Herz raste. Zweifellos, es war das Gesicht einer alten Frau! Ihr langes, bleiches Haar flatterte wild, obwohl es windstill war. Marek starrte fassungslos hinüber. Und plötzlich gellte wieder der ferne Schrei! Der schrille Laut schien direkt aus dem toten, runden Mund in dem körperlosen Gesicht zu kommen. Und dann vernahm Marek den entsetzlichen Ton direkt rechts neben seinem Kopf. Das Geräusch war unerträglich.

Marek stolperte nach vorne und fiel über die Felskante. Sein Sturz in die Tiefe schien nicht enden zu wollen, bis er bewusstlos wurde. Sein Körper überschlug sich und berührte mehrmals die Felswände, bevor er in den Fluss stürzte.

Am nächsten Morgen fand Gundi die Leiche unterhalb des Gasthofes im Flussbett. Marek lag mit dem Gesicht nach unten zwischen einigen Felsen verkeilt, das eisige Wasser strömte über ihn. Gundi hatte sich ihren Teil gedacht, als sie ihn im Haus nicht gefunden hatte. Während der Großvater, noch im Schlafanzug, bereits in der Küche auf seine Enkelin gewartet hatte, war der Fremde nicht da gewesen. Gundi hatte sich nicht beeilt, sich auf die Suche nach ihm zu machen. Der Morgen hatte besseres Wetter und klaren Himmel gebracht. Die junge Frau stand ruhig am Ufer, das friedlich im sanften Morgenlicht lag, und rieb sich fröstelnd die Arme, während sie auf den Toten im Fluss hinab blickte. Sie brachte ein schiefes Lächeln zustande. Diese Städter hielten einfach nichts aus!

»Und? Habe ich es dir nicht gleich gesagt, dass es hier spukt?«

Ramón sah nie das Meer

Ramón lebte in Venezuela. Er war ein alter Bauer, der eine kleine Landwirtschaft in den weiten Ebenen der Llanos betrieb. Ein wenig Viehzucht, etwas Ackerbau. Nichts Großes, es hatte eben so hingereicht, um seine Familie zu ernähren und seine beiden Kinder, einen Sohn und eine Tochter, groß zu bekommen. Jetzt war er allein, da seine Frau Ines schon vor einigen Jahren gestorben war. Ramón würde ihr nun bald folgen, so viel stand fest. Die lebenslange schwere Landarbeit und das exzessive Rauchen forderten ihren Tribut. Nebenbei hatte Ramón auch noch Reparaturarbeiten und Hilfsarbeiterjobs angenommen, wo es nur möglich war, um finanziell über die Runden zu kommen. So, wie es alle Männer aus seinem Dorf taten. Anders ging es hier nicht, in dieser kargen Region Venezuelas.

Ramón hätte zwar auswandern und es vielen anderen gleich tun können, die in die Ballungszentren an der Küste gezogen waren. Dort, in den blühende Industrien und in den Ölfeldern, hatten sie ihr Glück gemacht. Aber Ramón konnte sich nicht vom Land seiner Väter trennen und hatte, als sein Sohn Luis noch klein war, gehofft, dass dieser die Farm übernehmen würde. Luis war allerdings, genau wie seine Schwester und so viele andere jungen Leute, in die Großstadt abgewandert und arbeitete schon lange dort. Zwar war Ramón insgeheim stolz darauf, dass sein tüchtiger Sohn in der IT-Branche Fuß gefasst hatte, bedauerte aber, dass nach ihm niemand mehr den Familienbesitz bewirtschaften würde.

Ramóns Ende nahte, und er rief Luis zu sich. Wie gerne wäre der alte Bauer einmal ans Meer gereist, aber er war nie aus seinem Dorf herausgekommen, da er seine Landwirtschaft, nicht einmal für kurze Zeit, alleine lassen wollte. Auch Ines hätte das Meer gerne gesehen. Nach ihrem Tod hatte Ramón den Viehbestand verkauft. Nun hätte er Zeit zum Verreisen gehabt, aber ohne seine Frau fehlte ihm die Motivation. Und jetzt war es zu spät, da Ramón im Sterben lag.

Luis nahm Urlaub und reiste zusammen mit seiner Frau Maria und den beiden kleinen Mädchen, Pilar und Consuelo, ins Dorf. Er wusste, dass es nun Abschied nehmen hieß. Der schwer kranke alte Mann lag hustend in dem durchgelegenen Ehebett und bat seinen Sohn, sich um den Verkauf des Besitzes und um die Bestattung zu kümmern.

»Luis, ich habe in meinem ganzen Leben nie das Meer gesehen. Lass mich einäschern, wenn ich gestorben bin. Streue meine Asche ins Meer. So bin ich wenigstens im Tode dort«, bat der alte Mann mit leiser Stimme.

Luis seufzte innerlich. Warum konnte sich der alte Mann nicht auf dem Dorffriedhof bestatten lassen, bei Mamá? Das wäre wesentlich einfacher. Und billiger. Zwar wusste Luis, dass sein Vater wenig vom Leben gehabt hatte, aber er bezweifelte, dass dem Alten die Erfüllung dieses extravaganten Wunsches viel bringen würde, nachdem er gestorben wäre. Da Luis dem Sterbenden aber nicht widersprechen wollte, versprach er natürlich, den letzten Wunsch zu erfüllen.

Auch seine verheiratete Schwester traf schließlich ein, zusammen mit ihrem Mann und den drei kleinen Jungen. Die Nachbarn verabschiedeten sich nach und nach von Ramón, der Pfarrer kam, und schließlich schlief der Alte an einem sonnigen, freundlichen Morgen für immer ein.

Luis kümmerte sich um die Trauerfeier. Die Nachbarn, seine Schwester und seine Frau bereiteten den Leichenschmaus vor, sodass der Abschied von dem angesehenen Gemeindemitglied angemessen begangen würde und man ihn mit der gebührenden Freude in eine bessere Welt geleiten konnte. Der letzte Wunsch des Verstorbenen sorgte allerdings für Verwunderung, da Feuerbestattungen in dieser Gegend nicht üblich waren. Schon redeten sämtliche Nachbarn auf Luis ein, den Wunsch nach Seebestattung zu ignorieren und den Alten, so, wie es der Brauch war, einfach in der heimischen Erde zu begraben. Und Luis war kurz davor, nachzugeben. Dies bemerkte auch Maria, seine Frau. Energisch trat sie vor ihn und stemmte die Hände in die Hüften:

»Madre de Dios! Papa wünschte sich so sehr, das Meer zu sehen. Erfülle ihm diesen Wunsch, du geiziger und gottloser Mensch! Es ist genug Geld dafür da. Und er hat sein Leben lang geschuftet, damit aus dir etwas wird, also: Tu deine Christenpflicht als Sohn!«

Sie bekreuzigte sich. Luis kam schwer gegen seine temperamentvolle und fromme Frau an, und da sich auch seine Schwester auf Marias Seite stellte, fügte er sich schließlich. So organisierte er den Transport des Sarges in die nächste Kleinstadt mit Hilfe eines uralten, klapprigen Lkws. Dieser war mit einer Vielzahl anderer Dinge beladen, vor allem Maschinenteilen in Holzkisten, sodass ein Sarg darunter nicht weiter auffiel. Der Fahrer hatte nach entsprechender Entlohnung kein Problem damit, einen Toten zu transportieren.

Auch die Einäscherung in der Stadt gelang ohne Schwierigkeiten. Schon am nächsten Tag konnte Luis die Asche seines Vaters in einer schlichten Urne aus grünlich marmoriertem Kunststein mitnehmen. Maria und die Mädchen waren bereits mit dem Bus nach Hause gefahren. Luis folgte ihnen. Als er nach Hause kam, zeigte er ihnen die Urne, die als Aufschrift den Namen Ramóns trug. Consuelo und Pilar hatten zwar verstanden, dass Opa nicht mehr bei ihnen war, aber dass nun seine Asche in dieser eigenartigen Vase war, schockierte sie.

»Pilar! Consuelo! Kommt und verabschiedet euch von eurem Opa. Ich werde seine Asche ins Meer streuen, so, wie er es sich gewünscht hat«, sagte Luis.

Die Kinder näherten sich dem merkwürdigen Gefäß. Consuelo, die Ältere, legte vorsichtig ihre kleine Hand auf die Rundung der Urne und streichelte sie.

»Adios, abuelito«, sagte sie traurig.

Pilar, die Jüngere, verschränkte die Arme hinter dem Rücken und war nicht dazu zu bringen, die Urne anzufassen.

Luis verstaute die Urne schließlich in seiner Sporttasche unter der Wäsche, da es ihm peinlich war, mit einer Urne im Gepäck unterwegs zu sein. Aber es ging nun mal nicht anders. Er beschloss, es schnell hinter sich zu bringen, und fuhr mit dem Bus in Richtung der nächsten Küstenstadt. Diese Reise beanspruchte allerdings zwei Tage und war recht anstrengend. Aus Sparsamkeit übernachtete Luis im Bus und begann allmählich, den Alten wegen seiner Extravaganz zu verfluchen. Mehrmals war er versucht, die Asche bereits unterwegs zu verstreuen und dann wieder kehrt zu machen, nahm sich aber zusammen. Er würde den Auftrag bis zum Ende ausführen, schon um seines Seelenheils Willen.

Am dritten Morgen erreichte er schließlich die Küstenstadt. Am Meer war es herrlich. Luis verstand, dass sein Vater sich danach gesehnt hatte, es zu sehen. Trotz der Hitze war die Luft frisch, und eine leichte, salzige Brise wehte vom Meer her. Vom Busbahnhof war es allerdings noch ein ganzes Stück bis zum Meer zu laufen, und Luis hatte ausgiebige Gelegenheit, die Stadt mit ihren pastellfarbenen Häusern im Kolonialstil zu bewundern. Nach längerer Wanderung erreichte er schließlich die Uferpromenade und dahinter einen ausgedehnten Sandstrand. Das Meer brandete in stetigen, blaugrauen Wellen gegen das hell leuchtende Ufer. Zwar badeten um diese frühe Uhrzeit kaum Menschen, aber Luis hatte trotzdem Hemmungen, hier die Asche seines Vaters zu verstreuen. Es war ihm einfach unangenehm, dies an einem Badestrand zu tun. So legte er eine lange Wegstrecke entlang der Uferpromenade zurück, bis er die Außenbezirke der Stadt erreichte. Hier war verwilderter Strand, Sand, der mit trockenem, strohfarbenem Gras überwachsen war.

Außer Luis gab es hier nur Seevögel, einen Steg und zwei kleine Fischerboote. Von den Fischern war jedoch nichts zu sehen. Luis hatte inzwischen erkannt, dass er die Asche von einem Schiff aus in die See hätte streuen müssen. Würde er sie direkt vom Ufer aus ins Meer werfen, würde sie von der nächsten Welle an den

Strand gespült werden. Allerdings hatte er nun wirklich keine Lust mehr, auch noch ein Boot zu chartern! Er war müde, hungrig und durstig und wollte seine seltsame Unternehmung endlich zu Ende bringen. Luis betrat den Steg und ging langsam bis zu dessen Ende. Er blickte ins dunkelblaue Wasser, das stark bewegt war und hier schon sehr tief zu sein schien. Der Meeresgrund war nicht zu erkennen.

»Schau, Papá, jetzt bist du endlich am Meer«, brummte Luis und öffnete den Deckel der Urne. Er hob sie hoch und wollte den Inhalt ins Meer schütten. Dann zögerte er. Was sollte er eigentlich mit der leeren Urne? Er hatte keine Lust, sie nach Hause mitzunehmen. Schließlich warf er sie einfach samt Inhalt ins Meer, ebenso den Deckel. Er bekreuzigte sich und murmelte ein Vaterunser, wobei er beobachtete, wie die Urne ganz langsam aufs Meer hinausgetrieben wurde. Mit der Zeit würde sie schon untergehen.

»Adios, Papá«, sagte Luis.

Dann hatte er genug und wandte sich ab. Auftrag ausgeführt, Sohnes- und Christenpflicht erfüllt! Und nachdem er sich in dem Küstenstädtchen etwas ausgeruht und gestärkt hatte, reiste er nach Hause zu seiner Familie.

Die Urne trieb weiter hinaus und wurde schließlich von der Karibischen Strömung erfasst. Diese trug sie bis vor die Küste Panamas. Dabei schwamm die Urne erstaunlich gut, ähnlich einer Boje. Sie lief nicht voll und ging auch nicht unter.

Brigitte hatte gerade ein leichtes Frühstück auf dem Katamaran ihrer Freunde zu sich genommen. Jetzt beschloss sie, gleich einmal im Meer zu baden. Es war noch früh am Morgen, aber trotzdem schon tropisch heiß und drückend schwül. Ein erfrischendes Bad würde gut tun!

Sie und Werner waren seit acht Tagen hier und genossen die Schiffsreise mit allen Sinnen. Schließlich waren sie aus dem winterlichen München angereist. Der Kontrast zwischen der grauen, verregneten Großstadt und den farbenfrohen, feuchtwarmen Tropen hätte nicht größer sein können. Ihre Freunde, Lotte und Herbert, bereisten bereits seit mehreren Jahren auf ihrem Katamaran die Karibik und luden Brigitte und Werner regelmäßig dazu ein, sie zu besuchen. Was sie immer wieder gerne in Anspruch nahmen.

Brigitte warf ihre leichte weiße Sommerbluse ab. Den Bikini hatte sie schon darunter. Über die Leiter am Heck des Katamarans kletterte sie hinab und tauchte in das angenehm warme Meer. Werner, ihr Mann, war schon im Wasser. Das Plätschern in der herrlich klaren, blaugrünen See war einfach ein Genuss. Die beiden ließen sich in Bootsnähe treiben und freuten sich über die Sonnenstrahlen auf ihren Gesichtern.

»Brigitte! Schau doch mal, was da für ein Styroporklotz treibt«, rief ihr Herbert, der Skipper, vom Boot aus zu.

Brigitte näherte sich dem grünlichen Gegenstand, der im Meer trieb, und griff danach. Schwer! Viel zu schwer für Styropor. Sie versuchte, den Klotz näher heranzuziehen. Schließlich erkannte Brigitte auf der Oberfläche die Abbildung betender Hände. Allmählich wurde ihr klar, was sie da aufgefischt hatte.

»Wisst ihr, was das ist? Eine Urne!«, rief sie ihren Freunden zu und erntete Gelächter.

»Ist sie besetzt?«, rief Werner.

Brigitte hob die Urne etwas aus dem Wasser. Dabei rieselte ihr die Asche entgegen. Angewidert schleuderte sie den Gegenstand so weit wie möglich weg. Schnell schwamm sie zum Katamaran zurück und kletterte an Bord. Werner tat es ihr gleich. Vom Baden hatten sie vorläufig genug.

»Der arme Mensch! Wer es wohl war?«, fragte Lotte.

»Auf der Urne stand 'Ramón Guzman'«, sagte Brigitte.

»Von den Angehörigen wäre es klüger gewesen, die Urne zu versenken, sodass sie nicht mehr auftaucht. Oder sie hätten gleich die Asche verstreuen und die Urne wegtun sollen«, meinte Werner.

»Jedenfalls ist es nicht gut, dass er jetzt so weiter schwimmt. Das hat er nicht verdient«, sagte Herbert.

»Auf den Schrecken hin sollten wir erst mal was trinken«, meinte Brigitte.

»Dachtest du an Kaffee?«, fragte Lotte.

»Nein, eher an Wein!«

»Um diese Tageszeit?«

»Es ist ja nur zum Beruhigen der Nerven!«, rechtfertigte sich Brigitte.

Also öffneten sie eine der kostbaren Rotweinflaschen, und jedes Mitglied der Crew bekam ein kleines Glas voll. Sie erhoben die Gläser auf Ramón, den unbekannten Toten, und tranken auf sein Wohl. Die Urne hatte sich inzwischen etwa 25 Meter vom Katamaran entfernt und schwamm leicht schaukelnd in der Strömung.

»So können wir ihn doch nicht weiter schwimmen lassen«, meinte Werner schließlich. »Wir sollten ihn versenken, damit er endlich seine Ruhe findet.«

Also warf Herbert den Motor an und bugsierte das Boot langsam um einige Meter näher an die Urne heran. Werner ging wieder ins Wasser und schwamm zur Urne. Er drückte sie, so gut es ging, unter Wasser und ließ sie volllaufen, bis sie unterging und in der Tiefe versank. Werner kletterte erleichtert an Bord. Er war froh, dass er diese undankbare Aufgabe hinter sich gebracht hatte. Die vier Weltreisenden erhoben wieder ihre Gläser, und Brigitte hielt eine kleine Rede auf den Verstorbenen:

»Friede deiner Asche, Ramón Guzman, wer immer du auch gewesen sein magst. Hoffentlich hattest du ein schönes Leben. Ruhe in Frieden.«

Dann tranken sie alle ihren Rotwein.

Das Märchen vom dankbaren Buffet

Malwine steckte mit dem gesamten Oberkörper in ihrem neuen Buffet. Wobei »neu« vielleicht etwas zu viel gesagt war. Eben war sie dabei, das Erbstück mit Möbelpolitur einzureiben, und kauerte am Boden vor dem untersten Fach. Um hier tätig zu werden, war es notwendig, fast in den Schrank hineinzukriechen. Malwine fluchte leise vor sich hin.

Warum hatte sie sich nur dafür entschieden, das alte Buffet in ihre Obhut zu nehmen, anstatt es dem Sperrmüll zu überantworten, wo es hingehörte? Sie hatte sich einfach nicht von dem Möbel trennen können, da es mit unendlich kostbaren Kindheitserinnerungen verknüpft war. Dieser Schrank hatte bereits in der Küche ihrer Familie gestanden, bevor sie geboren worden war. Von einem solchen Erbe trennte man sich nicht so leicht. Trotzdem wurde sie allmählich ärgerlich, wenn sie daran dachte, wie viel Zeit und Mühe sie schon in dieses verbrauchte Möbelstück investiert hatte.

Zuerst war ein Transport fällig gewesen, dann hatte sie den Schrank von oben bis unten abgestaubt und die Spinnweben entfernt. Das Buffet hatte seine letzten zwanzig Jahre in einem Keller verbracht, was nicht spurlos an ihm vorübergegangen war. Es musste gründlich geputzt werden. In seinem Kellerdasein hatte es außerdem einen Wasserschaden erlitten, was man dem Sorgenkind deutlich ansah. Es musste sich von unten mit Wasser vollgesogen haben, sodass das Furnier an den Füßen abgeblättert war. Ja, das Buffet hatte Füße. Die »Vorderfüße« waren kunstvoll mit elegantem Schwung gearbeitet, während die »Hinterfüße«, da unsichtbar, schlicht geformt waren.

Das Buffet wies noch mehr Schäden auf. Der Unterschrank hatte einmal eine Arbeitsplatte gehabt, die allerdings schon vor etwa vierzig Jahren zerbrochen sein musste. Malwine erinnerte sich vage daran, dass sie als Kind zuweilen auf dem Unterschrank des Buffets gesessen hatte. Ob es daran gelegen hatte, dass die Arbeitsplatte kaputt gegangen war? Malwine hielt dies für möglich, obwohl sie kein pummeliges Mädchen gewesen war. Ihr Vater hatte damals die defekte Arbeitsplatte einfach gegen ein Reststück von einem PVC-Boden ausgetauscht, der gleiche Bodenbelag, mit dem die Küche ausgelegt war. Dieser Bodenbelag prangte mit einem Zwiebelmuster, das in verschiedenen Herbsttönen gehalten war. Malwine fand die Idee ihres Vaters noch heute höchst kreativ. Er hatte sich etwas einfallen lassen, auch wenn der Bodenbelag nicht die gleiche Stabilität besaß wie beispielsweise eine Holzplatte. Dafür hatte die improvisierte Lösung nichts gekostet und gab dem Schrank eine individuelle Note. Malwine war jedes Mal gerührt, wenn ihr Blick auf das Zwiebelmuster fiel. Dadurch wurde sie an ihren Vater erinnert, der sich immer bemüht hatte, defekte Dinge mit einfachen Mitteln zu reparieren. Diesen Charakterzug fand sie außerordentlich liebenswert an ihrem Vater. Er zeugte von seiner Wertschätzung für die Dinge des täglichen Gebrauchs. Außerdem erinnerte sie dieses Stück Bodenbelag an die Siebziger Jahre, ihre glückliche Kindheit. Das Zwiebelmuster musste also erhalten bleiben, so viel stand fest.

Vaters Ordnungsliebe zeigte sich darin, dass er sämtliche Fächer des Buffets sorgfältig mit alten Tapeten als Schrankpapier ausgelegt hatte. Damals machte man das so. Die bunte Sammlung an Tapetenstücken war mit ganzen Massen von Reißzwecken befestigt. Bei ihrer Reinigungsaktion sah sich Malwine gezwungen, erst einmal all die rostigen Reißzwecken aus dem Holz zu hebeln, was sie gehörig ins Schwitzen brachte. Anschließend musste das ganze Buffet außen und innen feucht ausgewischt werden, einschließlich des Fensters. Das Fenster war in die mittlere Tür im Aufsatz des Buffets eingelassen. Auch das Fenster war ein Ersatzteil. Das Original, eine Milchglasscheibe, musste schon lange vor Malwines Geburt zu Bruch gegangen sein. Man hatte es durch eine klare Kunststoffscheibe ersetzt, deren innere Seite eine grob gekörnte Oberfläche aufwies. Diese

Besonderheit gab dem Buffet eine weitere persönliche Note, die Malwine zu schätzen wusste. Noch ein Grund mehr, das Buffet zu erhalten!

Sie plante, es vom Küchenschrank zum Bücherschrank zu befördern. Dies wäre für das Buffet eine steile Karriere, da es in den letzten zwanzig Jahren ein trauriges Kellerdasein als Werkzeugschrank und Rumpelkammer gefristet hatte. Allerdings würde Malwine, bevor sie ihre kostbaren Bücher darin aufstellen konnte, den penetranten Mief aus dem Möbel vertreiben müssen. Denn was das Buffet durch den erlittenen Wasserschaden an Optik eingebüßt hatte, hatte es olfaktorisch hinzugewonnen. Der neue Geruch stellte allerdings keine Bereicherung dar. Es handelte sich um einen abgestandenen, kalten Kellergestank, der sich ausgesprochen hartnäckig in das Holz des Möbelstücks hineingefressen hatte. Der neuen Besitzerin war schleierhaft, wie sie diesen Geruch loswerden sollte. Gründliches Lüften des Buffets würde vermutlich helfen, aber zu lange dauern. Eine schnelle und gründliche Lösung musste gefunden werden.

Zunächst versuchte sie es damit, einige Stücke stark duftender Seifen im Buffet auszulegen, was den Gestank allenfalls leicht übertünchte. Mit Badesalz erreichte sie ein ähnliches Ergebnis. Ein Schüsselchen voll Backpulver sollte den schlechten Geruch absorbieren, tat es aber nicht. Das gleiche war mit gemahlenem Kaffee der Fall. Vielleicht hatte Malwine davon aber auch zu wenig aufgestellt, da sie es nicht über sich brachte, zu viel von ihren wertvollen Kaffeebohnen zu opfern. Auch Essigessenz zeigte nicht die gewünschte Wirkung. Als nächsten potenziellen Geruchskiller setzte Malwine Weihrauch ein. Da sie davon zufällig etwas im Haus hatte, beschloss sie, das Buffet gehörig auszuräuchern. Dies musste dem üblen Mief den Garaus machen!

Gesagt, getan. Sie brachte ein Stückchen gepresster Holzkohle in einem Räuchergefäß aus Messing zum Glühen, streute eine großzügige Menge der bernsteinfarbenen Weihrauchkörner darauf und stellte die Vorrichtung auf ein Küchenbrettchen.

Dann schob sie den rauchenden Messing-Behälter nach und nach in alle Fächer des Buffets. Sie wiederholte die Prozedur so lange, bis ihr von dem vielen Rauch schwindelig wurde. Außerdem zeigten sich rote Pusteln auf ihrer Haut. Aber was war schon das Bisschen Allergie gegen ein makellos duftendes Buffet? Diese kleine Unannehmlichkeit nahm sie gerne dafür in Kauf, einen wohlriechenden Bücherschrank ihr Eigen zu nennen.

Nach der Räucher-Zeremonie glaubte sie, alles für ihr Buffet getan zu haben. Nicht nur, dass es jetzt angenehm duftete, nein, auch die spirituellen Weihen hatte es empfangen. Nun fehlte nur noch eine gründliche Behandlung mit Möbelpolitur, dann wäre Malwines Buffet perfekt und beinahe wie neu. Die Politur verschob sie auf den nächsten Tag.

An diesem Novembernachmittag begann es bereits zu dämmern, als sie endlich dazu kam, die Pflege des Möbelstücks fortzusetzen. Wie man in dem schwachen Licht von Malwines Diele, dem Standort des neuen Bücherschrankes, sehen konnte, tat die Politur der Oberfläche des Buffets außerordentlich gut. Das schön gemaserte, goldbraune Furnier begann matt zu glänzen, ebenso die schwarzen Türgriffe aus Bakelit und auch die Ersatzabdeckplatte mit dem Zwiebelmuster. Alles wurde großzügig einbalsamiert. An den Stellen jedoch, wo kein furniertes Holz verwendet worden war, wie zum Beispiel im Inneren, erwies sich die Pflege mit Politur als anstrengende Arbeit.

An den rauen Oberflächen blieb ständig das Poliertuch hängen, und das ausgetrocknete Holz saugte die Möbelpolitur auf wie die Wüste den ersten Regen nach einer Trockenperiode von zwanzig Jahren. Außerdem musste Malwine in das unterste Fach des Buffets förmlich hineinkriechen, um hier tätig zu werden. Eine Übung, die ihr auf die Dauer Rückenschmerzen bereitete. Schließlich waren ihre Gelenke nicht unbegrenzt biegbar! Malwine stöhnte leise und begann, vor sich hin zu fluchen. Sie wollte endlich hier fertig werden. Außerdem war der üble Geruch im untersten Fach immer noch deutlich zu riechen, wenn auch vermischt mit Weihrauch. All ihre Bemühungen zur Förderung des Wohlgeruchs waren also umsonst gewesen.

In dem Augenblick, als sie ihren Putzlappen frustriert aus dem Buffet werfen und selbst ins Freie kriechen wollte, hörte sie etwas. Verdammt, hatte ihr Buffet jetzt auch noch Holzwürmer, die gerade mit leisem Schmatzen das wertvolle Holz verputzten?

»Pielen Tank für tie Plege«, flüsterte jemand.

»Was?«, entfuhr es Malwine.

»Pielen Tank, tass tu mich gecremt hast«, hörte Malwine.

»Wer spricht da?«, fragte sie.

»Ich, tein Puffet«, flüsterte die Stimme. »Tanke, tass tu mich aus dem tunklen Keller gerettet hast. Tafür will ich tir etwas zeigen. Mach tie Türen zu.«

»Wie käme ich denn dazu, mich von einem Schrank einsperren zu lassen?«, wandte Malwine ein. »Noch dazu von einem Schrank, der nicht mal richtig Deutsch kann!«

»Na, tann epen nicht«, schmollte das Buffet und schwieg.

Malwine schlüpfte aus dem untersten Fach und fragte sich, ob sie das Gespräch eben geträumt hatte. Wahrscheinlich war ihr die Mischung aus Weihrauch und Möbelpolitur zu Kopf gestiegen. Diese Kombination würde sie sich merken, falls sie mal wieder Lust auf eine nette kleine Halluzination hätte. Allerdings bezweifelte sie, dass dies jemals der Fall sein würde, da sie einen klaren Kopf bevorzugte. So legte sie erst mal eine Pause ein und atmete draußen auf dem Balkon die frische Herbstluft ein. Dann arbeitete sie weiter, wo sie aufgehört hatte. Schließlich wollte sie endlich fertig werden.

»Schlüpf rein und mach tie Türen zu«, piepste die Stimme.

Malwine erstarrte eine volle Minute lang. Das konnte doch nicht wahr sein? Sie entschloss sich, es darauf ankommen zu lassen. Was konnte dabei schon passieren? Also krümmte sie den Rücken, so gut es ging, schmiegte sich ganz in das unterste Fach und zog die drei Türen des Unterschranks hinter sich zu. Von innen konnte sie sie allerdings nicht ganz schließen, aber sie bemerkte überrascht, dass sie von selbst ins Schloss fielen. Sie wartete ab, was weiter passieren würde. Angst hatte sie keine. Ganz im Gegenteil, hier in diesem engen, dunklen Raum fühlte sie sich geborgen wie im Mutterleib. Die Gedankenverbindung zu der anderen engen Holzkiste, die ihr in den Sinn kam, verdrängte sie schnell. Es passierte – nichts. Plötzlich kam sich Malwine albern vor und versuchte, die Türen von innen aufzudrücken. Da spürte sie mit einem Mal ein leichtes Vibrieren, als ob das Buffet abgehoben hätte. Das Vibrieren wiegte Malwine in einen wohligen Zustand der Trance.

»Jetzt tarfst tu aussteigen«, piepste das Buffet.

Malwine riss die Augen auf. Sie wusste nicht, wie viel Zeit vergangen war. Schnell drückte sie eine der Schranktüren auf und schlüpfte hinaus, was ihr erstaunlich leicht fiel. Sie schien kleiner geworden zu sein. Auch ihre Rückenschmerzen waren vergessen. Beim Verlassen des Buffets fiel sie auf weichen, feuchten Boden, aus dem üppiges Grün sprießte. Auch die Luft war feucht und warm. Beim Aufstehen sah Malwine, dass sie mitten in einem tropischen Regenwald stand.

Die prächtigen Urwaldriesen bildeten hoch über ihr ein grünes Gewölbe, das nur wenig Licht durchließ. In dem grünen Dämmerlicht sah sie eine Vielzahl von Blattpflanzen in allen Größen, von deren Blättern das Regenwasser troff. Stattliche Ameisen eilten in großer Zahl über den Boden. Malwine hörte eigenartige Frosch- und Vogelrufe und sah eine sattgrüne Schlange, die zusammengerollt in einer Astgabel ruhte. Nach wenigen Schritten durch die üppige Vegetation fand sie sich an einem breiten Fluss mit bräunlichem Wasser und starker Strömung wieder. Ein leichter Regenschauer ging über dem Wald nieder.

Malwine blickte an sich herunter und sah, dass sie eine Verjüngung durchgemacht hatte. Sie war plötzlich wieder ein kleines Mädchen und hatte ein leichtes, rosafarbenes Sommerkleid an, das angesichts ihres Aufenthalts mitten im Urwald erstaunlich sauber war. Malwines nackte Zehen gruben sich in den weichen Waldboden. Auch das Barfußgehen bereitete ihr keine Schwierigkeiten.

Plötzlich hörte sie raue Vogelrufe und blickte flussaufwärts. Ein Schwarm grüner Papageien flog hoch über dem Fluss, wobei die Vögel laut krächzten. Die Sonne zeigte sich nun und ließ das Gefieder der Tiere intensiv aufleuchten. Als sie auf Malwines Höhe angekommen waren, ließen sich die Papageien in einer Baumkrone direkt über ihr nieder. Mehrere Vögel wiegten sich auf einem niedrigen Ast, der weit über den Fluss hinausragte. Aus der Nähe sah man, dass die munteren Vögel an der Stirn blau befiedert waren. Einer der Papageien, die auf dem Ast über dem Wasser saßen, blickte Malwine durchdringend an.

»Lora, bist du das?«, rief sie plötzlich.

Lora war der Papagei ihrer Kindheit gewesen. Malwine erwartete keine Antwort auf ihre Frage. Umso erstaunter war sie, als der Papagei antwortete:

»Ja, das bin ich. Das heißt, für dich war ich Lora, aber tatsächlich heiße ich Paolo, da ich in Wirklichkeit ein Männchen bin. Das habt ihr damals, als ich bei euch lebte, leider nie kapiert. Aber es ist egal.«

»Wie schön, dich wieder zu sehen! Als du damals gestorben bist, war ich sehr traurig. Ich hatte immer gehofft, dass wir uns wiedersehen würden. Aber wo bin ich hier?«

»Das darf ich dir nicht sagen. Mir tat es auch leid, als ich damals von dir fort musste. Bei euch war es ganz nett. Aber du hättest mich nicht immer in Tücher wickeln sollen, das hat mir Angst gemacht! Ein Papagei ist doch keine Puppe.«

»Entschuldige bitte«, sagte Malwine. Sie senkte schuldbewusst den Kopf.

»Aber das Schlimmste war, dass ihr mich alleine gehalten habt, ohne einen anderen Papagei als Gesellschaft. Dies war wirklich eine Höchststrafe für mich. Das ist auch der Grund, warum ich so jung gestorben bin. Wir Papageien brauchen unbedingt unsere Artgenossen«, fuhr Paolo fort.

Malwine blickte betreten auf ihre nackten Zehen. Sie hatte keine Idee, was sie zu ihrem alten Freund sagen sollte.

»Das wussten wir damals nicht. Aber ich war wirklich froh, dass ich dich hatte, da du ein guter Spielkamerad für mich warst – auch wenn es für dich selbst vielleicht nicht so schön war«, fügte sie hinzu.

»Ist schon gut. Ich habe dir längst verziehen! Und sieh mal, wie gut es mir hier geht! Jede Menge Freunde und ein Leben wie im Paradies, ich hätte es nicht besser treffen können. Aber steig jetzt wieder in dein komisches Möbel – ich kenne es übrigens von früher – und reise weiter. Du musst noch mit mehreren Personen reden! Wir sehen uns wieder!«, rief ihr Paolo mit seiner rauen Stimme zu.

Dann schwangen er und seine grün befiederten Freunde sich wieder in die Lüfte und flogen unter lautem Geschrei flussabwärts.

»Lebt wohl! Auf Wiedersehen!«, rief ihnen Malwine nach und winkte. Dann wandte sie sich um und ging die wenigen Schritte zurück zu ihrem Buffet, das verloren im Zwielicht des Regenwaldes stand.

»Ein sprechender Papagei! Wie findest du das?«, fragte sie den Schrank und legte beide Hände auf das Furnier.

Die tropische Luftfeuchtigkeit schien dem Möbel nichts auszumachen. Es schwieg. Malwine blieb nichts anderes übrig, als wieder in das unterste Fach zu kriechen und sich dort zusammenzurollen. Dann zog sie die Türen zu, so gut es ging. Wieder spürte sie das leichte Vibrieren des Buffets und sank in einen behaglichen Zustand der Trance. Wie im Traum sah sie dabei nochmals Paolos Gesicht vor sich, das beinahe menschliche Züge annahm. Durch einen plötzlichen Ruck wurde sie aus ihrem Traum gerissen.

»Aussteigen!«, kommandierte das Buffet.

Malwine drückte eine der Schranktüren auf. Wo sie wohl dieses Mal gelandet war? Ächzend krabbelte sie ins Freie. Offensichtlich hatte sie nun wieder ihre normale Größe. Mit Händen und Füßen landete sie im Gras. Wie schön, sie war wieder in der freien Natur. Als sie sich aufrichtete, merkte sie, dass sie Jeans und ein bequemes, bunt kariertes Hemd aus Flanell trug. Sie fühlte sich ausgesprochen wohl in der Kluft. Und wieder war sie barfuß, sodass sie die weiche, sommerlich warme Wiese unter ihren Füßen spürte. Es duftete nach Blumen, unzählige Insekten summten. Sie stand mitten in einer Streuobstwiese. Die zahlreichen alten Obstbäume hatten bereits Früchte angesetzt. Im Herbst würde es hier eine reiche Ernte an Äpfeln, Birnen und Pflaumen geben.

Wohin sollte Malwine sich wenden? Sie blickte sich fragend zu ihrem Buffet um, aber ihr Transportmittel stand still im Halbdunkel zwischen den Obstbäumen und gab keinen Hinweis. Malwine schaute sich um. Dort hinten, immer noch innerhalb des Obstgartens, saßen Menschen an einem Tisch. Malwine näherte sich ihnen langsam, ohne ihre alte Angst, von Wespen oder Bienen in die nackten Füße gestochen zu werden. Sie fühlte die behagliche Wärme des Sommernachmittags auf ihrer Haut.

Als sie an den Tisch herangetreten war, sah sie, dass die vier Personen zusammen Karten spielten. Es standen aber auch Kaffeetassen, Teller mit angebissenen Kuchenstücken und Biergläser auf dem Tisch. Die beiden Paare hatten viel Spaß beim Kartenspielen und lachten fröhlich. Plötzlich bemerkten sie Malwine und blickten auf. Diese nahm erstaunt wahr, dass es sich um ihre Eltern und um die Eltern ihrer Mutter handelte. Aber alle waren so jung! Das konnte doch nicht sein, da alle vier Personen schon gestorben waren, oder?

»Seid ihr das wirklich?«, schrie sie fassungslos.

»Aber ja doch«, sagte Malwines Mutter und lachte freundlich.

»Jetzt reg dich nur nicht so auf. Das ist doch ganz normal«, sagte Malwines Vater lächelnd. »Wie du siehst, geht es uns wirklich gut hier. Du musst dir also nicht immer so viele Gedanken um uns machen«, fuhr er fort.

»Und du brauchst dir überhaupt nicht immer so viele Sorgen zu machen«, fügte ihre Mutter hinzu.

»Aber was macht ihr denn hier den ganzen Tag?«, fragte Malwine.

»Das dürfen wir dir nicht sagen«, antwortete ihr Großvater. »Aber glaube mir, dass es uns wirklich gut geht!«

»Und hier haben wir auch keine frechen, kleinen Mädchen, die uns die ganze Zeit mit ihren dummen Ideen ärgern«, fügte Malwines Oma mit einem Augenzwinkern hinzu.

»Aber war ich denn wirklich so schlimm? Ich war doch ein außerordentlich braves Kind, nicht wahr?«

Die Menschen am Tisch lachten.

»Du warst ein ganz normales Kind«, sagte Malwines Mutter. »Mal brav und mal frech. Manchmal bist du uns auf die Nerven gegangen, aber wir hatten auch unendlich viel Freude an dir.«

»Warum wart ihr dann so streng zu mir?«, fragte Malwine.

Ihre Mutter blickte betreten auf ihre Spielkarten.

»Wir dachten damals, dass wir unsere Kinder nur durch besondere Strenge bändigen können. Wir wissen jetzt, dass das ein Fehler war. Aber es hat dir nicht geschadet! Durch unsere Strenge hast du Disziplin und Pflichtbewusstsein gelernt. Das sind Eigenschaften, die dir in deinem Leben noch weiterhelfen werden«, sagte die Mutter.

»Das ist ja alles nicht so schlimm. Aber eines noch: Warum ausgerechnet Malwine als Vornamen? Was habt ihr euch denn dabei gedacht? Wolltet ihr mich mit dem Namen quälen?«, brauste Malwine auf.

»Nein, mein Liebling, wir wollten dir einfach einen besonderen Namen geben. Damit wollten wir zeigen, dass du außergewöhnlich bist«, erklärte Malwines Vater.

Die so Hervorgehobene war sprachlos. So hatte sie das noch nie gesehen.

»Aber jetzt musst du gehen. Du hast noch eine Reise vor dir. Steig wieder in dein schönes Buffet – wir wissen es übrigens zu schätzen, dass du es in Ehren hältst – und fahre weiter. Wir werden uns wieder sehen«, sagte die Mutter.

Malwine trat noch näher an den Tisch und versuchte, ihre nächsten Verwandten zu berühren.

»Halt, lass das, das darfst du nicht!«, wehrten sie ab, winkten ihr lächelnd zu und nahmen ihre Spielkarten wieder auf.

Malwine fiel es sehr schwer, sich von den Personen am Tisch abzuwenden und davonzugehen. Der Weg zu ihrem Buffet schien unendlich weit zu sein. Es stand still da und leuchtete golden im Schein der Sonne des Spätnachmittags. In den Obstbäumen begann ein leises Vogelkonzert.

Malwine bückte sich und wälzte sich mühsam in das unterste Schrankfach. Sie wäre so gern hier geblieben. Als sie einen letzten Blick zurück zu den Kartenspielern warf, konnte sie sie nicht mehr sehen. Schließlich fielen die Schranktüren von selbst hinter ihr zu.

»Hör auf zu heulen, mein Holz wird sonst nass. Und dann tinkt es wieder«, lispelte das Buffet.

»Sei still und bring mich zurück!«, schrie Malwine und schlug mit der Faust gegen das Holz.

Das Buffet äußerte sich nicht dazu, aber Malwine spürte, dass sich ein Splitter in ihre Hand gebohrt hatte. Wie boshaft dieses undankbare Stück Sperrmüll war! Malwine spielte mit dem Gedanken, das Buffet nach ihrer Rückkehr zu Brennholz zu verarbeiten, behielt diese Idee aber für sich, um das Möbel an weiteren Racheakten zu hindern. Außerdem: Sie hätte dann wieder keinen zusätzlichen Bücherschrank mehr. All die Arbeit, die sie schon aufgewendet hatte, wäre umsonst. Und: Ein magisches Buffet zertrümmerte man nicht.

Hinzu kam noch, dass Malwine gar keine Verwendung für Brennholz hatte. Als sie so weit gedacht hatte, merkte sie, dass die Reise längst weitergegangen war. Diesmal gelang es ihr nicht, in den tranceähnlichen Zustand zu fallen. Zur Beruhigung lutschte sie an ihrem schmerzenden Handballen und wartete ab, wohin das Buffet sie diesmal transportieren würde. Nach Hause, so hoffte sie. Von diesen emotionalen Begegnungen mit Verstorbenen hatte sie allmählich genug. Plötzlich hörte das leise Vibrieren auf, und die Schranktüren sprangen auf, wie um sie zum Aussteigen aufzufordern. Das Buffet sagte diesmal nichts. Wahrscheinlich schmollte es. Malwine krabbelte auf allen Vieren aus dem Schrank und schonte dabei die schmerzende Hand.

Sie landete mit Händen und Knien auf feuchten Erdboden, der herbstlich modrig roch. Sie befand sich wieder in einem Wald, diesmal aber in ihrer Heimat. Malwine erkannte dies an den Pflanzen, die ihr vertraut vorkamen. Hohe Fichten umstanden sie, Haselnusssträucher hatten schon das Laub verloren, und der Boden war weithin mit Heidelbeerkraut bedeckt. Im Wald war es kühl und nebelfeucht, kein Sonnenstrahl durchdrang die Wolkendecke. Malwine stand auf. Als sie an sich hinunter blickte, bemerkte sie, dass sie der Witterung entsprechend gekleidet war. Sie trug eine leuchtend rote Windjacke, Jeans und feste Stiefel.

Inzwischen wunderte sie sich kaum noch über ihre ständigen Verwandlungen, sondern akzeptierte sie mit großem Interesse. Als sie sich nach ihrem Buffet umblickte, sah sie, dass es mit starker Neigung und weit geöffneten Schranktüren in einer kleinen Waldlichtung stand. Es machte einen recht verlorenen Eindruck.

Das Gelände fiel zum Waldrand hin ab. Malwine ging zu dem Waldrand hinunter und trat in die Wiesen hinaus. Vor ihr breitete sich ein harmonisches Auf und Ab von grünen Hügeln und Tälern aus. Auf der ausgedehnten Weidelandschaft grasten zahlreiche Kühe mit rehbraunem Fell und Kuhglocken um den Hals. Die Kuhglocken läuteten gleichförmig mit den gemächlichen Bewegungen der Tiere. Hinter der Kuhweide stieg das Gelände wieder leicht an. Dort lagen verstreut ein paar Häuser in der Landschaft, auch eine Kirche mit spitzem Turm fehlte nicht. Noch weiter im Hintergrund erhob sich das mächtige Hochgebirge, dessen graue Felsen schon stark mit Schnee bedeckt waren. Die Gipfel verbargen sich in den Wolken.

Malwine begann, über die Kuhweide zu stapfen, da sie sich magisch von den Häusern angezogen fühlte. Vor den Kühen fürchtete sie sich nicht, und auch nicht davor, in einen Kuhfladen zu treten. Die Kühe nahmen keine Notiz von ihr, trotz ihrer leuchtend roten Windjacke, und grasten ruhig weiter. Malwine fröstelte etwas und wäre froh gewesen, wenn ihr der Zauber eine warme Mütze und Wollhandschuhe beschert hätte. Nach einem kurzen Spaziergang sah sie die Ansiedlung aus der Nähe.

Von einem Bauernhof fühlte sie sich besonders angezogen. Das Haus und der angebaute Stall waren alt, aber gut erhalten. In der Mitte des gekiesten Hofes stand ein stattlicher Walnussbaum, um dessen Stamm eine Sitzbank herumgebaut war. Es gab einen Brunnen in Form eines ausgehöhlten Baumstamms, der von einer Wasser führenden Rinne gespeist wurde. An den Hof grenzte ein Obstgarten. Niemand war dazu gekommen, das Fallobst aufzusammeln, da das hohe Gras unter den Bäumen voll mit gefallenen Äpfeln lag. Man sah, dass hier auch einmal Blumen und Gemüse gepflanzt worden waren, aber der Garten war verwildert. Hier waren weder Menschen noch Tiere zu sehen.

Malwine trat noch näher und entdeckte eine Glastür und ein kleines Schaufenster, die nachträglich in eine Scheune eingebaut worden waren. Der Raum dahinter war einladend beleuchtet. Ein Hofladen! In dem Schaufenster war ein kleines Sortiment an Gemüse ausgestellt, hauptsächlich Wintergemüse, Krautköpfe, Porree und Kartoffeln. Es war wenig, aber ansprechend präsentiert.

Malwine putzte ihre Bergschuhe auf der Fußmatte ab und betrat, ohne zu zögern, den Hofladen. Ein köstlicher Duft nach frischem Gebäck begrüßte sie. In der Tat entdeckte sie sogleich eine kleine Verkaufstheke, auf der ein aufgeschnittener Apfelkuchen mit Streuseln stand. Er war von einer Haube bedeckt. Malwine nahm noch andere Delikatessen wahr, Bergkäse,

Geräuchertes, Eier, hausgemachte Nudeln, liebevoll beschriftete Marmeladengläser, selbst gemachte Liköre, alles in kleinen Mengen, aber sorgfältig angerichtet.

Erst jetzt fiel ihr Blick auf das junge Mädchen hinter der Theke. Es war höchstens fünfzehn Jahre alt und mollig. Über der schwarzen Kleidung trug es eine weiße, nicht ganz saubere Schürze, der anzusehen war, dass sie beim Kuchenbacken getragen worden war. Das Mädchen hatte ein hübsches Gesicht. Das rötlich braune Haar fiel in Locken nach vorne, da die junge Dame auf der Verkaufstheke lehnte und mit dem Finger auf ihrem Smartphone herumwischte. Sie blickte kaum auf, als Malwine hereinkam.

»Hallo«, grüßte diese. Das Mädchen warf ihr einen kurzen, desinteressierten Blick zu und wischte weiter.

»Der Kuchen sieht gut aus. Hast du ihn gebacken?«

»Ja«, war die einsilbige Antwort.

»Ich würde gern ein Stück davon hier essen und eine Tasse Tee dazu trinken, geht das?«

Die junge Dame zuckte die Schultern.

»Wie viel kosten ein Stück Kuchen und eine Tasse Tee?«

»Da muss ich erst meinen Vater fragen. Papa!« Sie traktierte ungerührt weiter ihr Smartphone.

Malwine hörte Türen schlagen, dann betrat der Vater des Mädchens durch eine Hintertür den Laden. Er erfasste mit einem Blick die Situation und herrschte seine Tochter an:

»Mensch, Carolin, sei doch nicht so unhöflich, wenn Kundschaft da ist. Du musst bedienen!«

Carolin blickte unbeeindruckt auf und lächelte schwach.

»Bedien du sie doch!«

Der Vater holte mit der Hand aus, als ob er Carolin eine Ohrfeige verpassen wollte.

»Mensch, spinnst du? Ich mach hier die Drecksarbeit für dich, und du schlägst mich?«, schrie Carolin und verließ eilig den Laden durch die Hintertür, die sie laut zuknallte.

»Sie müssen entschuldigen«, sagte der Ladenbesitzer zu Malwine.

»Sie hat vor vier Monaten ihre Mutter verloren, damit kommt sie noch nicht zurecht.«

»Oh, das tut mir leid. Ich kann ihr nachfühlen, wie schwer das für sie ist. Dann war es wohl Ihre Frau? Wie schrecklich«, sagte Malwine.

Erst jetzt blickte der Ladenbesitzer sie genau an.

»Malwine, bist du das?«, rief er.

Malwine runzelte die Stirn und blickte dem stattlichen, dunkelblonden Mann genau ins Gesicht. Er kam ihr beim besten Willen nicht bekannt vor.

»Sollten wir uns kennen? Ich wüsste allerdings nicht, woher.«

Sie konnte es nicht leiden, wenn Männer vorgaben, sie zu kennen. In ihren Augen war das eine besonders plumpe Art der Anmache.

»Doch, weißt du nicht mehr? Wir haben uns doch vor einem Dreivierteljahr in Landsberg auf dem Weihnachtsmarkt kennengelernt! Ich verkaufte dort unsere hausgemachten Spezialitäten und Michaelas handgestrickte Sachen. Du hast einen Schal bei mir gekauft, weißt du das denn nicht mehr? Es war ein besonders kalter Dezembertag. Ich habe dir so leid getan wegen der Kälte, dass du mir einen Glühwein gebracht hast, und wir haben miteinander Glühwein getrunken. Du warst mir wirklich total sympathisch, aber damals war ich ja noch verheiratet.«

Malwine schaute ihn ratlos an. Von der ganzen Geschichte, die er erzählte, wusste sie nichts. Er schien sie zu verwechseln. Wenn sie einem netten Mann einen Glühwein spendiert hätte, wüsste sie das!

»Ihre Frau hat also die Strickwaren gemacht? Und inzwischen ist sie gestorben?«, fragte sie unbeholfen.

Der Ladenbesitzer beantwortete nur die erste Frage:

»Ja, sie hat alles Mögliche aus der Wolle unserer eigenen Schafe gestrickt. Und sie hat auch die Wolle selbst gesponnen.

Dafür hatte sie viel Geschick, schau, hier sind noch ein paar Sachen von ihr.«

Er führte Malwine zu einem Regal, in dem gestrickte Pullover, Handschuhe, Mützen und Schals gestapelt waren. Alles war aus ungefärbter Naturwolle in Weiß oder Braun gearbeitet. Michaela musste ungeheuer fleißig gewesen sein. Malwine streichelte ehrfürchtig die sorgfältig hergestellten Kleidungsstücke.

»Heute ist es so kalt, und ich bin ohne Mütze und Handschuhe aus dem Haus gegangen«, sagte Malwine. Ausgeflogen wohl eher, fügte sie in Gedanken hinzu und dachte an ihr Buffet, das mit offenen Türen im Wald stand und auf sie wartete.

»Dann schenke ich dir, was du brauchst!«, sagte der Ladeninhaber herzlich. »Such dir einfach aus, was dir gefällt.«

Malwine lächelte ihm dankbar zu.

»Sag mal, wie heißt du eigentlich? Du scheinst mich zwar zu kennen, aber ich kann mich einfach nicht an dich erinnern. Wenn ich einen so netten Kerl wie dich kennengelernt hätte, wüsste ich das.«

Der Ladenbesitzer lächelte zum ersten Mal.

»Mein Name ist Peter. Schade, dass ich damals keinen bleibenden Eindruck bei dir hinterlassen habe. Vielleicht kann eine Tasse Kaffee deiner Erinnerung wieder auf die Sprünge helfen? Ich hab zwar keinen Glühwein, aber dafür spendiere ich dir ein Stück Kuchen. Wenn ich dir Gesellschaft leisten darf.«

Malwine stimmte lächelnd zu, und Peter schaufelte zwei riesige Stücke Apfelkuchen mit Streuseln auf zwei Teller. Dann führte er Malwine in eine unordentliche Küche. Man sah, dass hier jemand Kuchen gebacken, sich aber das Aufräumen gespart hatte. Peter schaffte etwas Platz am Küchentisch, der rustikal mit Wachstuch bespannt war, und stellte die Kuchenteller hin. Dann holte er zwei Tassen und eine Kanne Kaffee von der Kaffeemaschine.

»Setz dich doch«, forderte er Malwine auf.

Sie legte die rote Windjacke ab und setzte sich auf die rustikale Eckbank. Dabei fiel ihr Blick auf einen Fotokalender, der über dem Küchentisch an der mit Holz getäfelten Wand hing. Sie traute ihren Augen nicht. Der Kalender datierte aus dem Jahr 2015. Malwine war im Jahr 2013 in ihr Buffet gestiegen. Nachdem das Möbel sie zweimal in eine höhere Dimension transportiert hatte, war sie nun sogar in der Zukunft gelandet. Nachdem sie eine geschlagene Minute lang auf den Kalender gestarrt hatte – er zeigte eine weiß verschneite Winterlandschaft – breitete sich ein mildes Lächeln auf ihrem Gesicht aus.

»Iss deinen Kuchen, er ist sehr gut. Carolin kann wirklich gut backen, auch wenn sie momentan etwas neben sich steht«, sagte Peter. Dann erst bemerkte er das selige Lächeln auf Malwines Gesicht und blickte sie erstaunt an.

»Warum grinst du den Kalender so an? Dein Kaffee wird kalt.«

»Peter! Hoffentlich glaubst du mir die irre Geschichte, die ich dir jetzt erzähle. Es hört sich total verrückt an, aber ich komme aus der Vergangenheit. Ich habe einen magischen Schrank, der mich hierhergebracht hat, um mir meine Zukunft zu zeigen. Sobald ich mit Kaffee und Kuchen fertig bin, muss ich wieder zurück in meine Zeit reisen und dort weiter leben, damit wir uns kennenlernen können. In Landsberg, auf dem Weihnachtsmarkt, im Dezember 2014. Und im November 2015 werden wir uns dann hier wieder sehen«, sprudelte Malwine hervor.

Jetzt war es an Peter, sie längere Zeit sprachlos anzustarren. Er musste das alles erst verdauen.

»Hört sich unglaubwürdig an. Aber je älter ich werde, desto mehr neige ich dazu, auch Dinge zu akzeptieren, von denen sich unsere Schulweisheit nichts träumen hat lassen.«

Malwine lachte.

»Das hast du schön gesagt! Aber es dämmert schon. Entschuldige, ich muss los und zurück in meine Zeit, damit wir uns kennenlernen können.«

Malwine trank ihren letzten Schluck Kaffee, dann zog sie ihre rote Windjacke an.

»Vergiss deine Mütze und die Handschuhe nicht!«, sagte Peter und drängte ihr die Stricksachen auf, die sie sich vorhin ausgesucht hatte. Sie schlüpfte sofort hinein. Dann trat sie den Rückweg in den Wald an. Peter ließ es sich nicht nehmen, sie durch die dämmerige Herbstlandschaft zu begleiten. Die Kühe waren inzwischen in den Stall gebracht worden. »Damit du dich nicht verläufst!«, sagte er.

Das Buffet stand im Wald und schien schwach von innen heraus zu leuchten.

»So, das ist also dein berühmtes Transportmittel«, sagte Peter und tätschelte leicht die Oberfläche, als ob es sich um ein Haustier handelte. »Sieht man ihm gar nicht an!«

Malwine und Peter umarmten sich herzlich. Der Abschied fiel schwer.

»Bis bald«, sagte Malwine. »Wir sehen uns. Du weißt ja, wann! Und richte Carolin einen Gruß von mir aus. Ich gedenke, ihre Stiefmutter zu werden!«

Peter fehlten die Worte. Am liebsten hätte er Malwine sofort hier behalten. Aber das ging nicht. Schließlich machte sie sich von ihm los und schlüpfte schnell in das Buffet. Peter schlug die Türen hinter ihr zu.

»Na endlich, ich tachte schon, tu kommst kar nicht mehr«, nörgelte das Buffet und begann zu vibrieren.

Malwine antwortete nicht. Obwohl sie gerade noch so traurig über die Trennung von Peter gewesen war, wiegte sie das leichte Schaukeln des Schrankes sofort in eine leichte Trance. Malwine erwachte erst wieder, als das Buffet mit schwachem Rumpeln landete. Die Schranktüren sprangen von selbst auf.

»Endlich zu Hause«, seufzte das Buffet.

Malwine kroch mühsam heraus und merkte, dass sie in ihrer Wohnung angekommen war. Sie richtete sich auf und stellte fest, dass sie immer noch die rote Windjacke und die festen Bergschuhe trug. Außerdem hatte sie eine Strickmütze aus brauner Schafwolle auf dem Kopf und dazu passende Fausthandschuhe an den Händen. Lächelnd legte sie ihre Hände an die Wangen und fühlte die kratzige Schafwolle. Faustpfand-Handschuhe, gewissermaßen. Ein Faustpfand auf die Zukunft. Malwine wandte sich ihrem Buffet zu, das teilnahmslos in der dämmerigen Diele stand, und umarmte es.

»Mein liebes Buffet. Da hast du dich ja mächtig angestrengt. Ich verdanke dir, dass ich mit der Vergangenheit abschließen und mich jetzt schon auf meine glückliche Zukunft freuen kann.«

Das Buffet schwieg. Es hatte sich für Malwines Pflege erkenntlich gezeigt und sah nun keine Veranlassung mehr, sich weiter zu äußern.

Die unerbittliche Natur

Die beiden jungen Eisvögel hatten sich Anfang des Jahres, es war noch im Winter, zu einem Paar zusammengefunden. Beide waren im Vorjahr aus dem Ei geschlüpft. Nun waren sie so weit, selbst eine Familie zu gründen. An einem kleinen Fluss besetzten sie ein schönes Revier. Das klare, grünliche Flusswasser floss gemächlich dahin. Die Ufer des Flusses waren üppig mit Gras und Büschen bewachsen, und es gab genügend Äste, die weit über das Wasser hinausragten.

Dies waren ideale Voraussetzungen für die Eisvögel, die solche Äste als Sitzwarten brauchten. Von dort aus machten sie Jagd auf ihre Beutetiere. Sie beobachteten von diesen Ästen aus so lange das Wasser, bis ein kleiner Fisch, eine Kaulquappe, eine Insektenlarve oder anderes Kleingetier vorbeikam. Dann schossen sie wie ein Pfeil vom Ast aus ins Wasser, um das Tier zu fangen. Dabei leisteten ihnen ihr stromlinienförmiger Körper und ihr kräftiger, langer Schnabel gute Dienste, Eigenschaften, die ihnen ungezählte Generationen von Vorfahren in einem zeitaufwendigen Entwicklungsprozess in die Wiege gelegt hatten. Trotzdem waren die Eisvögel nicht auf alle Eventualitäten ihres Lebens vorbereitet.

Als das Männchen nach einem geeigneten Platz suchte, um eine Bruthöhle für seine zukünftige Familie zu graben, fand er nur eine Notlösung. Optimal wäre ein hoch gelegenes Steilufer aus stabilem Sand gewesen, in das man eine metertiefe Höhle hätte graben können. Dort wäre das Gelege vor Fressfeinden wie Katzen, Mardern oder Füchsen sicher gewesen. Natürlich musste der Sand so fest sein, dass die Höhle nicht einstürzte, und der Eingang sollte so hoch über dem Fluss liegen, dass kein Wasser eindringen konnte.

Reviere mit derartigen Voraussetzungen waren schon von Natur aus selten. Seitdem der Mensch aber so intensiv in seine Umwelt eingriff und sie nach seinen Bedürfnissen umgestaltete, wurde es für die Eisvögel immer schwieriger, geeignete Brutplätze zu finden. Viele frei fließende Flüsse waren begradigt und in Beton gezwängt worden. Zwar hatten die Menschen inzwischen erkannt, dass dies ein Fehler war, und machten die Verbauungen zum Teil wieder rückgängig, aber viele Veränderungen ließen sich nicht mehr beheben. In diesem stark vom Menschen besiedelten Land hatten die Tiere einfach nicht mehr genügend Platz. Obwohl viele Menschen inzwischen ein Bewusstsein dafür entwickelt hatten, dass auch Tiere Anspruch auf Lebensraum haben, blieb es schwierig, dies zu verwirklichen. Die Menschen verbrauchten einfach zu viel Raum für sich.

Das junge Eisvogelmännchen fand in seinem neuen Revier einen Uferabschnitt aus Sand, dessen oberer Rand höchstens zwei Meter über der Wasseroberfläche lag. Das war bedenklich niedrig, aber es gab keine Alternative, und so lockte das Männchen seine Partnerin zu der Stelle, um sie ihr zu zeigen. Immer wieder flog er die Stelle an und pickte mit dem Schnabel an einen bestimmten Fleck, der ihm als Eingang für eine Bruthöhle geeignet schien. Seine Partnerin mochte allerdings lieber eine andere Stelle, die sie ihrerseits anflog und anpickte. Schließlich gab das Männchen nach, und sie einigten sich auf den Vorschlag des Weibchens.

Sie begannen, ihre erste Bruthöhle zu graben, was anfangs sehr mühsam war, da sie aus dem Flug heraus eine kleine Vertiefung in den Sand graben mussten. Erst, als sie eine Mulde von einiger Tiefe geschaffen hatten, wurde es einfacher, weil sich die Vögel nun auch hinsetzen und graben konnten. Dazu benutzten sie ihre starken Schnäbel. Den überschüssigen Sand scharrten sie mit den Füßen aus der Höhle. Beim Graben wechselten sie sich ab. Sie brauchten zwei Wochen für die Vollendung dieser mühsamen Arbeit.

Als sie fertig waren und am Ende der fast einen Meter langen Röhre eine kleine Erweiterung angelegt hatten, begann das Weibchen sofort, Eier zu legen. Es legte sie auf den nackten

Sandboden der Höhle und brachte insgesamt fünf weißschalige Eier zustande. Nachdem das Gelege vollständig war, begannen beide Partner, es abwechselnd zu bebrüten.

Nach drei Wochen Brutzeit schlüpften die winzigen, nackten und blinden Küken. Am Anfang wurden sie von einem Elternteil gehudert, während der andere Futter suchte. Später, als sie etwas größer waren, konnten sie längere Zeit allein bleiben, und beide Elternteile gingen nun auf die Jagd. Zuerst bekamen die Jungen Insekten, später kleine Fischchen. Obwohl die Eltern darauf achteten, dass alle Küken gleichmäßig mit Futter versorgt wurden, brachten sie nur drei Junge durch. Diese entwickelten sich gut. Bald begannen ihre Federn zu sprießen, und allmählich deutete sich bereits die arttypische prächtige Gefiederfarbe der Eisvögel an. Ihre Augen öffneten sich. Die Küken wurden außerdem immer munterer, schrien laut nach Futter und sprangen den Eltern bereits entgegen, wenn diese sich mit Futter in der Bruthöhle zeigten.

Gerhard freute sich jeden Tag über den Anblick der farbenfrohen Altvögel, deren Gefieder auf der Oberseite blaugrün, am Bauch dagegen rostrot war. Seit er die Tiere entdeckt hatte, beobachtete er sie regelmäßig. Sein Garten lag in Flussnähe. Immer wieder unterbrach er sich bei der Gartenarbeit und trat durch die hintere Gartenpforte, die direkt zum Ufer führte, um die Tiere zu beobachten. Als er sah, wie dicht der Eingang der Bruthöhle über dem Wasserspiegel des Flusses lag, begann er, sich Sorgen um die Jungvögel zu machen.

Im Mai setzte eine längere Regenperiode ein. Ein ausgedehntes Tiefdruckgebiet bescherte ganz Deutschland ausgiebigen Regen. Die Bäche schwollen an und belasteten die von ihnen gespeisten Flüsse mit immer größeren Mengen an Wasser. Sogar die großen Stauseen in den Alpen waren randvoll, sodass die Flüsse das Übermaß an Wasser nicht mehr fassen konnten. Sie traten über die Ufer und überschwemmten weite Gebiete. Der Schaden für die betroffenen Regionen war enorm, besonders in der Landwirtschaft. Ganze Existenzen wurden weggespült.

Auch die Natur hatte massiv unter dem Hochwasser zu leiden. Unzählige Tiere konnten sich nicht vor den Fluten retten und ertranken. Vor allem junge Rehe, Hasen und am Boden brütende Vögel wurden schwer getroffen. Der Fluss neben Gerhards Garten war keine Ausnahme. Auch dieses Gewässer schwoll durch den starken Zufluss zusehends an. Das ursprünglich klar grüne Flusswasser färbte sich braun und führte eine Menge Treibgut mit, das weiter flussaufwärts mitgerissen worden war – vor allem Äste, aber auch Müll und tote Tiere.

Gerhard musste ebenso wie die beiden Eisvogel-Eltern hilflos mit ansehen, wie sich das Hochwasser mehr und mehr dem Eingang der Bruthöhle näherte. Bald würde es eindringen. Die Altvögel fütterten eifrig weiter ihre Jungen. Da die Ansitzjagd in dem reißenden, trüben Fluss unmöglich geworden war, stellten sie sich ganz auf Insekten um und versuchten, mit dieser Nahrung ihre Küken möglichst schnell groß zu bekommen. Ein Wettlauf mit der Zeit begann. Wenn die fast ausgewachsenen Jungen noch vor dem Ansteigen des Flusses bis zum Eingang ihrer Bruthöhle flügge würden und ausflögen, wären sie gerettet.

Am Samstag war Gerhard nachmittags wieder in seinem Garten, obwohl man bei dem regnerischen Wetter nicht viel erledigen konnte. Und auch ein paar gemütlich verbrachte Stunden im Liegestuhl mit Kaffee und Kuchen oder einem kühlen Bier fielen momentan aus. Darum öffnete Gerhard gleich die hintere Gartenpforte und trat ans Flussufer, um nach den Eisvögeln zu sehen. Er sah, dass es jetzt wirklich knapp wurde und der Pegel direkt unter dem Eingang der Höhle stand.

Irgendwie musste es doch möglich sein, den Tieren zu helfen, nur wie? Man müsste die Küken da rausholen. Wie dann mit ihnen weiter zu verfahren war, war Gerhard nicht recht klar, aber dass sie vor dem eindringenden Wasser gerettet werden mussten, so viel stand fest. Allerdings war der Zugang zu dem Brutplatz nur vom Fluss aus möglich, und wie sollte dies zu bewerkstelligen sein, außer, man hätte ein Schlauchboot? Gerhard fasste sich ein Herz und rief bei der Feuerwehr an, nachdem ihn seine Frau und sein Schwiegersohn dazu ermuntert hatten. Dort wurde er allerdings schroff zurückgewiesen, da die Feuerwehr wegen des Hochwassers alle Hände voll zu tun hatte. Man habe wirklich Wichtigeres zu tun, als eine Eisvogel-Brut zu retten, so wurde ihm gesagt.

Dafür hatte er Verständnis. Trotzdem konnte er nicht aufhören, sich um die Tiere Sorgen zu machen und beobachtete weiter die Entwicklung. Gleichzeitig wunderte er sich über den Mangel an Einsicht bei den Eisvögeln. Warum hatten sie nicht erkannt, dass der von ihnen ausgewählte Uferabschnitt viel zu dicht über dem Wasserspiegel lag? Offensichtlich fehlte ihnen die Fähigkeit zur Voraussicht, oder sie hatten einfach auf gut Glück mit ihrer Arbeit angefangen, in der Hoffnung, dass es schon gut gehen würde. Am Sonntag ließ der Regen etwas nach, sodass es für Mensch und Tier zu einer Erleichterung kam. Zumindest stieg das Wasser nicht weiter.

Als es am Montagmorgen wieder zu regnen begann, rief Gerhard bei der Umweltbehörde an, um wegen der Vögel um Rat zu fragen. Vielleicht konnte man ihm ja dort helfen. Er erreichte einen Mitarbeiter, der ihm aber nur so viel sagen konnte, dass der Tod durch Ertrinken bei jungen Eisvögeln, die noch nicht ausgeflogen waren, keine Seltenheit war. Und in dem Falle, dass man die Küken tatsächlich aus der Höhle herausholen könne, wäre es schwierig, sie von Hand aufzuziehen. Immerhin hatte man Gerhard eine Auskunft gegeben. Allerdings half sie den vom Ertrinken bedrohten Vögeln nicht weiter.

Besorgt sah Gerhard zusammen mit seinem Schwiegersohn zu, wie das Flusswasser weiter anstieg. Die schmutzige, braune Brühe leckte an dem kleinen Stück Ufer, das die Bruthöhle barg, und riss immer mehr Gras und Sand mit sich fort, die sofort in den Fluten untergingen.

In der Höhle schrien die drei Jungvögel nach ihren Eltern. Ihnen war kalt, und es hatte schon seit Tagen zu wenig Futter gegeben, sodass sie sehr hungrig waren. Das kleinste der drei Küken war bereits vom Hunger geschwächt und schrie nicht so laut wie seine Geschwister. Die beiden größeren wagten sich in der Röhre immer näher zum Ausgang und kreischten aufgeregt. Das Kleinste blieb still in dem Brutkessel zurück. Wären die beiden größeren Jungtiere bereits flügge gewesen, hätten sie den Sprung in die Freiheit gewagt. Da ihre Schwungfedern aber noch nicht so weit entwickelt waren, dass sie fliegen konnten, mussten sie in ihrem Heim verharren, das zur Todesfalle geworden war. Nur einen oder zwei Tage länger, und sie wären dazu bereit gewesen, die Höhle zu verlassen.

Die Küken duckten sich ängstlich in der Röhre. Von oben rieselte unaufhaltsam der Sand auf sie herab. Schließlich drang das ansteigende Flusswasser als dünnes Rinnsal in die Höhle ein, und die Jungtiere saßen zitternd im Wasser. Ein weiterer Schwall eindringendes Wasser stieg den Vögeln bis zum Hals, und sie kreischten vor Angst und ruderten mit ihren kleinen, unfertigen Flügeln.

Im Freien flogen die beiden Vogeleltern aufgeregt um den Eingang der Höhle. Sie hatten tote Insekten im Schnabel und wollten ihre Jungen füttern. Mehr konnten sie nicht für die bedrohten Kleinen tun. Gerhard stand auf der anderen Seite am Flussufer und beobachtete das Tierdrama. Er konnte den Küken ebenso wenig helfen wie die Altvögel.

Unaufhaltsam strömte die steigende Flut in die Bruthöhle und spülte die beiden größeren Küken zurück in den Brutkessel zu ihrem Geschwister. Ein letzter, großer Schwall Wasser ertränkte die jungen Eisvögel, die niemals das volle Tageslicht erblickt hatten. Ihre Schreie waren verstummt. Die Eltern flogen noch lange um den überfluteten Eingang der Höhle herum und riefen nach ihren Jungen. Nach geraumer Zeit gaben sie auf und flogen davon.

Als es Tage später zu regnen aufgehört hatte, fiel endlich das Hochwasser, und Gerhard machte sich zusammen mit seinem Schwiegersohn daran, die toten Eisvögel zu bergen. Er wollte einfach sehen, was aus ihnen geworden war. Dabei war es immer noch schwierig, an sie heranzukommen. Er musste in eine Fischerhose schlüpfen und durch den schmutzig braunen Fluss zu der Bruthöhle waten. Mithilfe eines Schürhakens gelang es ihm schließlich, die drei kleinen Leichen aus ihrer Kinderstube herauszuholen, die zur Todesfalle geworden war.

Er legte die drei Küken der Reihe nach auf ein Brett und betrachtete sie nachdenklich. Die jungen Vögel waren schon fast erwachsen gewesen. Nur noch wenig hätte gefehlt, und sie hätten die Nisthöhle verlassen können. Ihre kleinen Körper waren mit stoppeligen, grauen Federkielen bedeckt, die kurz vor der Entfaltung zu perfekten Eisvogel-Federn gestanden hatten. Die typische, lebhafte Färbung der Eisvögel hatte sich auf dem unfertigen Gefieder der Küken bereits abgezeichnet.

Gerhard ärgerte sich maßlos über diese sinnlose Verschwendung der Natur. Auf einzelne Individuen kam es ihr nicht weiter an. Es schien ihr völlig egal zu sein, ob sich ein paar Eisvögel mehr oder weniger auf diesem Planeten ihres Lebens erfreuten oder aber vom Hochwasser ersäuft wurden! Die Gleichgültigkeit der Natur gegenüber ihren Geschöpfen befremdete Gerhard immer wieder.

Schließlich hatte er eine Idee. Er rief bei der Redaktion seiner Heimatzeitung an und berichtete von der Begebenheit mit den Eisvögeln. Der zuständige Redakteur hatte großes Interesse an dem, was ihm Gerhard erzählte. Er schickte eine junge Redakteurin und einen Fotografen zum Ort des Tier-Dramas, und die junge Frau schrieb mit Wärme einen ausführlichen Artikel, der am nächsten Tag in der Heimatzeitung erschien. Der Fotograf hatte die drei toten Küken aufgenommen und auch Gerhard, der den Zeitungsleuten die Stelle am Flussufer zeigte, wo sich das Unglück ereignet hatte. Auch die Fotos erschienen in der

Zeitung. Viele Leser waren von dem Schicksal der Tiere berührt, das stellvertretend für sämtliche Opfer dieser Hochwasserkatastrophe stand.

Davon wurden die toten Küken zwar nicht mehr lebendig, aber vielleicht würde durch die Berichterstattung bei noch mehr Menschen das Bewusstsein dafür geschärft werden, wie wichtig es war, den Tieren mehr Lebensraum zurückzugeben.

Die arme Poetin

Paloma war zufrieden mit sich selbst. Soeben hatte sie eine Geschichte fertiggestellt. Ein weiterer Schritt vorwärts auf ihrem Weg zur Schriftstellerei. Und seitdem sie ihre Arbeitsstelle als pharmazeutisch-technische Assistentin verloren hatte, verfügte sie auch über so viel Zeit! Endlich konnte sie schreiben, soviel sie wollte. Anstatt sich nach einem neuen Job umzusehen, nutzte sie ihre Zeit meist, um vormittags an ihrer aktuellen Erzählung weiterzuschreiben, nachmittags befasste sie sich mit ihrem Roman.

An ihrem Arbeitsplatz hatte man sie nicht mehr weiter beschäftigen können. Ihr Vorgesetzter sah sie nur ungern gehen, war aber aus Gründen des Personalabbaus zu ihrer Entlassung gezwungen gewesen. Ein harter Schlag für Paloma, da sie nicht mehr in ihrer frischesten Jugendblüte war und sich auf dem Stellenmarkt keine großen Chancen mehr ausrechnete. Andererseits sah sie in dem Verlust ihrer alten Arbeit, die ihr schon lange keine große Freude mehr bereitet hatte, die Gelegenheit, um etwas Neues auszuprobieren. Und mit der Vorbereitung darauf hatte sie schon lange vor ihrer Arbeitslosigkeit begonnen.

So war sie guten Mutes, als sie ihre neueste Geschichte zu einem zufriedenstellenden Ende gebracht hatte. Sie würde die plötzlich reichlich zur Verfügung stehende freie Zeit nutzen und zum richtigen Zeitpunkt damit beginnen, ihre literarischen Meisterwerke zu veröffentlichen. Und bis sie mit ihrer Kunst Geld verdiente, könnte sie sich mithilfe ihrer Ersparnisse über Wasser halten. Große materielle Ansprüche hatte sie nicht. Für ihre kleine Dachwohnung in der Altstadt bezahlte sie eine moderate Miete, sodass sie die Phase ohne Einkünfte gut überbrücken würde, wie sie hoffte. Sie war zuversichtlich.

Jetzt würde sie sich mit einem köstlichen Salat und einem frisch gepressten Fruchtsaft bei ihrem Lieblingsimbiss in der Innenstadt belohnen, um anschließend, frisch gestärkt, an ihrem Roman weiterzuschreiben.

Ob sie Uli, ihren Nachbarn, zum Mitkommen überreden könnte? Uli wohnte noch ein Stockwerk höher, in der Dachspitze des Altbaus. Er war der Einzige von Palomas Nachbarn, den sie näher kennengelernt hatte. Einige Jahre jünger als sie, war Uli immer gut gelaunt und stets für eine kleine Lebensberatung zu haben. Was Uli beruflich machte, hatte Paloma nie so genau herausgefunden, Steuerberater oder etwas Ähnliches, so glaubte sie. Jedenfalls arbeitete er oft von zu Hause aus. Die Gelassenheit des kleinen, rundlichen Kerls war geradezu legendär. Außerdem war er grundsolide und hatte, seit ihn Paloma kennengelernt hatte, erst die zweite Freundin, Astrid.

Paloma heftete die letzten handschriftlichen Blätter ihrer Erzählung ordentlich ab, spitzte den Bleistift, sodass sie später gleich weiterschreiben konnte, und steckte ihn zur Aufbewahrung in den Dosenspitzer. Dann trat sie in das nostalgische Treppenhaus hinaus, ging ein paar Schritte auf der knarzenden Holztreppe nach oben und rief:

»Urmel! Bist du zu Hause?«

Da Uli nicht reagierte, ging sie ganz nach oben und läutete an der Wohnungstür. Uli öffnete und streckte sein spärlich behaartes Haupt aus der Türe.

»Ach, du bist es. Was gibt es, mein Täubchen?«

»Ich habe gerade eine Geschichte fertiggestellt. Hast du Lust, zur Feier des Tages mit mir in den Saftladen zu gehen und einen Salat zu essen?«

»Nee du, passt mir gerade nicht. Ich muss arbeiten. Aber ein andermal gerne. Was hast du denn Schönes geschrieben?«

»Auf die Gefahr hin, dass du das abgeschmackt findest: Ich habe eine Liebesgeschichte geschrieben. Aber Astrid würde sie bestimmt gefallen. Ich schreibe eben typische Frauenliteratur, das macht mir am meisten Spaß, und gleichzeitig hoffe ich, dass sie sich eines Tages gut verkauft. Von irgendwas muss ich ja schließlich leben.«

»Ja, nicht dass du als armer Poet endest. Bestimmt kennst du das Bild von Carl Spitzweg? Du weißt schon, der Dichter liegt auf seinem Matratzenlager, Zipfelmütze auf dem Kopf und Regenschirm unter dem Dach, damit es nicht reinregnet!«

Paloma lachte. Natürlich kannte sie das Bild. Sofort entstand in ihrer Fantasie die Vorstellung von sich selbst, wie sie in ihrer Dachwohnung unter einem aufgespannten Regenschirm lag.

»So weit darf es nicht kommen!«, rief sie. »Dann gehe ich also alleine essen, und danach muss ich gleich fleißig weiterarbeiten. Ciao Urmel!«

Paloma machte sich auf den Weg zum Saftladen. Sie verließ ihre idyllische Wohngegend im Handwerkerviertel, das von Kanälen durchzogen war, und durchquerte die Innenstadt. Dabei blickte sie in viele Schaufenster, so auch in das einer Galerie, an der sie schon häufig vorbeigekommen war. Die Galerie befand sich in einem modernen Gebäude – eine der Bausünden aus der Nachkriegszeit.

Paloma hatte schon oft die schönen Kunstgegenstände bewundert, die in der Auslage gezeigt und häufig ausgetauscht wurden. Vor allem handelte es sich um Bilder, aber auch Geschenkartikel, wie filigrane, wenige Zentimeter große Weihnachtsbäumchen aus Glas, fein ziselierte Silberdöschen, exquisite Briefbeschwerer, außergewöhnlich geformte Kerzenhalter und dergleichen mehr. Alles wunderschön, aber viel zu teuer, wie Paloma befand. Und außerdem überflüssig. Paloma gab ihr Geld lieber für Bücher aus als für Bilder und andere Dekorationsgegenstände. Das war schon immer so gewesen.

Heute aber wurde ihr Blick plötzlich von einem der ausgestellten Bilder gefesselt. Da es recht klein war, etwa fünfunddreißig mal fünfundvierzig Zentimeter, war es auf eine Art Staffelei gestellt, um es besser zur Geltung zu bringen. Paloma staunte nicht schlecht. Handelte es sich doch um »Der arme Poet« von Carl Spitzweg, worüber sie vor wenigen Minuten noch mit Uli gesprochen hatte! Ein seltsames Zusammentreffen. Fasziniert blickte sie auf die Darstellung des armen Dichters, der am hellen Tage im Bett lag, um sich während seiner

Arbeit etwas zu wärmen. Offensichtlich konnte er sich kein Brennholz leisten. Zwar gab es in dem Dachstübchen des Poeten einen Kachelofen, aber dieser schien nicht in Betrieb zu sein. Man sah allerdings, dass vor der Ofenklappe ganze Stapel beschriebenen Papiers lagen. Vermutlich musste der arme Poet seine eigenen Werke verheizen, um nicht zu erfrieren. Ein trauriges Schicksal.

Plötzlich interessierte sich Paloma brennend für das Bild ihres Leidensgenossen, obwohl sie bisher nicht viel für das Werk Carl Spitzwegs übrig gehabt hatte. Die Darstellungen der kleinbürgerlichen Welt des neunzehnten Jahrhunderts schienen ihr unglaublich kitschig. Erst im Lauf der Jahre war ihr klar geworden, dass der Maler seine Motive mit feiner Ironie dargestellt hatte. Vielleicht sollte sie das Bild kaufen? Sie fühlte eine Art Seelenverwandtschaft mit dem armen Poeten und glaubte, dass sich das Kunstwerk in ihrer Dachwohnung gut machen würde, sowohl als Inspirationsquelle für ihre Schreibarbeit als auch als Ansporn, um sich ranzuhalten. Damit sie nicht so enden würde wie der verarmte Dichter.

Paloma betrat entschlossen den Laden. Leider war niemand zu sehen, den sie wegen des armen Poeten befragen konnte. So schaute sie sich erst einmal in der Galerie um. Die Ausstellungsräume erstreckten sich über zwei Stockwerke und waren in einem kühlen, nüchternen Stil gehalten. Die exquisiten Bilder, vor allem postmoderne, großformatige Gemälde, waren perfekt ausgeleuchtet. Paloma staunte über den starken Auftrag und die Intensität der Farben. Wunderschön, aber nicht für ihre kleine Wohnung geeignet. Als passendes Ambiente für derartige Kunstwerke brauchte man eine luxuriösere Bleibe als die ihre, so dachte sie. Wie hatte sich nur das kleine Gemälde von Spitzweg in diese Galerie verirrt?

Wieder wandte sie sich dem Schaufenster zu, diesmal vom Inneren des Raumes her. Da das betreffende Gemälde mit der Bildseite nach außen gewandt war, konnte sie es nicht anschauen.

Und immer noch keine Verkäuferin in Sicht. Allmählich ärgerte sie sich. Immer, wenn man das Verkaufspersonal brauchte, war es nicht da! Gerade wollte sie das Bild, für das sie sich interessierte, von der Staffelei nehmen, um es aus der Nähe zu betrachten, als sie von hinten angesprochen wurde.

»Guten Tag, kann ich Ihnen behilflich sein?«, ertönte eine männliche Stimme.

Paloma schrak zusammen. Wie peinlich, dabei erwischt zu werden, wie sie die Ausstellungsstücke betatschte. Schnell wandte sie sich um und sah den Galeristen vor sich.

»Entschuldigen Sie bitte«, sagte Paloma atemlos. »Ich wollte mir nur dieses Bild hier ansehen.«

Der Galerist blickte auf sie herab und lächelte spöttisch.

»Das habe ich bemerkt!«

Dann nahm er das Gemälde, das sich in einem breiten, vergoldeten Holzrahmen befand, von der Staffelei und reichte es Paloma.

»Bitte sehr. Sie können das Bild auch hier ablegen, um es sich genau anzusehen. Nehmen Sie doch Platz.«

Er führte sie zu einem Tisch mit zwei Stühlen. Paloma legte das Bild auf den Tisch. Im Schein der starken Deckenbeleuchtung konnte sie zum ersten Mal die Details des Gemäldes erkennen. Schweigend reichte ihr der Galerist eine Lupe, mit deren Hilfe sie das Kunstwerk noch besser begutachten konnte. Paloma freute sich über seine Aufmerksamkeit.

»Wunderschön!«, sagte sie schließlich. »Ist das echt?«

»Nein, natürlich nicht!«, sagte der Galerist mit leisem Lachen. »Es handelt sich um eine Reproduktion, aber eine sehr gut gemachte. Sehen Sie, sie wurde auf Leinwand gedruckt, die Optik ähnelt täuschend einem echten Ölgemälde. Das Original des armen Poeten von Carl Spitzweg hängt übrigens in der Neuen Pinakothek in München.«

Wieder betrachtete Paloma das Gemälde genau. Es schien zu ihr zu sprechen. »Kauf mich!«, flüsterte es.

»Wie viel würde die Reproduktion denn kosten?«, fragte sie. Der Galerist nannte einen moderaten Preis. Paloma neigte nicht zu überstürzten Käufen.

»Darf ich es mir noch überlegen?«, fragte sie. Wieder lachte der Galerist.

»Selbstverständlich, so lange Sie wollen. Es kann nur sein, dass die Reproduktion nicht mehr da ist, wenn Sie zu lange mit dem Wiederkommen warten. Zurücklegen kann ich sie nicht für Sie.« Er geleitete Paloma zur Tür und überreichte ihr zum Abschied seine dezente cremefarbene Visitenkarte. »Auf Wiedersehen. Kommen Sie gerne wieder, so oft Sie wollen.«

Draußen las Paloma den Namen des Galeristen: Helmut Weyrauch. Verblüffend, dem Aussehen nach hätte man ihn für einen distinguierten, älteren Italiener halten können. Aber der Name war eindeutig süddeutschen Ursprungs.

Nachdem sie eine Nacht über ihre Kaufentscheidung hingehen hatte lassen, suchte sie wieder die Galerie auf. Natürlich erst, nachdem sie ihre Vormittags-Schreibarbeit erledigt hatte, darin war sie gewissenhaft. Hoffentlich war die Reproduktion noch da! Aufgeregt blickte Paloma in das Schaufenster, sobald sie sich der Galerie näherte. Sie atmete auf. Niemand hatte ihr den armen Poeten vor der Nase weggeschnappt. Und diesmal entdeckte sie der Galerist sofort, der aus dem Hintergrund auftauchte, als sie das Geschäft betrat.

»Guten Tag. Ich war gestern schon mal hier und habe mich für die Reproduktion im Schaufenster, von Carl Spitzweg, interessiert. Ich möchte das Bild jetzt kaufen!«

»Sie haben sich also entschieden. Das freut mich.«

Er lächelte zufrieden und nahm das Bild aus dem Schaufenster. Dann packte er es sorgfältig in mehrere Lagen feinen Seidenpapiers. Außerdem verschnürte er das Paket und steckte es zusätzlich in eine Plastiktüte, die mit dem Logo der Galerie bedruckt war.

»Damit Sie Ihre Neuerwerbung gut nach Hause bringen«, erklärte er.

Paloma war angetan von der Sorgfalt, mit der er das Bild behandelte. Während des Einpackens hatte sie Muße, ihn genauer zu betrachten. Er war mittelgroß, sehr schlank und elegant gekleidet. Seine stark ergrauten Locken lichteten sich über der Stirn und waren durch einen Hauch Haargel gebändigt worden. Der Mann war sorgfältig rasiert und duftete. Eine gepflegte Erscheinung. Plötzlich wandte er sich Paloma zu und lächelte, als er sah, dass sie ihn anstarrte. Dabei bemerkte sie, dass seine umschatteten Augen dunkel wie Zartbitterschokolade waren. Wieder fühlte sich Paloma an einen Italiener erinnert. Jetzt war er mit dem Einpacken des Bildes fertig. Paloma bezahlte, und Helmut überreichte ihr die Plastiktüte. Dann begleitete er sie zur Tür und hielt diese für die Kundin auf.

»Beehren Sie uns bald wieder.«

Als sie die Galerie verlassen hatte, rieb sich Helmut zufrieden die Hände. Na, die Kleine hat dich ja ganz schön angehimmelt, dachte er.

In ihrer Dachwohnung packte Paloma das Bild aus und suchte nach einer passenden Stelle, um es aufzuhängen. Diese war bald gefunden. Sie brachte es an der Wand gegenüber ihres Arbeitsplatzes an, etwas unterhalb der Dachschräge. Dort konnte sie es immer sehen, sobald sie von ihrer Schreibarbeit aufblickte. Und sie hatte tatsächlich den Eindruck, dass es mit dem Schreiben noch besser ging, seitdem der arme Poet über sie wachte. Am Abend des gleichen Tages lief ihr Uli, ihr Nachbar, im Treppenhaus über den Weg.

»Hi Urmel, weißt du noch, wie wir gestern über den armen Poeten gesprochen haben? Das Gemälde von Carl Spitzweg, meine ich. Stell dir vor, kurz darauf habe ich es in einer Galerie entdeckt. Wenn das kein seltsames Zusammentreffen ist! Ich habe das Bild übrigens gekauft. Es hängt bereits in meiner Wohnung und kann jederzeit besichtigt werden. Übrigens handelt es sich natürlich um eine Reproduktion, das Original ist unverkäuflich und hängt in einem Museum.«

»Weiß ich doch alles, du Dummerchen. Für wie ungebildet hältst du mich eigentlich? Auf die Besichtigung verzichte ich vorläufig, da ich auch so weiß, wie das Bild aussieht. Ich muss heute noch arbeiten. Aber ein andermal gerne!«

Paloma bedauerte, dass er sie schon wieder vertröstet hatte. Egal. Sie zog sich in ihre Künstlerwohnung zurück und konzentrierte sich auf die Arbeit.

Natürlich konnte sie nicht ohne Pause schreiben und brauchte von Zeit zu Zeit eine Abwechslung. So gewöhnte sie sich an, bei ihren Gängen in die Innenstadt regelmäßig in der Galerie vorbeizuschauen. Dabei lernte sie allmählich alle ausgestellten Stücke kennen, prägte sich die Namen der Künstler ein und war überrascht, wie viele Bilder verkauft wurden. Außerdem sah sie sich regelmäßig das umfangreiche Angebot an Kunstdrucken an, die man wie in einem riesigen Buch bequem durchblättern konnte.

Wenn der Galerist für sie Zeit hatte und sich nicht um andere Kundschaft kümmern musste, leistete er ihr oft dabei Gesellschaft und gab Erklärungen zu den Bildern ab. Sie verstanden sich ausgezeichnet. Paloma war mit jedem Mal mehr von dem kultivierten Mann angetan und gab sich einige Mühe, ihm zu gefallen, was bei ihrem attraktiven Äußeren nicht weiter schwierig war. Elegant gekleidet wirkte Paloma wie eine schicke, selbstbewusste Italienerin. Dass ihr schulterlanges, schwarzes Haar von grauen Strähnen durchzogen war, fiel weniger ins Gewicht als ihre wohlgeformte, feminine Figur, ihr klassisches Profil und ihre lebhaften, grünen Augen.

Helmut war nicht entgangen, dass seine neue Kundin häufiger zu Besuch kam. Auch hatte er beobachtet, dass sie sich in letzter Zeit sorgfältiger kleidete. Etwas, das seine Frau schon lange aufgegeben hatte. Palomas Aufmerksamkeit schmeichelte ihm. Außerdem hoffte er, ihr mit der Zeit noch mehr Stücke verkaufen zu können und so auf zwanglose Weise das Angenehme mit dem Nützlichen zu verbinden. Helmut verwandte einige

Mühe darauf, Paloma stets zum Wiederkommen zu veranlassen, was auch geschah.

Eines regnerischen Nachmittags im Herbst vertrieb sich Paloma wieder einmal damit die Zeit, in der Galerie sämtliche Kunstdrucke durchzusehen. Helmut schaute ihr dabei über die Schulter und gab zu diesem oder jenem Bild eine Bemerkung ab. Die angehende Schriftstellerin genoss den Anblick der Kunstwerke und die angenehme Stimme des Galeristen. Dieser versuchte, sie behutsam zu einem weiteren Kauf anzuregen.

»Wenn Sie Zeit haben, möchte ich Ihnen ein Bild zeigen, das ich neu hereinbekommen habe. Eigentlich sind es drei Bilder, die wir zu einem Ensemble zusammengefügt haben. Es handelt sich um Aquarelle, die ein junger, thailändischer Künstler geschaffen hat. Ich bin davon überzeugt, dass sie Ihnen gefallen«, sagte er und lotste sie zu der Wand, an welcher das besagte Ensemble ausgestellt war. Dabei fasste er sie leicht am Oberarm.

Paloma betrachtete die drei hochformatigen Aquarelle, die sich nebeneinander in einem schlichten Rahmen befanden. Der Künstler schien ein Vogelfreund zu sein. Das Thema seiner drei Bilder waren Tauben: Tauben, die in einem Wasserfall badeten, Tauben im Flug und ein turtelndes Taubenpaar. Der Maler hatte das Wesen dieser anmutigen Vögel, die in der westlichen Welt so häufig als Plage betrachtet wurden, mit wenigen Farben und Pinselstrichen treffend wiedergegeben. Er schien großes Einfühlungsvermögen für die Tiere zu haben. Paloma war begeistert.

»Das ist ja wunderschön! Und so passend. Sie müssen nämlich wissen, dass ich Paloma heiße, also Taube, und ich mag diese Vögel im Gegensatz zu anderen Leuten wirklich sehr gerne. Diese drei Bilder gefallen mir ausgezeichnet. Können Sie mir sagen, wie der Künstler heißt und wie viel die Bilder kosten würden, da ich wirklich sehr große Lust hätte, sie zu kaufen, an der Wand in meinem Schlafzimmer wäre ja noch Platz, um sie aufzuhängen…«

Helmut lächelte. Der Begeisterungsausbruch Palomas gefiel ihm. Bisher hatte sie immer so kühl und beherrscht gewirkt. Offensichtlich hatte er mit den Tauben-Aquarellen einen Nerv bei ihr getroffen. Er nannte ihr den Namen des Künstlers, den sie sofort wieder vergaß, und den Preis für die drei Bilder, der sehr hoch war.

Paloma versuchte, sich ihren Schrecken nicht anmerken zu lassen. Arbeitslos wie sie war, sollte sie nicht so viel Geld für Luxusgüter ausgeben, so ermahnte sie sich selbst.

»Kann ich mir das nochmal überlegen? Sie wissen ja, ich kann mich nicht so schnell zu einem Kauf entscheiden.«

Helmut lächelte erneut. Das kannte er ja schon bei ihr.

»Natürlich. Aber überlegen Sie nicht zu lange, da Ihnen sonst ein anderer Kunde zuvorkommen könnte«, warnte er. Spontan beschloss er, Paloma ein wenig zu verwöhnen, um ihr die Kaufentscheidung zu erleichtern.

»Darf ich Ihnen einen Cappuccino anbieten?«

Paloma stimmte zu, erfreut darüber, noch länger seine Nähe genießen zu können.

Helmut verschwand in einem Nebenraum. Man hörte die typischen Geräusche einer Espressomaschine, kurz darauf erfüllte herrlicher Kaffeeduft den Raum, und bemerkenswert schnell kam der Galerist mit zwei Tassen original italienischen Cappuccinos in den Händen zurück. Er servierte ihn auf dem kleinen Tisch im rückwärtigen Teil der Galerie und lud Paloma dazu ein, sich auf einen der Stühle zu setzen. Da kein anderer Kunde anwesend war, setzte er sich zwanglos zu ihr, schlug seine langen Beine übereinander, und sie tranken zusammen Cappuccino. Dabei erzählte Helmut noch ein wenig über den thailändischen Maler und schenkte Paloma sein verführerisches Lächeln.

»Wie schön, dass ich jetzt endlich Ihren Namen weiß. Und womit beschäftigen Sie sich beruflich?«

Paloma war so angetan von seinem Interesse, dass sie ihm ihr Projekt mit der Schriftstellerei anvertraute. Er schien sehr interessiert zu sein.

»Da freue ich mich aber schon auf Ihr erstes Buch!«

Paloma wiegelte dies verlegen ab.

»So weit ist es noch lange nicht. Und wer weiß, ob ich überhaupt jemals etwas veröffentliche?«

»Warum denn nicht? Das traue ich Ihnen ohne weiteres zu, da sie sehr fantasievoll zu sein scheinen.«

»Und Sie, sind Sie selbst noch nie auf die Idee gekommen, sich künstlerisch zu betätigen? Wenn man von so vielen Bildern umgeben ist, könnte man doch auf die Idee kommen, es einmal selbst mit der Malerei zu probieren.«

Helmut lachte und zeigte dabei seine elfenbeinweißen Zähne.

»Ich fürchte, dazu fehlt es mir an Talent«, sagte er und vollführte eine ausdrucksvolle Geste mit beiden Händen. Paloma blickte auf seine Hände. Er trug keinen Ehering. Dann blickte sie in seine Augen. Ohne Vorwarnung schien eine weiße Stichflamme durch ihren Körper zu jagen.

»Entschuldigen Sie, ich muss gehen«, sagte sie und verließ überstürzt die Galerie, ohne ihren Cappuccino ausgetrunken zu haben.

Helmut blickte ihr mit feinem Lächeln nach. Dieses Täubchen scheint ja wirklich verrückt nach dir zu sein, dachte er zufrieden. Er rechnete fest damit, dass Paloma die thailändischen Aquarelle kaufen würde.

Am gleichen Abend erzählte Paloma ihren Freunden Astrid und Uli zum ersten Mal von Helmut. Uli musste ausnahmsweise einmal nicht arbeiten, sodass sie einen gemütlichen Abend zusammen verbringen konnten. Die drei lümmelten auf Ulis durchgesessener Sitzgarnitur und nippten an ihren Rotweingläsern.

»Mensch, dich hat es ja ganz schön erwischt«, stellte Uli fest, als Paloma eine genaue Beschreibung ihrer Eroberung abgegeben hatte. »War ja auch höchste Zeit. Seit ich dich kenne, hast du nie einen Freund gehabt, das war ja auf Dauer kein Zustand«, sagte er. »Aber bei deinem guten Aussehen war es nur eine Frage der Zeit, bis dich ein passabler Kerl schnappt, das war mir schon lange klar.«

Astrid, die neben ihm saß, genau so mollig wie er selbst, knuffte ihn gutmütig gegen den Oberarm. Obwohl sie keinen Grund zur Eifersucht hatte, wäre es ihr lieber gewesen, wenn Uli nicht ganz so unverblümt mit Komplimenten über Palomas gutes Aussehen um sich geworfen hätte – zumindest wenn sie, Astrid, daneben saß.

»Übrigens glaube ich, dass ich den Typen kenne. Ich bin selbst schon ein paar Mal in der Galerie gewesen. Außerdem habe ich ihn schon öfter bei meinem Lieblingsitaliener gesehen. Der könnte selbst glatt als Italiener durchgehen. Respekt, mein Täubchen, der sieht wirklich ganz gut aus, zumindest für so einen alten Knacker. Wobei er sich natürlich nicht mit meiner Wenigkeit vergleichen kann, das dürfte ja wohl klar sein. Überhaupt wäre ich der einzig angemessene Partner für dich, mein Täubchen. Aber da ich nun mal schon mit diesem überaus reizenden Wonneproppen hier zu meiner Linken liiert bin, kann ich leider nicht zur Verfügung stehen. Du wirst also wohl oder übel mit dem alten Knacker vorliebnehmen müssen …«

Astrid brachte Uli zum Schweigen, indem sie ihm eine Handvoll Erdnussflips in den Mund stopfte.

Sie verbrachten einen wundervollen Abend zusammen. Der Rotwein floss in Strömen. Als sich Paloma verabschiedete, erteilten ihr Astrid und Uli den Segen für ihre zukünftige Beziehung und begleiteten sie schwankend ein Stockwerk tiefer, damit sie ihren Weg nach Hause fände. Beide umarmten sie zum Abschied und wünschten ihr viel Glück mit Helmut. Paloma fühlte sich schließlich wie im siebten Himmel und glaubte sich ihrem Liebesglück schon ganz nahe.

Am nächsten Tag, als sie wieder nüchtern war, betrachtete sie die Angelegenheit zwar wieder etwas distanzierter, was sie aber nicht daran hinderte, die Bodenhaftung zu verlieren. Verwundert stellte sie fest, dass sich dieser Zustand keineswegs positiv auf ihre Schriftstellerei auswirkte. Ständig war sie gedanklich so abgelenkt, dass sie sich nur schwer auf das Schreiben konzentrieren konnte. Deswegen machte sie sich aber im Moment keine Sorgen. Jedenfalls verzichtete sie an diesem Tag auf einen Besuch in der Galerie, da sie nach der Party vom Vorabend völlig mitgenommen war. Und ihrem Objekt der Begierde wollte sie keinesfalls verkatert unter die Augen treten.

Mit Bedauern stellte sie fest, dass sie das Alter, in dem man eine durchzechte Nacht einfach so wegsteckte, hinter sich hatte. Ein Grund mehr, sich dafür die Freuden der Liebe nicht länger entgehen zu lassen! Von Natur aus eher besonnen und zurückhaltend, war Paloma von ihrem eigenen Hochgefühl mehr als überrascht. Sie hatte nicht damit gerechnet, sich in ihrem Leben nochmals so heftig zu verlieben.

Am nächsten Nachmittag machte sich Paloma aufgeregt auf den Weg zur Galerie. Sie war entschlossen, das Ensemble der drei Tauben-Aquarelle zu kaufen und freute sich auf das Wiedersehen mit Helmut. Es begann bereits zu dunkel zu werden, als sie sich der Galerie näherte. So sah sie schon aus einiger Entfernung, dass dort kein Licht brannte. Enttäuscht stellte sie fest, dass das Geschäft an diesem Tag geschlossen hatte. Als sie jedoch durch die Schaufensterscheibe blickte, entdeckte sie, dass die drei Aquarelle immer noch im Hintergrund des Raumes an der Wand hingen. Wie schön, niemand war ihr zuvorgekommen. Sie würde es einfach am nächsten Tag wieder probieren. Und gleichzeitig könnte sie sich noch ein paar Stunden länger auf das Wiedersehen mit dem Galeristen freuen.

Am gleichen Abend war Paloma mit Astrid und Uli in deren Lieblingsrestaurant zum Essen verabredet. Sie saßen in einer gemütlichen Nische des Lokals, das ganz in warmen Terrakottatönen ausgestattet war, und genossen das italienische Essen. Paloma hielt sich dabei heute lieber an Mineralwasser, da sie die Folgen ihres vorigen Rotwein-Exzesses noch nicht überwunden hatte. Die drei Freunde unterhielten sich ausgezeichnet. Paloma erzählte Astrid und Uli gerade, dass die Galerie heute geschlossen gewesen war, sodass sie den geplanten Kauf noch nicht hatte tätigen können, als Helmut das Lokal betrat.

Wie gewohnt, war er elegant gekleidet. Der Padrone begrüßte ihn und seine Begleiterin wie gute Bekannte; es war offensichtlich, dass sie hier Stammgäste waren. Dann geleitete der Padrone das Paar zu einem Tisch auf der anderen Seite des Gastraumes und rückte einen Stuhl für die Dame zurecht. Die beiden setzten sich.

Da das Lokal gut besucht war, fielen Uli die neuen Gäste erst in diesem Moment auf. Verblüfft starrte er zu den beiden hinüber. Er hatte zwar gehofft, dass Helmut zufällig hier auftauchen würde, da er sich am Anblick von Palomas Überraschung laben wollte, war aber nicht auf die Anwesenheit von Helmuts Begleiterin gefasst. Augenscheinlich handelte es sich um Helmuts Frau, wie man aus dem vertrauten Umgang der beiden ablesen konnte. Helmut reichte seiner Frau die Speisekarte, dann nahm er beiläufig ihre Linke in seine Hände und küsste leicht ihre Fingerspitzen. Die Frau hatte langes, dunkelblondes Haar und sehr weibliche Formen, schien aber ihr attraktives Äußeres nicht hervorheben zu wollen. Ihr schlichter Bekleidungsstil passte nicht so recht zu dem eleganten Auftreten ihres Mannes.

Immer noch starrte Uli gebannt auf das Ehepaar. Gleichzeitig überlegte er, wie er Paloma ganz zwanglos aus dem Lokal hinausbugsieren konnte, bevor sie die beiden sah. Aber es war zu spät! Paloma war seiner Blickrichtung gefolgt und hatte innerhalb eines Sekundenbruchteils die Situation erfasst. Helmut hielt immer noch die Hand seiner Frau und blickte ihr lächelnd in die Augen. Liebevoll erwiderte sie seinen Blick. Paloma nahm sogar aus dieser Entfernung wahr, dass die Frau einen Ehering trug. Ulis Blick ruhte besorgt auf Paloma, da er nicht wusste, wie sie reagieren würde. Aber sie verhielt sich bemerkenswert gefasst.

»An dem Tisch da drüben sitzt Helmut, du weißt schon, mein Galerist. Er hat seine Frau dabei!«, sagte sie ruhig zu Astrid, die nun auch erschrocken zu dem entfernten Tisch hinüber schaute.

»Komm, wir sehen, dass wir möglichst schnell hier Feierabend machen«, schlug Uli vor, und so beendeten sie ihre Mahlzeit, bezahlten und brachen auf, ohne dass sie von Helmut gesehen worden waren.

Paloma war der Appetit völlig vergangen. Als sie im Freien waren, machte sie ihrem Ärger Luft.

»Also so ein Schuft, mit mir flirtet er die ganze Zeit, und dabei hat er eine Frau!«, schimpfte sie. »Dabei hat er ständig von sich erzählt, aber immer nur im Singular, das war Absicht, um vor mir zu verheimlichen, dass er verheiratet ist. Er wollte, dass ich mich in ihn verliebe, weil er gedacht hat, dass ich ihm dann mehr abkaufe, so ein Schuft, und außerdem hat es mit Sicherheit seiner Eitelkeit geschmeichelt, dass ich ihn so angehimmelt habe, so ein Schuft!«

»Na, na, na, jetzt beruhige dich mal!«, wandte Uli ein. »Vielleicht war es ja gar nicht so gemeint. Kann es sein, dass du da was falsch verstanden hast? Vielleicht hat er gar nicht geflirtet, sondern es war nur normale Freundlichkeit?«

»Nein, das war es nicht!«, insistierte Paloma. »Das war ganz klar ein Flirt! Und mich wundert es übrigens nicht, dass er ein Bedürfnis danach hat, mit anderen Frauen zu flirten. Habt ihr diese Ehefrau gesehen? Das ist ja wirklich ein graues Mäuschen. Bestimmt sind sie schon ewig lange miteinander verheiratet, sodass dieser Schuft sich einfach mal eine Abwechslung gönnen wollte!«, giftete sie.

»Ja, das ist wirklich eine graue Maus! Und so fett!«, stimmte ihr Astrid zu, um Paloma zu trösten.

Paloma wandte sich an Uli.

»Eines möchte ich jetzt von dir als Mann wissen. Sag mal, warum macht ihr das eigentlich, dass ihr so eifrig mit Frauen flirtet, obwohl ihr gar nichts von ihnen wollt? Obwohl ihr nicht besonders helle seid, muss euch doch klar sein, dass das Erwartungen bei uns Frauen weckt, oder?«

Uli überlegte sich seine Antwort gründlich. Er wusste, dass sein Leben verwirkt war, sollte er etwas Falsches sagen.

»Ooch, das rotzt man halt so hin«, äußerte er schließlich.

Astrid konnte Paloma gerade noch daran hindern, Uli zu erwürgen. Er versuchte dann noch, zu erklären, dass Männer nun mal triebgesteuert seien, aber Paloma hörte ihm nicht mehr zu.

Während des Gesprächs hatten sich die drei langsam dem heimischen Handwerkerviertel genähert. Astrid und Uli versuchten, Paloma in ein anderes Lokal zu schleppen, um ihr zur Ablenkung etwas Rotwein einzuflößen, aber sie lehnte ab. Zu Hause wollte sie auch nicht mehr mit in die Wohnung ihrer Freunde kommen, sondern zog sich sofort in ihre eigenen vier Wände zurück.

Eineinhalb Jahre waren vergangen. Paloma hatte sich nach der Enttäuschung mit Helmut wieder auf ihre Arbeit konzentriert. Sie war froh, sich in schweren Zeiten auf Freunde wie Astrid und Uli verlassen zu können. Ihren ersten Roman hatte sie inzwischen zu einem guten Ende gebracht. Es war ihr gelungen, einen einheimischen Verlag zu finden, der ihr Erstlingswerk veröffentlichte – ein Glückstreffer. Ihr Buch wurde ein Erfolg und fand wohlwollende Anerkennung beim Publikum. Paloma konnte ihr Glück kaum fassen, arbeitete aber konsequent an ihren Kurzgeschichten weiter, auf deren baldige Veröffentlichung sie hoffte, und begann, ein neues Buchprojekt zu entwickeln.

Eines Tages im Frühjahr erhielt sie eine Einladung zu einem illustren gesellschaftlichen Ereignis. In ihrer Heimatstadt wurde seit einigen Jahren regelmäßig die sogenannte Matinee des Buches veranstaltet. Sie fand einmal im Jahr im Foyer des örtlichen Theaters statt. Autoren und Bücher wurden vorgestellt, das Publikum durfte an einem Quiz teilnehmen, bei dem Bücher zu gewinnen waren, und die eingeladenen Autoren standen zu einer Signierstunde zur Verfügung.

Paloma war völlig außer sich, als sie die Einladung erhielt, und blickte ratlos auf ihre Reproduktion des berühmten Gemäldes von Carl Spitzweg. Was hätte wohl der arme Poet in ihrer

Lage getan? Vermutlich hätte er sich über seine plötzliche Popularität und den damit verbundenen Geldsegen gefreut. Er hätte dann aus seiner Dachkammer in eine komfortablere Bleibe umziehen können und wäre vermutlich nicht mehr darauf angewiesen gewesen, seine eigenen Werke im Kachelofen zu verfeuern.

Paloma dankte ihrem Glücksbringer für die Beratung, blieb aber skeptisch. Noch nie hatte sie vor großem Publikum sprechen müssen. Zwar hatte sie in ihrer früheren Arbeit in der Apotheke mit vielen Menschen zu tun gehabt, aber eine Einzelperson zu beraten war dann doch etwas anderes, als vor einer riesigen Menge erwartungsvoller Menschen zu sprechen. Paloma brach allein bei der Vorstellung der Angstschweiß aus.

Natürlich hatte sie sich bereits, als sie ihre ersten Schreibversuche gemacht hatte, mit dem Gedanken auseinandergesetzt, irgendwann vor Publikum aus einem Buch lesen zu müssen, aber immer war diese Vorstellung in nebelhafter Zukunft gelegen. Außerdem hatte sich Paloma vorgestellt, ihre erste Dichterlesung würde vor einem Auditorium von wenigen, noch dazu vertrauten Personen stattfinden. Jetzt aber sollte sie gleich vor einer großen Menschenmenge stehen, nach Möglichkeit, ohne sich zu versprechen und ohne über ihre eigenen Füße zu stolpern. Wenn das nur gut ginge!

Zwar sprach sie mit ihrem Freund Uli über das Problem, und er ließ ihr ein Motivationstraining angedeihen, desgleichen ihre Lektorin und Verlagsbetreuerin Sandra. Trotzdem bekam sie weiche Knie, wenn sie sich ihren ersten öffentlichen Auftritt vorstellte. Zeitweise dachte sie daran, sich ins Ausland abzusetzen – ihr schwebte Australien vor – war jedoch nicht dazu in der Lage, ihre Flucht schnell genug vorzubereiten. So musste sie sich wohl oder übel mit dem Gedanken vertraut machen, in wenigen Wochen vor Publikum aus ihrem Buch zu lesen.

Der schreckliche Termin rückte unerbittlich näher, und schließlich war es soweit. Den Veranstaltern der Matinee war es gelungen, einen berühmten älteren Schriftsteller als Gast zu gewinnen. Dieser trat als Erstes auf, las eine lange Passage aus seinem neuesten Werk und beantwortete geduldig eine Menge Fragen aus dem Publikum. Danach zog er sich vom Podium zurück und stellte sich in einem Nebenraum zum Signieren zur Verfügung. Parallel dazu wurde die Hauptveranstaltung auf dem Podium fortgesetzt. Der Moderator, einige Pressevertreter und die Intendantin des Theaters begannen, dem Publikum eine Reihe von empfehlenswerten Büchern vorzustellen. Anschließend sollte Paloma ihren kurzen Auftritt hinter sich bringen. Später war dann noch das Quiz geplant, und abschließend sollte ein weiterer junger Schriftsteller, der die eine Hälfte eines erfolgreichen Autorenduos repräsentierte, auftreten.

Paloma war erleichtert, dass sie sich nicht alleine auf dem Podium durchschlagen musste. Als sie an der Reihe war, betrat sie das Podium und steuerte den freien Stuhl neben dem Moderator an. Die Intendantin des Theaters nickte ihr aufmunternd zu. Die Pressevertreter unterdrückten ein Lächeln, als sie sahen, dass Paloma ihren Glücksbringer, das Gemälde vom armen Poeten, zusammen mit ihrem Buch unter dem Arm trug. Sie setzte sich und lehnte das Bild gegen ein Bein ihres Stuhles. Dann fasste sie Mut und blickte ins Publikum. Sie war ungeheuer erleichtert, in eine Menge wohlwollender Gesichter, vor allem älterer Damen, zu blicken. Auch sah sie einige bekannte Gesichter, ehemalige Kolleginnen aus der Apotheke, und in der ersten Reihe Astrid und Uli, die inzwischen verheiratet waren. Astrid faltete die Hände über ihrem schwangeren Bauch. Die beiden blickten Paloma aufmunternd an. Würde schon alles nicht so schlimm werden. Schließlich stellte sie der Moderator vor und erteilte ihr das Wort.

Paloma schlug ihr Buch auf und begann, die vorgemerkte Passage, einen amüsanten Dialog zwischen den beiden Protagonisten, zu lesen. Zunächst war ihre Stimme belegt, aber nach wenigen Worten hatte sie sich gefasst, und alles klappte besser als erwartet. Sie war froh, dass das mit dem Mikrofon funktionierte. Schließlich war sie fertig mit ihrer Lesung. Der Moderator bedankte sich und wandte sich an das Publikum, ob noch jemand eine Frage an Paloma habe. Davor hatte sie sich am meisten gefürchtet. Was, wenn ihr auf eine Frage keine vernünftige Antwort einfallen wollte? Oder wenn jemand im Publikum saß, den sie nicht ausstehen konnte, und diese Person stellte ihr eine Frage? Darüber hatte sie bereits mit Sandra, ihrer Betreuerin vom Verlag, gesprochen. Aber diese hatte ihr nur den Rat geben können, Haltung zu bewahren, sich auf keinen Fall aus der Fassung bringen zu lassen und sich halbwegs vernünftige Antworten zu überlegen. Leichter gesagt, als getan!

Als Erstes wandte sich die Intendantin des Theaters an Paloma und fragte wohlwollend, wie sie denn zur Schriftstellerei gekommen sei. Dies war leicht zu beantworten, und Paloma sagte ein paar Sätze dazu. Danach war das Eis gebrochen, und die Beantwortung der weiteren Fragen fiel ihr schon leichter. Umso mehr, da ihr der Moderator der Matinee sehr half. Sie musste die Fragenden nicht einmal selbst aufrufen, da er das für sie übernahm.

Paloma hatte ihr Buch – einen Psychothriller, angereichert mit einer Liebesgeschichte – in Italien angesiedelt. Ihr Protagonist war ein italienischer Kunsthändler namens Bruno Briccone, der in kriminelle Mafia-Machenschaften verstrickt war. Seine Gegenspielerin, die hinreißende Kommissarin Cecilia Pappardella, verliebte sich unsterblich in ihn, anstatt ihn zu überführen.

Eine ältere Dame im Publikum wollte von Paloma wissen, ob sie schon in Neapel gewesen sei, da sie das südländische Flair so treffend wiedergegeben habe. Eine andere Dame fragte, woher sie sich so gut mit der Mafia auskenne. Weiter wurde sie gefragt, ob sie vorhabe, noch mehr Thriller mit der sympathischen Kommissarin Cecilia als Hauptdarstellerin zu schreiben, und wenn nein, was sie stattdessen schreiben wolle. Dann kamen noch ein paar Fragen zu ihrer Schreibtechnik und ihren Inspirationsquellen. Schließlich meldete sich Uli zu Wort und wollte wissen, ob es richtig sei, dass Schriftsteller nur unter erheblichem Rotweinkonsum zur kreativen Höchstform aufliefen. Allmählich wurde es Paloma zu viel, und sie hoffte, dass die Fragen bald aufhörten. Wenn das Publikum zukünftig immer so neugierig wäre, würde sie lieber auf die Popularität verzichten!

Aber etwa in der Mitte des Auditoriums hielt noch immer jemand die Hand hoch. Es war Helmut. Aufgeregt rückte Paloma ihre Brille zurecht und blickte nochmals hin. Er war es tatsächlich. Wieder schoss die bekannte, weiße Stichflamme durch Palomas Körper. Was sollte sie nur tun? In jedem Falle Haltung bewahren, ermahnte sie sich.

»Herr Weyrauch?« Sie rief ihn selbst auf.

»Was hat Sie dazu veranlasst, ihren Protagonisten Bruno Briccone mit genau diesen Charakterzügen auszustatten?«, fragte er.

»Welche Charakterzüge meinen Sie?«, erwiderte Paloma.

Helmut stellte eine Gegenfrage:

»Finden Sie es richtig, Personen aus Ihrem Bekanntenkreis als Vorbilder für Ihre Romanfiguren zu verwenden? Sie sind sich doch hoffentlich im Klaren, dass Sie damit jemanden in eine unangenehme Lage bringen können?«

»Da sind Sie selbst schuld, wenn Sie sich in einer meiner Romanfiguren wiederzuerkennen glauben! Falls es irgendwelche Ähnlichkeiten geben sollte, ist das reiner Zufall!«, konterte Paloma.

»Tatsache ist, dass Sie die Person des Bruno ganz offensichtlich nach mir gestaltet haben. Stellen Sie sich doch mal vor, was passiert, wenn einer meiner Kunden Ihr Buch liest und mich darin wiedererkennt. Plötzlich stehe ich im Ruf eines Kriminellen, und Sie sind dafür verantwortlich! Haben Sie sich darüber denn keine Gedanken gemacht?«, warf ihr Helmut vor.

Die anderen Zuschauer begannen, sich zu Helmut umzudrehen, da sie sehen wollten, wer als Vorbild für den Mafioso Bruno Briccone hergehalten hatte.

»Wenn Sie wollen, können Sie ja Ihren Anwalt einschalten!«, rief Paloma aufgebracht in ihr Mikrofon.

Sie wollte ihm noch etwas über verheiratete Männer an den Kopf werfen, die alleinstehenden Frauen den Kopf verdrehten, da war ihr plötzlich wieder eingefallen, dass sie vor einem Publikum von etwa vierhundert Personen sprach, das neugierig dem Wortwechsel folgte. Und es genoss ganz offensichtlich die Einlage.

»Können wir die Diskussion vielleicht unter vier Augen fortsetzen?«, blaffte Paloma ungehalten.

Helmut erwiderte nichts mehr. Ihm schien selbst die Peinlichkeit der Situation bewusst geworden zu sein. Auch der Moderator merkte plötzlich, dass er eingreifen musste. Er bedankte sich bei Paloma, diese bedankte sich beim Publikum und verließ überstürzt das Podium, nicht ohne sich vorher ihr Buch und die Reproduktion des armen Poeten unter den Arm geklemmt zu haben. Dies war ihre letzte Dichterlesung, soviel stand fest! Obwohl sie sich heute Morgen für eine leichte weiße Leinenbluse und eine ebenso leichte schwarze Stoffhose entschieden hatte, schwitzte sie ganz entsetzlich. Und nun musste sie auch noch Bücher signieren! Aber diese Feuertaufe überstand Paloma gut. Es gelang ihr, mit ruhiger Hand ihren Namen in die Bücher zu kritzeln, die ihr vorgelegt wurden, und jeder Person, die ein Autogramm wollte, ein freundliches Lächeln zu schenken. Trotz der unvorhergesehenen Einlage von vorhin war ihr die Leserschaft nach wie vor gewogen, wie sie erleichtert feststellte.

Nachdem das letzte Buch signiert war, wollte sie einfach nur so lange auf ihrem Stuhl sitzen, bis ihre Knie aufgehört hatten, zu zittern, um sich dann still und heimlich davonzumachen. Aber sie war noch nicht erlöst. Helmut kam direkt auf sie zu. Er hielt in jeder Hand ein Glas Prosecco. Und er war so attraktiv wie immer, daran gab es keinen Zweifel. Elegant gekleidet, duftend und selbstbewusst, schenkte er der Jungschriftstellerin sein charmantes Lächeln. Paloma war froh, dass er nicht mehr so ärgerlich war wie eben. Angeschlagen, wie sie war, wäre sie ihm am liebsten um den Hals gefallen.

»Nimm dich zusammen, du dumme Gans! Er ist verheiratet!«, ermahnte sie sich selbst.

Helmut verbeugte sich leicht vor ihr und bot ihr ein Glas Prosecco an. Nachdem sie abgelehnt hatte, stellte er die beiden Gläser auf ein Tischchen. Dann nahm er ihre Rechte und deutete einen Handkuss an.

Er war gefesselt von Palomas Blick. Ihre blassgrünen Augen schienen Funken zu sprühen. Das musste an der Aufregung liegen, die sie soeben überstanden hatte. Auch waren ihre Wangen gerötet und ihr Haar zerzaust, wodurch sie ungeheuer lebendig wirkte. Er fand sie unwiderstehlich. Schließlich ließ Helmut Palomas Hand los und nahm die Reproduktion des Spitzweg-Gemäldes auf, die die Besitzerin neben sich gestellt hatte.

»Guten Tag, meine Liebe. Wie schön, Sie wiederzusehen. Das letzte Mal ist ja schon ziemlich lange her. Sehr schade, dass Sie nie mehr zu mir in die Galerie gekommen sind, um die drei thailändischen Aquarelle abzuholen! Wie ich Ihnen leider mitteilen muss, habe ich sie inzwischen anderweitig verkauft.«

Paloma war sprachlos.

»Macht nichts. Ich habe ja den armen Poeten«, murmelte sie schließlich.

Dann ertappte sie sich dabei, wie sie sich bei Helmut dafür entschuldigen wollte, dass sie ihn als Vorlage für eine Romanfigur verwendet hatte.

Kommt ja überhaupt nicht in Frage, dachte sie.

»Das ist aber auch das Einzige, was ich habe!«, schnauzte Paloma plötzlich. »Kann sein, dass es keine gute Idee war, Sie als Vorbild für einen Mafioso zu benutzen, aber dafür haben Sie vor eineinhalb Jahren mit meinen Gefühlen gespielt! Sind Sie noch nie auf den Gedanken gekommen, dass Sie mich verletzt haben könnten? Sie müssen schon aufpassen, wie Sie als verheirateter Mann mit einer alleinstehenden Frau umgehen.«

So, jetzt hatte sie es ausgesprochen. Sie war ungeheuer erleichtert. Helmut wirkte verlegen.

»Ich habe nicht mit Ihren Gefühlen gespielt«, widersprach er. »Meiner Kundschaft gegenüber bin ich immer höflich. Wenn Sie das als Flirt auffassen, sind Sie selbst schuld!«

Die beiden blickten sich wortlos an. Dann nahm ihm Paloma das Bild aus der Hand und wandte sich ab. Sie war froh, als sie sah, dass Astrid und Uli auf sie zukamen.

Als die beiden sie an diesem wunderschönen, verlockenden Frühlingsnachmittag nach Hause begleitet hatten, betrat Paloma nachdenklich ihre Dachwohnung. So, das war also ihre erste Dichterlesung gewesen. Na ja, sie war wohl nicht ganz nach Wunsch verlaufen, aber es hätte schlimmer kommen können. Was, wenn sie auf dem Podium ihre Stimme oder gar das Gedächtnis verloren hätte? Oder bewusstlos geworden wäre? Sie zog für sich eine einigermaßen positive Bilanz und war froh, dass sie Gelegenheit gehabt hatte, Helmut die Meinung zu sagen. Gegen Ende ihrer Gardinenpredigt hatte er doch ziemlich betreten geschaut, wie sie zufrieden feststellte. Wie ein trauriger Dackel, mit Augen in der Farbe von Zartbitterschokolade. Ruhig hängte Paloma ihren Glücksbringer, die Reproduktion des Spitzweg-Gemäldes, wieder an seinen Platz.

»Na, was sagst du zu dem Verlauf der Matinee?«, fragte sie den armen Poeten. Aber er antwortete nicht, sondern blickte weiter konzentriert in seine Aufzeichnungen, wobei er, wie immer, Daumen und Zeigefinger der rechten Hand zusammengefügt hielt.

Am nächsten Tag las Paloma im Feuilleton der örtlichen Tageszeitung einen Bericht über die Matinee. Der Redakteur hatte Paloma wenige, aber wohlwollende Worte gewidmet und sie als eine Art aufgehenden Stern am Dichterhimmel dargestellt – eine maßlose Übertreibung, wie sie fand. Aber gute Werbung für ihr Buch. Auch die Person Helmuts fand Erwähnung. Der stadtbekannte Galerist habe als Vorbild für eine von Palomas Romanfiguren, einen Schwerverbrecher, gedient, erfuhr man. Sie grinste, als sie das las. So würde also auch ihm die gebührende Aufmerksamkeit zuteilwerden.

Paloma stellte sich vor, wie ihm ein paar Kollegen von der ehrenwerten Gesellschaft einen Besuch abstatteten – mit Sicherheit reichten deren Beziehungen bis nach Süddeutschland. Nachdem sich das Bild anschaulich vor Palomas innerem Auge entfaltet hatte, versenkte sie es in ihrem geistigen Papierkorb. Anschließend konzentrierte sie sich wieder auf ihre neue Romanidee.

Waidmanns Leid

Seffa war vor etwas mehr als einem Jahr in den österreichischen Alpen geboren worden und zu einer stattlichen jungen Gämse herangewachsen. Ihren ersten Bergwinter hatte sie, zusammen mit ihrer Mutter, gut überstanden. In eisigen Winternächten, Schneesturm und Tiefschnee hatte sie ihre Vitalität bewiesen. Mehrere ihrer Familienmitglieder waren, geschwächt vom Hunger, im Lauf des Winters abgestürzt oder in Lawinen zu Tode gekommen. Sie wurden zur Beute von Gänsegeiern und Steinadlern. Nicht so Seffa. Stark und gesund, hielt sie der Kälte und dem Nahrungsmangel stand. Beim Klettern im Hochgebirge entwickelte sie Kraft und Ausdauer. Seit Äonen waren ihre Vorfahren an das Leben in der Bergwelt angepasst und hatten ihre besten Eigenschaften als perfekte Bergsteiger an Seffa weitervererbt.

Im Winter hatte sich die Gruppe aus Weibchen und heranwachsenden Kitzen ruhig verhalten, um Energie zu sparen. Die Tiere hatten nur wenige Stunden des Tages Zeit, um sich ihr spärliches Futter, Gräser und Kräuter, mit den Klauen unter der Schneedecke hervorzukratzen. Während der Nacht verbargen sie sich an windgeschützten Stellen und schmiegten sich eng aneinander, um sich gegenseitig zu wärmen.

Eines Morgens sahen die Tiere talwärts einen einsamen Bären vorbeiziehen, aber er entdeckte die Gämsen nicht. Selbst wenn er Wind von ihnen bekommen hätte, wäre es unwahrscheinlich gewesen, dass er sie in dem steilen Gelände verfolgt hätte. Die gewandten Kletterer waren dem Bären im Hochgebirge überlegen und wären ihm aller Voraussicht nach entkommen. Der Bär nahm lieber mit den Kadavern verendeter Tiere vorlieb – soweit ihm die Steinadler und Gänsegeier etwas übrig gelassen hatten.

Wesentlich gefährlicher für die Gämsen waren die Tourengänger, die mit ihren Skiern im Rucksack aufstiegen und weit abseits der Skipisten im Tiefschnee zu Tal fuhren. Sie drangen tief in die Reviere der Gämsen ein, die ihnen im Winter Schutz bieten sollten, und stöberten die Tiere auf. Dadurch verbrauchten diese viel Energie, die sie mittels ihres kargen Winterfutters nicht leicht ergänzen konnten. Dies schwächte die Tiere und führte zu Todesfällen, ebenso wie die Flucht selbst, die so manches Mal eine Lawine auslöste und Gämsen ins Verderben riss. Seffa jedoch hatte sich durchgeschlagen.

Als die Schneeschmelze kam, hatten sie und ihr Rudel wieder frische und saftige Kräuter gefunden, an denen sie sich satt essen konnten. Die Tage waren länger geworden und die Tiere genossen die wohltuende Wärme auf dem struppigen, schwarzen Winterfell. Dieses war ihnen jedoch schließlich in dicken Büscheln ausgefallen, und sie hatten es gegen ein glattes, graubraunes Sommerfell eingetauscht. Sobald es wärmer wurde, stiegen die Tiere in höhere Regionen auf, da sie auch dort genügend Futter fanden. Im Mai waren neue Kitze geboren worden, lebhafte Jungtiere, die, kaum dass sie sicher auf ihren Beinen stehen konnten, begonnen hatten, wie selbstverständlich zu klettern und zu springen. Bald waren sie genauso trittsicher wie ihre Mütter und begannen, aufeinander loszugehen und sich spielerische Scheinkämpfe zu liefern.

Seffa hatte in diesem Sommer noch kein Kitz. Erst im folgenden Herbst würde sie von dem stattlichsten Bock am Platz gedeckt werden, um im nächsten Frühjahr Mutter zu werden. Vorläufig begnügte sie sich damit, den herrlichen, unbeschwerten Bergsommer zu genießen und möglichst viele der schmackhaften Bergkräuter zu verspeisen. Durch das gute Futter würde sie zu einer starken und lebenstüchtigen Gämse heranwachsen. Dazu trug bei, dass sich die Tiere jetzt ständig viel bewegten, in den schroffen Felsen unablässig kletterten und dabei ihre Kondition trainierten. Muttermilch brauchte die einjährige Gämse schon lange nicht mehr, sodass ihre Mutter das neue Kitz säugen konnte.

Im Hochsommer hatte Seffa fast die Größe einer erwachsenen Geiß erreicht und war kaum mehr von den anderen Erwachsenen zu unterscheiden. Auch ihr Gehörn wuchs über den Sommer prächtig heran, war aber noch nicht so stattlich wie das der älteren Tiere. Seffa war grazil und hochbeinig, ihr Sommerfell war heller als das der anderen Familienmitglieder und rötlich braun. Die anmutige Kopfhaltung der jungen Gämse war selbstsicher, die großen und sich stark wölbenden Augen von goldbrauner Farbe gaben der Geiß einen wachsamen Ausdruck. Ebenso die großen, aufmerksam gespitzten Ohren. Seffa und ihren Artgenossen entging so leicht nichts, was sich in ihrer näheren und weiteren Umgebung abspielte.

Und doch geschah es eines Tages im Spätsommer, dass es einer Gruppe von menschlichen Jägern gelang, sich an das Rudel heranzupirschen. Sechs Männer hatten sich in der Nacht an den Aufstieg gemacht, um bei Tagesanbruch im Revier der Tiere zu sein. Der örtliche Jagdpächter wusste, wo die Gämsen um diese Tageszeit zu finden waren. Sie suchten zum Schlafen einen bestimmten Berghang auf, der von der Morgensonne beschienen wurde. Nachdem sie ihre fröstelnden Decken im Sonnenschein dieses prächtigen Morgens gewärmt hätten und sobald die Kitze getrunken und sich ausgetobt hätten, würden sie sich in die besten und nahrhaftesten Futtergründe aufmachen, um viele Stunden lang zu äsen.

Die Jäger wussten zwar, dass es sich bei dem Rudel um Geißen, Kitze und Jährlinge handelte. Aber das Rudel mit den Böcken hielt sich über Sommer viel weiter oben auf den Berghöhen versteckt, der Anstieg wäre somit wesentlich anstrengender gewesen. Und da der Jagdpächter seinem Jagdgast aus Russland unter allen Umständen die Gelegenheit geben wollte, eine Gämse zu erlegen, führte er ihn zu den weiblichen Tieren. Man würde eben einen Jährling oder eine Geiß, die kein Kitz hatte, opfern müssen.

Der Jagdgast hatte viel Geld dafür bezahlt, zum Schuss zu kommen, außerdem hatte er nur wenig Zeit und bereits während des gesamten Aufstiegs in der Morgendämmerung Zeichen von Ungeduld gezeigt. Eile war also geboten. Der Jagdgast, Wladimir, hatte sich kaum die Zeit genommen, den fantastischen Sonnenaufgang auf sich wirken zu lassen, der die gesamte Bergkette in sattes Rotgold getaucht hatte. Er wollte einfach nur seine Gämse erschießen, und fertig. Danach wünschte er, möglichst schnell nach Hause zu fahren.

Als die Morgensonne den Schlafplatz der Tiere in strahlendes Licht tauchte, erreichten die Männer eine Stelle, von der sie Sicht auf das Rudel hatten. Die Männer bewegten sich langsam, um ihre Kräfte zu sparen und sich unauffällig den Tieren zu nähern. Im Schutze einer Felsgruppe war es möglich, bis auf etwa fünfzig Meter ungesehen an die Tiere heranzukommen. Die Mütter spähten aufmerksam um sich, während sie ihre Kitze säugten.

Seffa hatte eine kleine, steile Felszacke erklettert und witterte von diesem Aussichtspunkt aus in die Umgebung. Ihre großen, dunkelbraunen Augen äugten aufmerksam umher, ihre Ohren waren gespitzt und die Nüstern gebläht. Das Fell auf ihren Flanken zuckte leicht. Irgendetwas stimmte hier nicht. Sie fühlte sich nicht so sicher wie sonst und hatte die Ahnung einer herannahenden Gefahr, ähnlich eines heraufziehenden Gewitters. Seffa konnte nichts Verdächtiges sehen. Allerdings trug die fast unbewegte Morgenluft einen seltsamen Geruch heran, den sie noch nie zuvor gewittert hatte. Wieder blähten sich ihre Nasenlöcher, dann sprang Seffa beunruhigt von der Felszacke herab und eilte zu ihrem Rudel. Sie würde die anderen dazu veranlassen, in höhere Felsregionen aufzusteigen. Dort wären sie sicher.

Seffa sah, dass auch die anderen erwachsenen Weibchen inzwischen unruhig geworden waren. Sie schienen Witterung von der Gefahr bekommen zu haben. Schnell schloss sich die junge Geiß dem Rudel an, und alle Tiere wandten sich synchron dem Berghang zu, den sie sogleich flink erklettern würden. Die Kitze ließen die Zitzen der Mütter los. Alles geriet in Bewegung. Aber es war zu spät!

In dem Moment, als das Rudel losrannte, ertönte ein entsetzlicher Knall. Vor Schrecken vollführten mehrere Tiere, auch Seffa, einen Luftsprung. Noch nie in ihrem Leben hatten sie ein so furchtbares Geräusch gehört! Nicht einmal das Getöse einer zu Tal donnernden Lawine konnte sich mit diesem plötzlichen, die Ohren peinigenden Lärm messen.

Seffa sah, wie ihre Mutter stürzte und in dem steilen Gelände bergabwärts fiel, wobei sie sich vielfach überschlug. Das erschrockene Kitz blieb hilflos zurück und wusste nicht, ob es mit dem Rudel weiterlaufen oder zu seiner gefallenen Mutter rennen sollte. Seffa selbst war schockiert. Sie kannte ihre Mutter als trittsichere und gewandte Geiß mit ausgezeichneter Kondition. Sie hatte eine Leitfunktion in dem kleinen Rudel gehabt. Und nun war sie abgestürzt, augenscheinlich tot.

Seffa blickte ihr einen Moment verstört nach, dann versuchte sie, Anschluss an ihr Rudel zu finden und dabei das verwaiste Kitz vor sich herzutreiben. Abermals ertönte der entsetzliche Knall, und Seffa spürte, wie sie von einem furchtbaren Hieb an der Schulter getroffen wurde. Noch nie in ihrem Leben hatte sie solche Schmerzen gespürt. Trotzdem versuchte sie, weiter bergaufwärts zu laufen, aber es ging nicht mehr. Eine geheimnisvolle Macht hatte Seffa ihrer Kraft beraubt. Sie stürzte und überschlug sich. Obwohl sie danach mehrfach versuchte, wieder auf die Beine zu kommen, schaffte sie es nicht. Der entsetzliche Knall musste sie verletzt haben, da sie stark an der Schulter blutete. Seffa blieb keuchend im felsigen Gelände liegen.

Wladimir setzte sein Gewehr ab und fluchte. Beim ersten Schuss hatte er ein Muttertier getroffen, das war nicht seine Absicht gewesen. Jetzt mussten sie das Kitz auch noch erledigen. Und er hatte nicht gesehen, wo die Geiß gestürzt war. Für lange Sucherei hatte er keine Zeit, das sollten die anderen übernehmen. Er schob seinen flachen, grünen Jägerhut aus der Stirn und machte sich daran, den angeschossenen Jährling zu suchen.

Eine mickrige Beute! Eigentlich hatte er es auf einen ausgewachsenen Bock abgesehen gehabt, und der Jagdpächter führte ihn zu diesem Rudel, das nur aus Geißen und Kitzen bestand! Dem Kerl würde er später was erzählen, aber jetzt würde er erst mal die junge Geiß suchen. Nicht viel dran an dem Vieh, aber besser als gar nichts. Er war froh, dass er überhaupt zweimal zum Schuss gekommen war, was sich nicht von jeder Jagd behaupten ließ, an der er teilgenommen hatte. Und es waren viele gewesen.

Wladimir war ein passionierter Jäger. Die Einladung seines österreichischen Freundes hatte er gerne angenommen. Mal was anderes, in Tirol auf die Jagd zu gehen, anstatt in der Heimat. Zumal die heimischen Jagdreviere von ihm und seinesgleichen fast leer geschossen waren. Langsam und schwer schnaufend stieg er bergauf. Die Pumpe tat es auch nicht mehr so recht in letzter Zeit. Wahrscheinlich doch das eine oder andere Fläschchen Wodka zu viel geleert, dachte er wehmütig. Schließlich erreichte er die Stelle, an der Seffa gestürzt war.

Als sich Wladimir über die stark blutende Geiß beugte, stieg ihr der eigenartige Geruch, den sie vorher gewittert hatte, mit voller Intensität in die Nase. Furchtsam blickte das große, stark gewölbte Auge der Gämse, welches dem Mann zugewandt war, auf das fremdartige Lebewesen. Noch nie hatte Seffa einen Menschen gesehen.

Scheiße, die Geiß lebte ja noch! Jetzt würde er das Vieh auch noch abfangen müssen. Dabei war er hundertprozentig sicher gewesen, einen sauberen Blattschuss angebracht zu haben, mitten ins Schwarze. Fluchend nahm Wladimir seinen Rucksack ab, schmiss ihn zwischen die Felsen und begann, nach einem Jagdmesser zu suchen. Erfolglos. Er nahm den Rucksack wieder auf den Rücken. Dann würden ihm eben seine Jagdkameraden ein Messer geben müssen. Wladimir beugte sich wieder über das angeschossene Tier und packte die beiden Vorderläufe mit einer Hand. Er begann, Seffa bergabwärts zu schleifen.

Der Jäger zerrte die Geiß über scharfkantiges Geröll, das in die Schusswunde an ihrer Schulter eindrang und sie noch weiter aufriss. Seffas Gesicht schlug gegen das Gestein, das Auge, das dem Hang zugewandt war, wurde verletzt. Ihr rechter Hinterlauf, der bei ihrem Sturz gebrochen war, schmerzte unsäglich. Die spitzen Steine schienen Seffas Rücken zu zerfetzen. Noch nie war ihr ein solcher Schmerz widerfahren!

Plötzlich rief einer von Wladimirs Jagdkameraden etwas, und dieser ließ die Vorderläufe der Geiß fallen, die erschöpft und schwer atmend liegen blieb. Der Jäger dachte gar nicht daran, das Leiden des Tieres zu beenden, sondern kletterte erst einmal zu dem anderen Mann. Dieser hatte Seffas Mutter gefunden, und die beiden Waidmänner begutachteten die Beute. Seffas Mutter war tot, das Kitz unauffindbar. Offensichtlich war es zusammen mit dem restlichen Rudel geflohen. Die beiden Männer diskutierten, ob sie es suchen sollten, da es ohne seine Mutter keine Überlebenschance hatte, einigten sich aber darauf, sich die Mühe zu ersparen. Wladimir hatte doch so wenig Zeit! Und schließlich würden die Natur und die Aasfresser den Rest erledigen.

Michael war ein Naturbursche. Schon seit fünfzehn Jahren lebte er nun allein in der einsamen Bergwelt. Seine einzigen Kameraden waren die Ziegen. Er und seine Ziegen hausten zusammen in einer einfachen Berghütte. Etwa einmal im Monat stieg Michael zu Tal und kaufte die notwendigsten Dinge, die er in seiner kleinen Sennerei nicht herstellen konnte, aber ansonsten war er autark. Er machte Ziegenkäse und ernährte sich hauptsächlich davon und von Ziegenmilch.

Seit er hier oben lebte und die Großstadt hinter sich gelassen hatte, war er so gesund und ausgeglichen wie nie zuvor. Durch das viele Laufen und Klettern hatte Michael eine ausgezeichnete Kondition. Als Gesellschaft genügten ihm seine Ziegen und sein Hund. Die Einsamkeit machte ihm nichts mehr aus, und auf die Segnungen der Zivilisation konnte er leicht verzichten. Was am meisten Mühe bereitete, war die Beschaffung von Brennholz, aber auch damit kam er mittlerweile gut zurecht. Abgehärtet, wie er war, ging er sehr sparsam mit dem kostbaren Brennholz um, sodass er stets genügend Hitze im Herd erzeugen konnte, um zu kochen und zu käsen. Mehr brauchte er nicht.

Er pflegte früh aufzustehen und als Erstes seine Ziegen zu melken. Im Sommer brachte er die Tiere anschließend auf die Weide und ließ sie in der Obhut von Ben, dem Border Collie. Danach gönnte er sich meistens eine ausgedehnte Wanderung im Gelände und besuchte die Gämsen, da er wusste, wo das Rudel aus Geißen und Kitzen die Nacht zu verbringen pflegte. Er näherte sich den Tieren aber nie, sondern beobachtete sie aus respektvoller Entfernung mit seinem Fernglas, da er sie nicht verschrecken wollte. Auch achtete er darauf, seine Ziegenherde so klein wie möglich zu halten, damit sie nicht mit ihren wilden Verwandten um das rare Futter konkurrierten.

Michael stieg den wohlbekannten Bergpfad, der in Serpentinen von seiner Hütte aus fast direkt in das Revier der Gämsen hinaufführte, mit Kraft sparenden, gemächlichen Schritten bergauf. Zum Abstützen in dem steilen Gelände benutzte er seinen Bergstock. Er trug eine kurze Lederhose, ein völlig verwaschenes Hemd, dessen Karomuster man kaum noch sah, dicke Wollsocken und Bergstiefel. Seine langen, graubraunen Locken hatte er zu einem Pferdeschwanz zusammengebunden. Die tägliche Rasur war der einzige Luxus, den er aus seiner Zeit als Großstädter beibehalten hatte, sodass seine ruhigen, gebräunten Gesichtszüge zur Geltung kamen. Seine klaren, stahlblauen Augen vermittelten Gelassenheit. Michael ruhte in sich selbst, als er zu den Gämsen aufstieg.

Das Geräusch von zwei kurz hintereinander abgefeuerten Schüssen, das in den Bergen widerhallte, riss ihn allerdings aus seinem meditativen Zustand. Offensichtlich schoss jemand auf die Gämsen, soviel war klar! Michael überlegte nicht lange und beschleunigte seine Schritte, um schneller zum Gämsenrevier zu kommen. Er musste retten, was noch zu retten war. Vielleicht konnte er die Jäger ja daran hindern, noch mehr Tiere abzuschießen. Obwohl diese Waidmänner seiner Erfahrung nach uneinsichtig waren. Mehrmals schon hatte er mit Jägern diskutiert, und sie beriefen sich auf die Notwendigkeit ihres Handelns zum Zwecke der Hege. Der Wildbestand müsse auf ein vernünftiges Maß reduziert werden, so argumentierten sie. Schließlich müsse der heranwachsende Bergwald vor dem Wild geschützt werden.

Michael konnte den Standpunkt dieser Menschen nicht recht teilen. Ihm drängte sich der Verdacht auf, dass sie wohl eher von der Lust am Schießen angetrieben wurden, eine Vorstellung, die ihn peinigte, da er die grazilen Gämsen sehr schätzte. Er wusste, wie schwer sie es gerade im Winter hatten, sich am Leben zu erhalten. Umso herzloser erschien es ihm, sie einfach abzuschießen. Und die Population der Bergantilopen, wie Michael die Tiere für sich nannte, war mit Sicherheit nicht so hoch, als dass der Abschuss gerechtfertigt gewesen wäre. So eilte er bergaufwärts, um »seine« Gämsen zu beschützen.

Als Michael schwer atmend den Bergkamm erreicht hatte, von wo aus das Gämsen-Nachtlager einzusehen war, geriet die ganze Jagdgesellschaft in sein Blickfeld. Eine Gämse war tot, soviel konnte er sehen. Ein anderes Tier wurde in dem Moment, als Michael auftauchte, von einem der Jäger an den Vorderbeinen gepackt und über das Geröll geschleift. Das Tier musste angeschossen sein, da es eine starke Blutspur auf dem grauen Gestein hinterließ. Die roten Schleifspuren zogen sich über einen weiten Bereich hin. Das Gezerre mit dem noch lebenden Tier schien also schon länger zu passieren. Und weiter schleifte der Kerl die Geiß über das Geröll, wobei kein sinnvoller Grund dafür ersichtlich war. Die Gämse bog den Hals qualvoll nach hinten und blökte jämmerlich vor Schmerzen. Seffa war jung und kräftig und hatte ein starkes Herz, sodass ihr kein schneller Tod vergönnt war. Die sinnlose Qual musste sie bei vollem Bewusstsein erleben.

Michael hielt sich sein Fernglas, das er am Tragriemen um den Hals trug, vor die Augen und beobachtete das Geschehen. Eine seltsame Empfindung ergriff ihn. Für einen Moment spürte er die Qualen des Tieres am eigenen Leib. Ihm war schrecklich kalt, und sein ganzer Rücken schien von scharfkantigen Steinen aufgerissen zu werden. Er spürte, wie er blutete, sein Kopf gegen Steine schlug und seine Knochen gebrochen wurden.

»Halt, was machen Sie da?«, schrie Michael und kletterte weiter hoch zu der Jagdgesellschaft. Dabei stellte er erschrocken fest, dass ihm seine Stimme, die er so selten benützte, im ersten Moment nicht gehorchen wollte, sodass er nur ein heiseres Krächzen zustande brachte. Michael räusperte sich.

»Halt, was machen Sie da? Hören Sie sofort auf!«, wiederholte er.

Erstaunt wandten sich die sechs Jäger zu dem Neuankömmling um. Wladimir machte keine Anstalten, die Läufe der verletzten Geiß loszulassen. Als er Michael erblickte, lächelte er spöttisch. Er hatte zwar nicht verstanden, was der Österreicher geschrien hatte, erfasste aber sofort, dass das wieder einer dieser fanatischen Naturschützer sein musste. Das sah man schon an den Klamotten. Von der Sorte gab es daheim in Russland auch ein paar, aber hier im Westen waren sie eine richtige Plage. Meistens waren es Weiber, dieser unmännliche Kerl mit den langen Haaren stellte also eine Ausnahme dar. Sobald man mit dem Gewehr in der Hand irgendwo auftauchte, konnte man sicher sein, von diesen Fanatikern vollgequatscht und mit der vermeintlichen Verwerflichkeit der Jagd konfrontiert zu werden.

Er verstand überhaupt nicht, was diese Verrückten wollten. Jagen war das Normalste auf der Welt, schließlich hatte die Menschheit Äonen lang nichts anderes getan. Und mit diesem sentimentalen Mitgefühl für Tiere konnte er erst recht nichts anfangen. Das Leben war nun mal grausam, da konnte man keine Rücksicht darauf nehmen, ob ein Tier litt. Tiere waren Jagdbeute und hatten der menschlichen Ernährung zu dienen, fertig. Mit diesem Naturburschen hier würde er sich jedenfalls auf keine Diskussion einlassen.

Michael, der sofort sah, welchen Schlages der Jäger mit dem flachen, grünen Hut war, hatte keinerlei Interesse, sich auf Handgreiflichkeiten einzulassen. Auch Diplomatie oder vernünftige Worte würden hier nichts fruchten, erkannte er. Am wichtigsten wäre, das Leiden des angeschossenen Tieres zu beenden. Aufgebracht näherte er sich dem Jagdpächter – er kannte den Mann – und forderte ihn so ruhig wie möglich dazu auf, endlich seine Pflicht zu tun:

»Johann! So fang doch endlich die angeschossene Gams ab! Siehst du denn nicht, wie sich das Tier quält?«

Michael verfluchte sich dafür, dass er wie immer ohne Messer unterwegs war. Er war – bis auf seinen Bergstock – unbewaffnet. Der Jagdpächter drehte sich verblüfft zu Michael um. Dann kramte er wortlos sein Jagdmesser aus dem Rucksack, näherte sich Seffa, packte die Geiß am Gehörn und tötete sie.

Michael trat zu dem toten Tier, ging in die Hocke und legte beide Hände auf den noch warmen Körper. Die rotbraune Decke war so zerfetzt und mit Blut besudelt, dass man nichts mehr damit würde anfangen können. Der toten Geiß hing die blutige Zunge weit aus dem Mund. Die goldbraunen Augen, die vor einer Stunde noch voller Lebenslust um sich geschaut hatten, starrten blicklos. Welch eine Verschwendung.

Michael hörte, wie der Schütze hinter ihm etwas auf Russisch rief. Es hörte sich höhnisch an, aber ihn kümmerte es nicht. Langsam richtete er sich auf. Johann warf er einen resignierten Blick zu. Ohne ein weiteres Wort an die Jagdgesellschaft gerichtet zu haben, ging er seines Weges. Er würde sich über die unwaidmännische Jagd beschweren, und wenn er dafür seine Bergeinsamkeit vorübergehend aufgeben müsste. Nachdem er sich etwa fünfundzwanzig Meter weit entfernt hatte, drehte er sich nochmals zu der Jagdgesellschaft um. Angewidert sah er, wie Johann ein Büschel blutiger Haare aus dem Nackenfell der Geiß schnitt und dem Russen übergab.

Wladimir war noch am gleichen Abend nach Moskau abgereist. Trophäen nahm er keine mit. Die Gehörne der beiden erlegten Gämsen würde sein österreichischer Freund für ihn präparieren lassen. Der Tierpräparator würde sie so auf zwei Holzscheiben montieren, dass man sie an die Wand hängen konnte. Wladimir würde sich die beiden Krickeln bei seinem nächsten Besuch abholen. Zufrieden war er nicht, da er auf das größere Gehörn eines Bocks spekuliert hatte, aber es war immerhin besser als gar nichts. Obwohl seine Frau wenig davon begeistert war, ihre ganze Wohnung mit Jagdtrophäen ausgeschmückt zu sehen. Sie ekelte sich davor, sodass Wladimir schon längst dazu übergegangen war, die meisten in seiner Jagdhütte aufzubewahren. Von dem Fleisch der erlegten Gämsen nahm er auch nichts mit, da er nicht mehr auf das Zerlegen der Tiere warten konnte. Er kam also mit leeren Händen nach Hause. Sophia begrüßte ihn beiläufig.

»Und, wie war es in Österreich?«
»Schön«, erwiderte Wladimir.
»Hast du was geschossen?«
»Ja, zwei Gämsen.«

Damit war das Gespräch beendet. Sophia und Wladimir waren schon lange verheiratet. Sophia interessierte sich nicht für die Jagdleidenschaft ihres Mannes. Auf die Zubereitung von Wildfleisch hatte sie keine Lust, da es ihr nicht schmeckte. Sie ließ Wladimir aber gewähren, da sie der Meinung war, jeder Mann brauche nun mal sein Hobby, in das sich die Ehefrau nicht hineinzumischen hätte. Schließlich traf sie sich ja auch leidenschaftlich gerne mit ihren Freundinnen zum Kegeln.

Noch in der gleichen Nacht wurde Wladimir krank. Er wälzte sich im Bett und fieberte. Sophia wachte davon auf, dass er im Schlaf stöhnte. Sie fasste ihn an der Schulter und versuchte ihn zu wecken, vergebens. Wladimir hatte Fieberfantasien, aus welchen er sich nicht befreien konnte.

Im Traum war er wieder in den Tiroler Bergen. Dabei war ihm völlig bewusst, dass er träumte, da die Bergwelt seines Traumes im Vergleich zur Realität stark verfremdet war: Die Berge waren unvorstellbar hoch und steil, Vegetation war keine vorhanden, und alles wurde von gleißendem Licht überstrahlt. Die Berggipfel waren verschneit, und die Schneefelder blendeten unsäglich in dem hellen Licht, sodass Wladimirs Augen schmerzten. Irgendwie versuchte er, einen Gipfel, dessen Namen er nicht wusste, zu erklimmen, aber das Gelände war so steil, sodass er schließlich auf allen Vieren krabbelte. Schneidender Wind heulte Wladimir um die Ohren und vereiste seinen Körper. Plötzlich sah er in der Ferne, weit über sich, ein Rudel von Gämsen. Die Tiere bewegten sich im Gegensatz zu ihm mühelos in dem schneebedeckten Gelände und kletterten zügig bergaufwärts. Wladimir versuchte ihnen zu folgen. Dort bei den Tieren wäre er in Sicherheit, so meinte er. Wieder bemühte er sich, weiter in dem Schneefeld hinaufzukriechen, schaffte es aber nicht, sich den Gämsen zu nähern. Schlagartig änderte sich die Witterung: Das gleißende Licht verschwand hinter einer schweren Wolkendecke und harte, scharfkantige Graupel prasselten vom Himmel. Sie trafen Wladimir schmerzhaft im Gesicht, blendeten ihn und fielen in seinen Kragen, sodass ihm eiskalt wurde. Er keuchte. Die verharschte Schneedecke verletzte ihn an Händen und Knien. Nach kurzer Zeit war er so erschöpft, dass er weder vor noch zurück konnte. An Abstieg war ebenso wenig zu denken wie ans Weiterklettern. So blieb er einfach im Schnee liegen. Er würde erfrieren. Nachdem er sich etwas erholt hatte, hob Wladimir den Kopf und blickte zu der Spitze einer hohen Felsnadel hin, die an den schlanken Turm einer gotischen Kathedrale erinnerte. Dort oben stand eine stattliche Gämse. Das Tier hatte die Vorderläufe auf eine erhöhte Stelle gesetzt, wodurch Kopf und Vorderkörper die

Hinterhand überragten. Die Gämse trug ein schwarzbraunes, zottiges Winterfell und ein prachtvolles Gehörn. Ihre Haltung war majestätisch. Ruhig blickte das Tier auf den Menschen herab, der sich im Schnee suhlte. Schließlich vollführte die Gämse mit der rechten, vorderen Klaue eine kleine Bewegung, durch die sich zu ihren Füßen ein Stein löste. Der Stein sprang über die Felskante, stürzte in das darunter liegende Schneefeld und rollte talwärts. Dadurch löste sich ein Schneebrett und rutschte ebenfalls zu Tal. Das Schneebrett nahm weiteren Schnee auf, der den Hang hinunterrutschte. Geschwind baute sich daraus eine Lawine auf, die mit Gebrüll hangabwärts raste und den erschöpften Menschen mit sich riss. Wladimir spürte, wie er von der Schneemasse überrollt und fortgerissen wurde. Sofort verlor er die Orientierung. Die Schneemassen, die seinen Körper trafen, taten ihm unsäglich weh. Schließlich war kein Schnee mehr da. Wladimir stürzte unendlich lange ein steiles Geröllfeld hinab, überschlug sich dabei immer wieder und zog sich schwere Verletzungen zu. Seine Knochen und sein Schädel brachen, er blutete überall. Nach unvorstellbar langer Zeit hörte der Sturz auf, und Wladimir lag zerschlagen und bewegungsunfähig da. Die Gnade einer Bewusstlosigkeit blieb ihm verwehrt. Sein ganzer Körper schmerzte unsäglich, besonders der Rücken. Aber immerhin rollte er nicht weiter bergabwärts, und auch die Lawine hatte ihn nicht verschüttet. Er würde überleben.

In dem Moment, als Wladimir glaubte, von dem Albtraum erlöst zu sein, kam der nächste Fieberschub, und alles begann von vorne. Wieder versuchte er, im gleißenden Licht auf den Berg zu klettern, schaffte es aber nicht, wieder kam der Graupelschauer über ihn, dann erblickte er die Gämse, die den Stein anstieß, der die Lawine auslöste. Wieder wurde Wladimir von der Lawine mitgerissen und schließlich über das Geröllfeld geschleudert, bis er liegen blieb. Und so fieberte und träumte er die ganze Nacht lang, schrie und schlug um sich, bis seine Frau den Notarzt holte.

Sophia war Kinderkrankenschwester und hatte versucht, das Fieber mit Wadenwickeln zu senken. Ein erfolgloses Bemühen. Da Wladimir nicht wach zu bekommen war, konnte ihm seine Frau keine fiebersenkende Medizin geben. Und da es ihm sehr schlecht ging, rief sie den Arzt. Es dauerte, bis der Vielbeschäftigte kommen konnte. Er gab Wladimir eine Spritze und schaffte ihn ins Krankenhaus. Der Kranke konnte geheilt werden, aber die Rekonvaleszenz war langwierig. Dabei blieb unklar, unter welcher Krankheit Wladimir eigentlich gelitten hatte.

Sophia, die ihren Mann zu Hause gesund pflegte, bemerkte eine gewisse Veränderung an ihm. Er war freundlicher und aufmerksamer zu ihr als früher. Sobald Wladimir aufstehen konnte, verbannte er seine Gewehre und die Munition in den Keller und kündigte an, er würde das ganze Zeug verkaufen, sobald es ihm wieder besser ginge.

»Wirf das Zeug lieber in den Fluss, damit niemand mehr Unheil damit anrichten kann«, schlug Sophia vor.

Wladimir lächelte nur und streichelte den Arm seiner Frau. Sobald er wieder gesund wäre, würde er mit ihr verreisen. Und das Reiseziel sollte Sophia bestimmen. Wladimir hatte das Interesse an der Jagd völlig verloren.

Drei Frauen namens Elisabeth

An einem verregneten Herbstnachmittag ging Elisabeth durch eine stille Wohngegend, die aus alten Einfamilienhäusern bestand. Es war ihr üblicher Weg von der Arbeit nach Hause. Sie und ihr Mann Dieter wohnten im angrenzenden Stadtviertel in einer nicht ganz so vornehmen Reihenhaushälfte. Hier aber schienen Menschen zu wohnen, die sich in der Zeit des Wirtschaftswunders einen bescheidenen Wohlstand erarbeitet hatten. Elisabeth betrachtete im Vorbeigehen gerne die hübschen, wenn auch altmodischen Häuser und die gepflegten Gärten. Die Bewohner der Häuser waren größtenteils ebenfalls alt, alte Leute, deren Kinder schon längst erwachsen und aus dem Haus waren. Kleine Kinder waren hier keine zu sehen.

Eines der schlichten weißen Wohnhäuser mit dem steilen Giebeldach wurde gerade ausgeräumt. Elisabeth sah, dass sich vor dem Grundstück am Straßenrand ein Berg Sperrmüll auftürmte. Sie hielt an und musterte melancholisch die Sachen. Dinge, die sich während eines ganzen Menschenlebens angesammelt hatten, waren nun auf den Gehweg geworfen worden. Wahrscheinlich waren die Hausbesitzer gestorben oder in ein Seniorenheim umgezogen, und die Kinder räumten nun das Haus leer. Bald würde alles, was keinen Abnehmer mehr fand, weggefahren und vernichtet werden.

Am liebsten hätte Elisabeth alles gerettet, aber in ihrem kleinen Reihenhaus hatte sie dafür keinen Platz. Außerdem würde Dieter nicht zulassen, dass sie alte Möbel nach Hause schleppte. Und das, was sich hier stapelte, hatte allenfalls den ideellen Wert, den die früheren Besitzer ihm zugemessen hatten. Der materielle Wert war gleich null. Die Bewohner des Hauses schienen sich größtenteils in den Fünfzigerjahren des vorigen Jahrhunderts mit Möbeln versehen zu haben. Elisabeth stellte sich vor, dass es die ersten Möbel einer jungen Familie gewesen waren, die ihren eigenen Hausstand gegründet hatten und sich das Geld für das erste Mobiliar mühsam zusammensparen mussten. Und teils aus Sparsamkeit, teils aus Sentimentalität hatten sie die Möbel nie mehr durch Neues ersetzt.

Elisabeth kannte das von ihren eigenen Eltern. Sie sah, dass sich der Möbelberg größtenteils aus dem Zeug zusammensetzte, das damals ultramodern gewesen sein musste: leichte Schränke und Tischchen aus preiswertem, furniertem Holz oder Spanplatten, groß gemusterte, verblichene Vorhänge, Tütenlampen mit angeschlagenen Glasschirmchen, ja sogar ein uralter, riesiger Gummibaum, der über Jahrzehnte gepflegt worden sein musste. Besonders um den Gummibaum tat es Elisabeth leid, aber sie konnte das Ungetüm unmöglich mit nach Hause nehmen. Dann entdeckte sie eine Kiste mit alten Büchern, die im Nieselregen standen. Ein Jammer! Elisabeth ließ ihre beiden Einkaufstaschen zu Boden fallen und kramte die Bücherkiste durch. Am liebsten hätte sie alle mitgenommen, aber Dieter würde sie bestimmt kritisieren, wenn sie so viele alte Sachen anschleppte.

Ihr Mann war kompromisslos modern. In der Zeit ihrer Ehe hatten sie sich schon zweimal fast komplett neu eingerichtet, da Dieter altes Zeug nicht mochte. Keine Rede davon, ihre ersten Möbel aufzubewahren. Für Sentimentalitäten dieser Art hatte Dieter keinen Sinn und auch kein Gespür für ideelle Werte. So hatten er und Elisabeth ihre Reihenhaushälfte erst vor etwa zwei Jahren mit modernstem Mobiliar ausgestattet. Alles war kühl und kantig und bestand hauptsächlich aus Edelstahl oder dunklem Holz. Elisabeth fühlte sich unwohl mit diesen Möbeln, war aber nicht imstande, ihre eigenen Wünsche durchzusetzen.

Da sie wusste, dass ihr Mann alte Bücher nicht leiden konnte, nahm sie nur drei Romane aus der Bücherkiste und steckte sie in ihre Einkaufstaschen. Dieter pflegte Taschenbücher zu kaufen, die nach dem Lesen meist verschenkt oder weggeworfen wurden. So hatten sie zu Hause kaum Bücher. Allenfalls hochwertige Bildbände waren geduldet.

Nachdem Elisabeth die drei Bücher gerettet hatte, nahm sie schnell ihre Einkaufstaschen wieder auf und machte sich auf den Heimweg. Dieter würde schimpfen, wenn sie sich verspätete. Schließlich musste sie noch ein halbwegs passables Abendessen auf den Tisch bringen, sobald sie zu Hause war, und weitere Hausarbeit erledigen. Dieter schätzte gutes Essen und einen gepflegten Haushalt. Da er in seinem Beruf sehr eingespannt war, blieb die meiste Hausarbeit an Elisabeth hängen. Ihr Mann war der Meinung, dass sie in ihrem Beruf als Sachbearbeiterin sowieso nicht ausgelastet war, da sie ja nur in Teilzeit arbeitete. Und Kinder hatten sie keine. So schien es ihm recht und billig, dass Elisabeth in Eigenregie das bisschen Haushalt erledigte. An sich machte sie das gerne und nahm sich ihre Mutter, eine tüchtige Hausfrau, zum Vorbild. Aber manchmal fand sie es entsetzlich langweilig, besonders, wenn es um das leidige Putzen oder Staubwischen ging.

Es war schon fast dunkel, als Elisabeth nach Hause kam. Eilig stellte sie die Einkaufstaschen ab, schob die Kapuze ihres cremefarbenen Mantels von ihrem aschblonden Haar und zog den Mantel aus. Als sie aus den Schuhen schlüpfte, rief Dieter aus dem Wohnzimmer nach ihr. Für einen so Vielbeschäftigten war er erstaunlich früh zu Hause. Elisabeth hatte gehofft, beim Kochen noch etwas Zeit für sich zu haben.

»Wo bleibst du denn so lange?«

»Ich habe noch Lebensmittel eingekauft. Du bekommst ein Steak, mit Pommes und Salat, das magst du doch, und es geht schnell!«, rief ihm Elisabeth beruhigend zu.

»Das Fleisch will ich aber gut durchgebraten haben! Beim letzten Mal war es noch halb roh. So bringst du mir das nicht mehr auf den Tisch!«

Elisabeth erwiderte nichts mehr und zog sich gleich in die Küche zurück. Beim Auspacken der Einkäufe fielen ihr die drei alten Romane in die Hand, und sie versteckte sie erst einmal im Vorratsschrank. Zwischen Mehl, Nudeln und Tee würde Dieter sie nicht finden.

Spät am Abend fielen sie Elisabeth plötzlich wieder ein. Dieter schlief bereits. Nachdem er routiniert mit ihr geschlafen hatte, hatte er sich herumgedreht und sofort zu schnarchen begonnen. Elisabeth dagegen war noch hellwach. Die Gelegenheit war günstig. Sie stand wieder auf und ging leise in die Küche hinunter. Dieter würde nicht so leicht aufwachen, da er einen gesunden Schlaf hatte. Besonders nach gutem Essen und Sex.

Elisabeth holte die drei Bücher aus dem Vorratsschrank, machte sich eine Tasse Tee und setzte sich zum Lesen ins Wohnzimmer auf das nüchterne, anthrazitfarbene Sofa. Da ihr das zu kühl war, kuschelte sie sich in ihre gemütliche, alte orangebraune Wolldecke, die Dieter so verabscheute. Aber hier hatte sie sich durchgesetzt und darauf bestanden, wenigstens dieses Geschenk ihrer Mutter behalten zu dürfen. Auch wenn es farblich nicht zu der hochmodernen Wohnungseinrichtung passte.

Dann sah Elisabeth die drei alten Romane durch. Zwei davon stellten eine kleine Enttäuschung dar. Der erste spielte in den Vereinigten Staaten und schien sozialkritisch zu sein. Darauf hatte sie im Moment keine Lust. Die Handlung des zweiten Buches war im alten China angesiedelt. Es war eine langatmige Familiengeschichte, die Elisabeth schrecklich langweilte. Das dritte Buch schien vielversprechender zu sein. Der alte, aber gut erhaltene Schutzumschlag zeigte das gemalte Bild einer verschneiten Berglandschaft. Der Titel lautete »Entscheidung am Monte San Giorgio«. Das klang versprechend! Elisabeth schlug das Buch auf und entdeckte auf dem stark vergilbten Papier des Titelblatts eine Widmung. Der schwungvolle Schriftzug in verblasster blauer Tinte lautete:

Meiner lieben Elisabeth
Weihnachten 1952

Elisabeth war fasziniert. Das Buch hatte also eine Namensgenossin von ihr im Jahr 1952 zu Weihnachten bekommen. Wahrscheinlich von ihrem Mann, vermutete sie, nachdem sie die markante Schrift genauer studiert hatte. Bestimmt hatte das

Paar in dem Einfamilienhaus gewohnt, das soeben ausgeräumt worden war. Traurig, dass beide vermutlich tot waren, dachte Elisabeth.

Sie war froh, dass sie das Buch mit der Widmung davor bewahrt hatte, fortgeworfen zu werden. Offensichtlich hatten die Erben keinen Wert auf dieses Erinnerungsstück gelegt, oder sie hatten es übersehen. Die Vorbesitzerin des Buches musste etwa im Alter von Elisabeths Mutter gewesen sein. Elisabeth war froh, dass sie ihre eigene Mutter noch hatte. Diese lebte allerdings zu weit weg, als dass sie sie regelmäßig hätte besuchen können.

Dann begann Elisabeth, den Roman zu lesen. Nachdem sie sich an den etwas altertümlichen Stil des Buches gewöhnt hatte, gefiel es ihr immer besser. Es handelte sich um eine dramatische Liebesgeschichte, die in alter Zeit in der herrlichen Bergwelt des Tessin angesiedelt war. Elisabeth vergaß, dass sie am nächsten Tag zu arbeiten hatte. Sie begann zu träumen und versank bei schummerigem Licht völlig in der Fantasiewelt des Romans.

Die ältere Elisabeth, der das Buch gewidmet war, hatte im Jahr 1952 mit Georg, ihrem Mann, und Ulrike, ihrem vierjährigen Töchterchen, unter dem Weihnachtsbaum gesessen. Damals wohnten sie noch in einer winzigen Wohnung, aber es ging Schritt für Schritt aufwärts. Immerhin hatten sie schon eine Handvoll eigene Möbel.

Heuer gab es einen bescheidenen Weihnachtsbaum, der sparsam mit echten Kerzen und Lametta geschmückt war. Sie hatten etwas Gebäck, einen kleinen Braten und ein paar andere Leckereien zum Weihnachtsfest. Ulrike hatte sich riesig über den glitzernden Weihnachtsbaum gefreut, mit den Krippenfiguren und dem neuen Kasperle gespielt, die Bilderbücher bewundert und die Plüschente auf Rädern hinter sich hergezogen. Von den raren Süßigkeiten war sie begeistert gewesen. Für die Eltern hatte es vor allem Kleidung als Weihnachtsgeschenke gegeben. Nachdem sie im Herbst für den Esstisch und die dazu passenden Stühle gespart hatten, war das Budget eng. Aber immerhin konnte Georg seiner geliebten Frau Elisabeth noch eine feine Kette aus altem Gold und einen dazu passenden Anhänger schenken. Außerdem hatte er für sie das Buch »Entscheidung am Monte San Giorgio« aufgetrieben.

Georg wusste, dass Elisabeth für sentimentale Liebesgeschichten zu haben war, besonders, wenn sie in einer schönen Gegend, wie zum Beispiel am Luganer See, spielten. Und vielleicht würden sie sich später einmal sogar eine Reise in diese idyllische Landschaft leisten können. Im Moment war es aber wichtiger, die Wohnungseinrichtung zu vervollständigen. Und dann hatten sie ja auch noch den Traum vom eigenen Heim, aber dies lag in weiter Ferne. Eines nach dem anderen, sagte sich Georg. Sie würden sich nicht alle Wünsche zugleich erfüllen können. Und schließlich wünschte sich Elisabeth noch ein zweites Kind. All dies würde finanziert werden müssen.

In den folgenden Jahrzehnten konnten sich die beiden dank ihres Fleißes und des wirtschaftlichen Aufschwungs viele ihrer Wünsche erfüllen. Sie bauten sich ein hübsches Einfamilienhaus, legten einen schönen Garten an, leisteten sich später ein Auto und gönnten sich hie und da eine bescheidene Urlaubsreise. Wenn sie in die Schweiz kamen, erkannte Elisabeth die Welt aus dem Roman, den sie im Jahr 1952 zu Weihnachten geschenkt bekommen hatte, wieder. Da sie nach Ulrike noch drei Kinder bekommen hatten, führten sie ein erfülltes und zufriedenes Familienleben. Nur einer von Elisabeths Wünschen war nicht in Erfüllung gegangen.

Sie hatte sich, schon vor ihrer Ehe, gewünscht, einen Beruf zu erlernen. Wie gerne wäre sie Schneiderin geworden! Damals war es aber selbstverständlich gewesen, dass der Ehemann für den Lebensunterhalt sorgte und die Ehefrau den Haushalt und die Kindererziehung übernahm, und Elisabeth hatte das akzeptiert. Schließlich hatte sie auch ohne Berufstätigkeit ein ausgefülltes Dasein gehabt. Und da sie für ihre Kinder selbst Kleidung nähte, hatte sie ihr Talent für die Schneiderei auf diesem Weg ausgelebt.

Nachdem die Kinder aus dem Haus waren, hatten Georg und sie einen ruhigen Lebensabend in ihrem alten Häuschen verbracht, inmitten unzähliger Erinnerungsstücke. Das Haus war zu groß für die beiden alten Leute, aber sie hatten sich nicht davon trennen können und außerdem gehofft, dass es eines ihrer Kinder später übernehmen würde. Die Kinder waren allerdings alle weit von ihrer Heimat fortgezogen, sodass sie keine Verwendung für das Elternhaus hatten. Und irgendwann, nach einem glücklichen gemeinsamen Leben, waren für Georg und Elisabeth die schweren Jahre gekommen. Georg war zuerst krank geworden und gestorben. Elisabeth hatte ihn noch um fast zwei Jahre überlebt, dann war sie ihm gefolgt. Dabei war es ein Segen gewesen, dass beide bis zum Schluss in ihrem Haus, in dem sie so viel erlebt hatten, wohnen konnten.

Nun war ihr ältester Sohn angereist, um den Haushalt seiner Eltern möglichst schnell aufzulösen. Er hatte wenig Zeit, um sich genau mit jedem einzelnen Gegenstand aus dem Nachlass seiner Eltern zu befassen, und so flogen viele Erinnerungsstücke in den Sperrmüll.

So zum Beispiel auch das Buch »Entscheidung am Monte San Giorgio«, das nun Elisabeth, der Jüngeren, in die Hände gefallen war. Mitten in der Nacht saß sie bei gedämpftem Licht in ihrem Wohnzimmer und hatte den Roman bereits zur Hälfte durchgeschmökert, als plötzlich Dieter im zerknitterten Schlafanzug vor ihr stand.

»Sag mal, was machst du denn da?«, herrschte er sie an. »Bist du verrückt geworden, mitten in der Nacht zu lesen, du musst doch morgen früh zur Arbeit!«

Elisabeth war fürchterlich erschrocken. Ihr fiel keine Antwort ein. Über dem Lesen hatte sie völlig die Zeit vergessen und überhaupt nicht bemerkt, dass sie längst im Bett sein sollte.

»Was liest du denn da? Antworte gefälligst, wenn ich dich etwas frage!«

Er riss ihr das Buch aus den Händen und blätterte ärgerlich darin herum.

»Wo hast du denn diesen vergammelten Schmöker her? Bestimmt hast du das wieder irgendwo aus dem Dreck aufgesammelt!«

Er roch angewidert an dem Buch.

»Und wie das stinkt, Pfui Teufel! Wie oft soll ich dir noch sagen, dass du mir nicht so unhygienisches, altes Zeug ins Haus schleppen sollst!«

»Entschuldige, aber das Buch hat jemand weggeworfen, und mich hat es einfach gereut, außerdem ist es eine sehr schöne Geschichte...«

Elisabeth fand endlich ihre Stimme wieder, wurde allerdings sofort von Dieter am Weiterreden gehindert:

»Das ist mir vollkommen egal, so einen Dreck will ich nicht in meiner Umgebung haben, davon kann man ja krank werden! Schau gefälligst, dass du diese Schweinerei aus dem Haus schaffst!«

Dieter steigerte sich mehr und mehr in seinen Ärger hinein. Elisabeth wagte, nochmals zu widersprechen:

»Aber das Buch ist etwas Besonderes, weil eine Widmung hineingeschrieben wurde, jemand hat es einer Elisabeth...«

Dieter schleuderte das Buch seiner Frau mitten ins Gesicht. Elisabeth schrie auf und schlug ihre Hände vor die Augen, die von der Kante des Bucheinbandes getroffen worden waren.

»Tu wenigstens einmal, was ich dir sage! Das Scheißbuch wirfst du jetzt in den Müll, und dann kommst du ins Bett, aber sofort!«

Dieter trampelte die Treppe hoch, Richtung Schlafzimmer. Elisabeth hielt sich immer noch das Gesicht und weinte leise. Es war nicht das erste Mal gewesen, dass Dieter ihr gegenüber gewalttätig geworden war. Nun war es genug. Nachdem sie sich gefasst hatte, hob sie das alte Buch vom Boden auf, wo es auf die geöffneten Seiten gefallen war. Einige Blätter waren geknickt, und Elisabeth glättete sie sorgsam. Dann blinzelte sie. Ihre Sehleistung war durch den »Unfall« nicht beeinträchtigt, so viel war klar. Allenfalls würde sie eine bläuliche Schwellung am Auge bekommen, das kannte sie schon.

Langsam ließ sich Elisabeth auf das Sofa zurücksinken. Das Buch hielt sie mit beiden Händen fest. Ihre Ehe war zu Ende. Dieter hatte es nun zu weit getrieben. Länger würde sie die körperlichen und seelischen Misshandlungen durch ihn nicht mehr erdulden. Sie musste hier weg! Kurz spielte sie mit dem Gedanken, zu ihrer Mutter zu fahren, verwarf die Idee aber wieder.

So wie sie ihre Mutter kannte, würde ihr diese Vorwürfe machen, dass sie von zu Hause fortgelaufen war. Schon öfter hatte Elisabeth versucht, mit ihrer Mutter über ihre Eheprobleme zu reden, hatte aber wenig Verständnis gefunden. Die alte Frau sah alle Schuld bei Elisabeth und würde ihr Undankbarkeit vorwerfen. Dieter sei ja so ein fürsorglicher Ehemann, und sie solle sich gefälligst nicht so anstellen. Schon öfter sei einem Ehemann ein böses Wort über die Lippen gekommen oder die Hand ausgerutscht, ohne dass die Frau gleich davongelaufen sei. Ein wenig mehr müsse man in der Ehe schon aushalten, und so weiter, und so fort. Elisabeth würde sich das kein weiteres Mal anhören. Freundinnen hatte sie keine mehr, da Dieter nach und nach alle ihre Kontakte unterbunden hatte. So würde sich Elisabeth also etwas anderes einfallen lassen müssen.

Ihr Blick fiel auf das Buch, das sie in Händen hielt. Der Buchtitel schmückte sich mit der gemalten Darstellung einer verschneiten Berglandschaft. Die Schweiz! Elisabeth würde in die Schweiz fahren. Das hatte sie sich schon lange gewünscht. Die Urlaubsreisen mit Dieter zusammen waren selten gewesen, und natürlich hatte immer er das Reiseziel bestimmt. Aber jetzt würde sie sich nicht mehr daran hindern lassen, einmal das zu tun, was sie selbst wollte. Sie würde sich eine Auszeit gönnen und unterwegs überlegen, wie sie ihr weiteres Leben gestalten wollte. Jedenfalls nicht mit Dieter zusammen.

Am Morgen frühstückten Dieter und Elisabeth schweigend. Dieter erwähnte die Szene der vorigen Nacht nicht und schien sich nicht daran erinnern zu wollen. Dann ging er aus dem Haus, ohne sich von seiner Frau zu verabschieden. Elisabeth rief in ihrer Arbeit an und meldete sich krank. Ob sie die Stelle verlieren würde, war ihr egal. Sie betrachtete kurz im Spiegel ihre bläulich umrandeten Augen, dann packte sie ihre Reisetasche mit dem Nötigsten und fuhr los. Glücklicherweise hatte ihr Dieter wenigstens einen Kleinwagen gegönnt, um Einkäufe damit erledigen zu können. Allerdings musste sie ihn um Erlaubnis fragen, wenn sie den Wagen benutzen wollte. Damit würde nun Schluss sein.

Die Reise war kein Vergnügen. Elisabeth war nicht daran gewöhnt, weitere Strecken zu fahren. Bald machte sich Müdigkeit bei ihr bemerkbar, da sie in der vorigen Nacht kaum geschlafen hatte. Außerdem war das Wetter regnerisch, und Herbstlaub wirbelte in Mengen über die Straßen. Mehrmals spielte Elisabeth verzagt mit dem Gedanken, umzukehren, da ihr die widrigen Fahrbedingungen zu schaffen machten. Trotzdem hatte sie es bei Einbruch der Dunkelheit bis zur Schweizer Grenze geschafft.

»Du wirst doch wohl nicht schlapp machen, jetzt, wo du schon so weit gekommen bist!«, redete sie sich selbst zu. Trotzdem war sie niedergeschlagen. Bestimmt war es eine unsinnige Idee gewesen, von zu Hause wegzufahren. Sie konnte doch nirgends hin! In der Schweiz kannte sie keine Menschenseele, und zu Dieter konnte sie nicht mehr zurück. Nicht auszudenken, was er mit ihr anstellen würde! So fuhr sie immer weiter in die dunkle Berglandschaft hinein, die in der frühen Herbstnacht kaum noch zu erkennen war. Nur an der Steigung und an den Kurven in der Straße war überhaupt festzustellen, dass man im Gebirge war.

Elisabeth war nun völlig verzagt. Warum hatte sie nur nicht früher nach einem Quartier gesucht? Bei Tageslicht wäre ihr dies wesentlich leichter gefallen. Sie hoffte, nicht am Ende im Auto übernachten zu müssen. Schließlich beschloss sie, in einem der vielen, schwach beleuchteten Bergdörfer auf gut Glück anzuhalten und irgendjemanden nach einer Unterkunft zu fragen. Es durfte ja nicht zu teuer sein! Elisabeths Budget war schmal. Wenn sie über genügend Geld verfügt hätte, wäre es einfach gewesen, sich in einem der großen Luxushotels ein Zimmer zu nehmen. Aber einer einigermaßen preisgünstigen Pension hätte sie den Vorzug gegeben.

Im nächsten Dorf bog Elisabeth langsam in den erstbesten Bauernhof ein. Sie glaubte zumindest, es handle sich um einen Bauernhof. Allerdings wies nichts auf die Haltung von Milchkühen hin. Über der Eingangstür des stattlichen Bauernhauses leuchtete schwach eine Lampe, ein paar Fenster waren erhellt, ansonsten lag alles im Dunkeln. Elisabeth konnte in dem Zwielicht hügelige Wiesen und Obstbäume und, etwas weiter entfernt, andere, ähnliche Gebäude erkennen.

Nachdem Elisabeth ihr Auto geparkt hatte, stieg sie aus und fröstelte in ihrer Strickjacke. Es roch nach Regen, nach feuchtem Gras und Herbstlaub. Vielleicht würde es bald zum Schneien kommen. Langsam näherte sich Elisabeth der Haustüre des Gehöfts, als diese plötzlich von innen aufgerissen wurde. Eine ganze Schar Kinder in allen Größen stürmte geräuschvoll aus dem Haus. Das letzte Kind zog die Haustüre heftig hinter sich zu und beeilte sich dann, den Anschluss zu den anderen nicht zu verlieren. Die Gruppe rannte eilig in die Richtung des nächsten Bauernhofes, wobei sich die Kinder gegenseitig zuriefen und durcheinander schrien.

Elisabeth blickte ihnen erstaunt nach. Sie wusste nicht, in welcher Sprache sich die Kinder unterhalten hatten. Jedenfalls war es kein Schweizerdeutsch gewesen. Schließlich ging sie auf die Tür zu und läutete an der Türglocke. Kurz darauf wurde die

Tür wieder heftig aufgerissen, und vor Elisabeth stand ein kleines, etwa acht Jahre altes Mädchen. Seine Haut hatte die Farbe von Milchkaffee, die dunklen Locken standen in alle Richtungen vom Kopf ab, und es betrachtete die Besucherin neugierig aus großen, schokoladenbraunen Augen. Schüchtern war die Kleine nicht.

»Hallo, ich bin Yasmina, und wer bist du?«, stellte sie sich vor.

»Mein Name ist Elisabeth. Kannst du bitte deine Mutter holen? Ich möchte sie gerne fragen, ob sie mir sagen kann, wo man hier ein Zimmer bekommen kann?«, sagte Elisabeth umständlich und fragte sich gleichzeitig, ob sie wohl von dem kleinen Mädchen verstanden worden war. Aber Yasmina war auf Zack. Ohne zu zögern, wandte sie sich um und schrie lautstark ins Haus:

»Mamaaa! Komm mal bitte! Die Frau sucht ein Zimmer!« Dann rannte sie in ihrer farbenfrohen Kleidung wie ein bunter Wirbelwind hinter den anderen Kindern her und ließ Elisabeth an der Tür stehen.

Einen Moment später trat Yasminas Mutter aus der Küche und näherte sich eilig der Haustüre. Die Frau war etwa in Elisabeths Alter und wirkte sehr beschäftigt. Eine sympathische, mollige Frau mit resoluten, mütterlichen Gesichtszügen, die ihr dunkelbraunes Haar praktisch kurz geschnitten trug. Ihre Bekleidung war bequem und zweckmäßig. Jetzt blickte sie die Besucherin aus gütigen, hellblauen Augen an und begrüßte sie freundlich:

»Guten Abend, wie kann ich Ihnen helfen?«

Elisabeth blickte überrascht auf Yasminas hellhäutige Mutter. Dann stellte sie sich vor.

»Guten Abend, mein Name ist Elisabeth Baumann, ich habe mich verfahren und wollte Sie fragen, wo es hier ein Zimmer gibt?«

»Ah, Sie sind aus Deutschland? Kommen Sie doch erst mal rein. So ein Zufall, ich heiße auch Elisabeth, nach meiner

Mutter! Da haben Sie aber Glück gehabt, dass Sie bei uns gelandet sind, wir haben nämlich Gästezimmer. Wenn Sie wollen, können Sie hier übernachten. Wir sind so viele, dass es auf eine Person mehr oder weniger nicht ankommt«, plauderte die mütterliche Person munter weiter.

Fast drängte sie dabei Elisabeth in ihre Küche, die von angenehmen Essensdüften erfüllt war. Das Zentrum der großen Küche wurde von einem riesigen Esstisch mit roher Holzplatte eingenommen. Elisabeth sah, dass an dem Tisch zwei Jungen und zwei Mädchen saßen. Auf dem Tisch stapelte sich ein buntes Durcheinander von Geschirr und halb aufgegessenen Mahlzeiten.

»Setzen Sie sich doch! Wollen Sie einen Kaffee? Wir haben auch noch was zu essen, Spaghetti mit Tomatensauce, oder Brot, Butter und Käse, wenn Ihnen das lieber ist!«

Mit diesen Worten schob Elisabeth ihre Namensgenossin zu der umfangreichen Eckbank hin, während sie gleichzeitig begann, schmutziges Geschirr vom Tisch zu räumen.

»Pjotr, Galina, helft mir, den Tisch abzuräumen!«, rief sie den Kindern munter zu.

Die beiden Angesprochenen ließen sich nicht lange bitten. Sofort standen sie auf und halfen beim Abräumen des Tisches. Flink wischte die Mutter die Tischplatte sauber und deckte für ihren neuen Gast. In kurzer Zeit stand ein einfaches, aber ausgezeichnetes Abendbrot vor Elisabeth, und sie begann, etwas befangen unter den Blicken der beiden kleineren Kinder, ein Butterbrot zu streichen. Die Hausfrau schien nicht weiter neugierig zu sein, sondern ließ Elisabeth erst einmal in Ruhe essen.

Ihr war nicht entgangen, dass der neue Gast aufgewühlt und mitgenommen war. Auch die bläulichen Schatten um die dunkelbraunen Augen der Frau waren ihr aufgefallen. Bestimmt hatte sie Sorgen und sollte erst einmal zu sich finden, bevor sie sich ausspräch – falls sie das wollte.

Die Frau des Hauses war Pädagogin und würde dank ihrer langjährigen Erfahrung als Erzieherin hier im Kinderdorf etwas für den Neuankömmling tun können. Wie viele Kinder und Jugendliche waren schon durch ihre Hände gegangen, die verstört und traumatisiert hier angekommen waren? Und nach einiger Zeit hatten sie sich alle erholt. Die Geborgenheit in einer familienähnlichen Gemeinschaft, das Zusammensein mit anderen Kindern, die sorgfältige Unterstützung durch die Pädagogen und nicht zuletzt die herrliche Gegend, in der die Kinder so viel toben und springen konnten, wie sie wollten, hatten stets Wunder gewirkt. Das Kinderdorf hatte bisher noch aus dem traurigsten, einsamsten Kind einen fröhlichen, kontaktfreudigen Menschen gemacht.

Elisabeth hatte es nie bereut, dass sie sich für diesen Beruf entschieden hatte. Gleich nach ihrem Studium in Deutschland war sie hierher in die Schweiz gekommen und arbeitete seitdem als Kinderdorf-Mutter. Der Verzicht auf eine eigene Familie war ihr nicht schwergefallen, da sie hier mehr Kinder als genug hatte. Zwar war die Arbeit anstrengend, aber von ihren Schützlingen bekam sie so viel Zuneigung und Liebe für ihre Mühen zurück, dass sie sich täglich in ihrer Berufswahl bestätigt sah. Außerdem hatte sie hier die Möglichkeit, so viel Gutes für die Erziehung und Entwicklung von jungen Menschen zu tun, wie sonst nirgends. Und dieses Wissen gab ihr ein Ausmaß an Bestätigung, das sie vielleicht in keinem anderen Beruf gefunden hätte. Meistens zeigte sie ein munteres, fröhliches und ausgeglichenes Wesen, was sich auf ihr Umfeld übertrug. So war sie sicher, dass sich die neu hinzugekommene Elisabeth in der freundlichen Umgebung bald entspannen würde. Aber wegen der Namensgleichheit musste man sich etwas einfallen lassen, so dachte sie, während sie den Geschirrspüler einräumte. Sie wandte sich an ihren Gast:

»Also, die meisten hier, die nicht Mama zu mir sagen, nennen mich Elli. Damit kann man uns beide eindeutig unterscheiden. Oder möchten Sie Ihren Namen auch abkürzen?«

Elisabeth dachte kurz nach, während sie ihren Brotbissen hinunterschluckte. Dann lächelte sie.

»Als Kind hat man mich Lisa genannt. Damit könnte ich mich anfreunden.«

»Gut, alles klar, Lisa, dann bleibt es dabei! Das hier sind übrigens meine Kinder, Galina, Pjotr, Theo und Donata.«

Die Kinder grüßten mit einem Lächeln. Lisa empfand es als angenehm, dass die Kinder nicht dazu gezwungen wurden, sie mit Handschlag zu begrüßen. Sie würden sich schon nach und nach miteinander anfreunden. Denn Lisa war inzwischen entschlossen, ein paar Tage in dieser wohltuenden Umgebung zu verbringen.

»Lisa, was halten Sie davon, wenn wir uns du sagen?«, fragte Elli. »Ich glaube, dass wir ungefähr gleich alt sind.«

Lisa freute sich über die unkomplizierte Art der Kinderdorf-Mutter und stimmte zu.

»Gerne. Bist du damit einverstanden, wenn ich ein paar Tage bei euch bleibe? Ich brauche etwas Ruhe. Das Zimmer bezahle ich natürlich im Voraus«, sagte Lisa.

»Ja, ja, über die Bezahlung reden wir später«, antwortete Elli. »Du kannst so lange bleiben, wie du magst.«

Später am Abend, nachdem Lisa das bescheidene Gästezimmer bezogen hatte, telefonierte sie mit Dieter. Sie durfte Ellis Telefon benutzen. Dieter gönnte ihr nicht einmal ein Handy, er hielt das für Luxus, da seine Frau ja sowieso niemanden kannte, so fand er. Lisa rief ihn an und teilte ihm knapp mit, dass sie wohlauf sei und bis auf Weiteres in der Schweiz bleiben würde, er solle sich keine Sorgen um sie machen. Bevor er sich in einen Wutanfall hineinsteigern konnte, legte sie auf und amüsierte sich dabei über ihre eigene Formulierung. Dieter solle sich keine Sorgen um sie machen. Als ob er das jemals getan hätte! Er machte sich höchstens um sich selbst Sorgen, und darum, ob sein eigenes Behagen sichergestellt war.

Dann legte sich Lisa schlafen, was ihr auf der harten Matratze erstaunlich gut gelang. Lisa fühlte sich in dem karierten Bettzeug wie als kleines Mädchen im Schullandheim. Alles war gut, sie war geborgen, und weit und breit war kein unzufriedener, nörgelnder Ehemann in Sicht. Mit diesem Gefühl schlief sie schließlich ein und wachte auch am nächsten Morgen damit auf.

Als sie zum Frühstück in die Küche herunterkam, herrschte dort schon muntere Geschäftigkeit. Die großen Kinder, die zur Schule mussten, beendeten gerade ihr Frühstück, während die kleinen noch am Essen waren. Theo verspeiste ein Wurstbrot, Donata und Yasmina löffelten ihr Müsli. Elli war dabei, für die Schulkinder Pausenbrote herzurichten.

»Guten Morgen, Lisa, hoffentlich hast du gut geschlafen«, rief ihr Elli zu. Setz dich doch zu uns und frühstücke. Kaffee kommt gleich!«

Auch die Kinder begrüßten den Gast munter. Lisa setzte sich zu den Kindern auf die Eckbank und fühlte sich in der fröhlichen Runde gleich wohl.

Nachdem die Schulkinder zur Schule und die Kleinen zum Kindergarten gegangen waren, räumten Elli und Lisa zusammen die Küche auf, und die beiden Frauen hatten dabei etwas Muße, sich zu unterhalten. Aus Lisa brach gleich der ganze Kummer heraus. Elli wirkte so vertrauenerweckend, dass sie ihr sofort erzählte, wie schlecht es ihr zu Hause ging und dass ihr Mann sie misshandelte. Elli äußerte sich zurückhaltend dazu, vermutete aber, dass es auf eine Trennung hinauslaufen würde. Unter den gegebenen Umständen schien dies für Lisa das Beste zu sein.

Später ging Lisa spazieren und schaute sich ein wenig um. Sie stellte fest, dass das Kinderdorf aus einer ganzen Reihe stattlicher, weißer Schweizerhäuser mit steilen Giebeldächern bestand. Zwischen den Häusern entdeckte sie einen Gemüsegarten, der schon winterlich bestellt war, und einen Teich. Auch ein gepflegter Spielplatz und ein Fußballfeld waren vorhanden. Außerdem schien es doch Tiere zu geben, da Lisa einen Stall und umzäunte Weiden entdeckte. Die zahlreichen Obstbäume waren schon abgeerntet und hatten ihr Laub größtenteils verloren. Auf den geschwungenen, grünen Hügeln lag ein Hauch von Schnee. Er musste in der Nacht gefallen sein. Auch das Hochgebirge, das im

Hintergrund mächtig aufragte, war weiß vom frischen Schnee. Lisa war angetan von der herrlichen Gegend und dem Kinderdorf. Alles sah sauber und aufgeräumt aus. Dies war mit Sicherheit ein Paradies für Kinder, und sie beneidete die Kleinen fast darum, in dieser idyllischen Gegend aufwachsen zu dürfen. Allerdings machte sie sich klar, dass die meisten von ihnen eine traurige Vorgeschichte hatten, wenn sie hierher kamen.

Lisa lächelte bei dem Gedanken, dass sie wohl nicht unbedingt in der Gegend angekommen war, in der die Handlung des Romans »Entscheidung am Monte San Giorgio« angesiedelt war. Natürlich hätte sie heute weiter zum Luganer See reisen können. Aber hier, bei Elli und den Kindern, fühlte sie sich so wohl, dass sie lieber bleiben wollte.

In der frischen Bergluft war ihr kalt geworden, da sie nicht die geeignete Kleidung für so raues Klima dabei hatte. Sie würde sich etwas Warmes von Elli ausleihen müssen. Lisa kehrte zurück, um sich in Ellis gemütlicher Küche aufzuwärmen. Die Kinderdorf-Mutter war bereits dabei, das Mittagessen vorzubereiten. Sie putzte Berge von Gemüse, und Lisa begann sogleich, Unmengen von Kartoffeln zu schälen. Bei der Arbeit unterhielten sich die Frauen ausgezeichnet.

»Bist du sicher, dass die Kinder das essen?«, fragte Lisa und zeigte auf den Berg von kleingeschnittenen Möhren und Brokkoli. »Meiner Erfahrung nach sind Kinder nicht so von Gemüse begeistert. Wie mein Mann Dieter übrigens auch. Der würde am liebsten jeden Tag nur Fleisch essen.«

»Ja, die Kinder essen das schon. Ich schneide aber noch eine ordentliche Portion Salami hinein. Dann wird der Eintopf für sämtliche Kinder gleich viel interessanter. Aber heikel ist hier keiner. Durch die viele Bewegung an der frischen Luft haben die Kleinen immer so großen Hunger, dass sie so ziemlich alles essen, was ich auf den Tisch bringe. Also auch einfachere Mahlzeiten. Dafür gibt es am Sonntag aber meistens einen Braten!«, plauderte Elli.

»Aber jetzt erzähl doch mal von dir. Dieser Dieter scheint ja ein schwieriger Fall zu sein. Wie bist du denn an dem hängen geblieben?«, fragte Elli vorsichtig.

Sie erfuhr, dass Lisa jung geheiratet hatte. Sie wollte weg vom Elternhaus, hatte sich aber nicht getraut, sich auf eigene Füße zu stellen. Und so war sie an Dieter geraten. Am Anfang war er ja nett gewesen. Außerdem sah er gut aus. Und als Ingenieur verdiente er gut, sodass er Lisa einen hohen Lebensstandard bieten konnte. Aber in ihrer Ehe hatte er sich verändert, war immer jähzorniger und schließlich gewalttätig geworden. Gerade weil sich Lisa so wenig zur Wehr setzte, provozierte sie, dass er sie immer schlechter behandelte. Lisa wusste inzwischen selbst, dass es ein Fehler gewesen war, ihn so bald zu heiraten. Sie hätte sich erst mal beruflich etablieren sollen, dann wäre sie in einer stärkeren Position gewesen. Und bei ihren Eltern fand sie keinen Rückhalt. Ihr Vater war schon längst gestorben, und ihre Mutter war der Meinung, als Ehefrau müsse Lisa ein Minimum an schlechter Behandlung nun mal aushalten.

Elli sagte nicht viel zu dem Thema. Selbst war sie unverheiratet und ging ganz in ihrer Arbeit als Kinderdorfmutter auf. Sie glaubte, keinen Anspruch darauf zu haben, einer verheirateten Frau Ratschläge zu erteilen. Aber Lisa würde bestimmt schnell selbst herausfinden, was gut für sie war, sobald sie etwas Abstand von zu Hause hätte und zur Ruhe fände.

»Wie bist du denn auf die Idee gekommen, vor deinem Mann in die Schweiz zu flüchten?«, erkundigte sich Elli.

»Das kam so. Ich fand ein altes Buch, das jemand weggeworfen hatte, und nahm es mit nach Hause. Dort fing ich gleich an, zu lesen. Es ist eine alte Geschichte, und die Handlung spielt in der Schweiz, am Luganer See. Dadurch bekam ich Lust, in die Schweiz zu fahren. Was mir aber besonders gefallen hat, ist die Widmung. Das Buch hat eine Elisabeth im Jahr 1952 zu Weihnachten geschenkt bekommen, und jemand, wahrscheinlich ihr Mann, hat eine Widmung hineingeschrieben«, berichtete Lisa.

Elli blickte ihre Namensgenossin nachdenklich an.

»Wie heißt das Buch?«, fragte sie.

»Entscheidung am Monte San Giorgio«, sagte Lisa.

»Ja, das Buch stand auch bei meinen Eltern im Schrank. Ich muss zugeben, dass ich es nie gelesen habe. Weißt du, dass meine Mutter auch Elisabeth geheißen hat? Sie ist leider vor vier Monaten gestorben. Ich war natürlich zur Beerdigung in Deutschland, aber um die Haushaltsauflösung konnte ich mich nicht kümmern, da ich hier nicht weg konnte, wegen der Kinder. Ich bin froh, dass unser ältester Bruder sich darum gekümmert hat.« Es klang, als ob Elli deswegen ein schlechtes Gewissen hätte.

»Tut mir echt leid, dass deine Mutter gestorben ist«, murmelte Lisa.

In dem Gespräch der beiden Frauen trat eine Pause ein.

»Ich zeig dir jetzt mal das Buch«, sagte Lisa schließlich.

Nachdem sie es aus ihrem Zimmer geholt hatte, legte sie das Buch vor Elli auf den Tisch. Die wischte sich ihre Hände an der Schürze sauber, nahm sie das Buch und schlug es auf. Lächelnd las sie die Widmung.

»Meiner lieben Elisabeth, Weihnachten 1952, ja, das hat mein Vater geschrieben. Ich erkenne seine elegante Handschrift«, sagte Elli. »Damals waren sie noch nicht lange verheiratet. Es war erst meine älteste Schwester, Ulrike, auf der Welt. Kurz nach dem Krieg hatten sie noch nicht viel. Meine Mutter muss sich unheimlich über das Buch gefreut haben, da sie eine leidenschaftliche Leserin war. Allerdings hat sie bei vier Kindern zu wenig Zeit zum Lesen gehabt.«

»Das ist ja ein komischer Zufall, dass ich das Buch gefunden habe und dass es mich ausgerechnet zu dir geführt hat! Du sollst es auf jeden Fall behalten, da es das rechtmäßige Eigentum von dir und deiner Familie ist. Auch wenn es dein Bruder weggeworfen hat«, sagte Lisa.

»Dann kommst du also aus meiner Heimatstadt. Hast du schon immer dort gelebt?«, fragte Elli.

»Ja, ich bin dort geboren und habe immer dort gelebt. Aber es ist ja eine große Stadt. Die Wahrscheinlichkeit, dass wir uns kennenlernen, war also gering«, sagte Lisa.

Elli löste sich schnell aus ihrer nachdenklichen Stimmung.

»Na, umso besser, dass es jetzt passiert ist. Wer weiß, wozu es gut ist, dass uns das Buch zusammengeführt hat? Also, für dich bedeutet es jedenfalls einen Neuanfang!«, stellte sie munter fest.

»Hoffentlich«, murmelte Lisa. »Ich weiß allerdings nicht, wie ich das anstellen soll. Am liebsten würde ich als Erzieherin arbeiten, so wie du! Ich hätte gerne eigene Kinder gehabt, aber Dieter war dagegen. Und so würde es mir entgegenkommen, wenn ich beruflich etwas mit Kindern machen könnte. Ich habe mich nur bisher nie getraut, es auszuprobieren. Aber mein Bürojob macht mir auf Dauer keine Freude mehr. Glaubst du, dass für mich eine Möglichkeit besteht, zumindest vorübergehend hierzubleiben und mit dir oder deinen Kolleginnen zusammenzuarbeiten?«

Elli überlegte.

»Da wir immer wieder Praktikanten beschäftigen, dürfte es kein Problem sein, dich für eine Zeit als Praktikantin zu übernehmen«, sagte sie schließlich. »Darüber müsste ich mit meinen Vorgesetzten und mit den anderen Erzieherinnen sprechen beziehungsweise Erziehern. Bei uns gibt es auch Kinderdorf-Väter, stell dir vor!«

Lisa lächelte. Hier taten sich ganz neue Perspektiven auf. Am Vortag hatte sie noch keine Idee davon gehabt, wie es weitergehen sollte. Und jetzt sah sie dank dieser freundlichen Menschen hier plötzlich eine Möglichkeit, sich neu zu orientieren. Allerdings würde dieser Schritt jede Menge Mut von ihr fordern. Und falls sie sich dafür entscheiden würde, für immer hierzubleiben, wäre dies mit Komplikationen verbunden. Aber so weit war es ja noch nicht. Zunächst würde es erst einmal darum gehen, ein Praktikum zu absolvieren, und anschließend würde sie weitersehen.

Dieter war außer sich. Wie konnte sie nur! Einfach ins Blaue hinein davonzufahren, noch dazu mit seinem Zweitwagen! Er hätte sich unendlich über die Dummheit seiner Frau aufregen können. Aber er kannte sie nicht anders. So war sie schon immer gewesen. Wenn sie einmal eine Entscheidung traf, war sie garantiert spontan und unüberlegt.

Damals, als er sie kennengelernt hatte, war er von ihrer kindlichen Naivität ganz angetan gewesen. Er hatte geglaubt, sich und ihr damit etwas Gutes zu tun, dass er sich ihrer annahm. Einer musste sich schließlich um sie kümmern, wenn sie schon nicht auf eigenen Füßen stehen konnte. Aber inzwischen ging ihm ihre Unselbstständigkeit nur noch auf die Nerven. Dabei liebte er Elisabeth und konnte sich nicht vorstellen, ohne sie zu leben.

Dass er neulich so grob zu ihr gewesen war, tat ihm inzwischen leid. Gleichzeitig ärgerte er sich immer noch über ihre Unvernunft, das was andere Leute weggeworfen hatten, nach Hause zu schleppen! Dieter legte größten Wert auf Ordnung und Sauberkeit. War etwas unreinlich, hatte er Angst, davon krank zu werden. Dieters Auto war ein Symbol seines ausgeprägten Ordnungssinns. Es handelte sich um einen peinlichst gepflegten Garagenwagen.

Dieter saß in dem Mercedes und raste mit überhöhter Geschwindigkeit auf der Autobahn Richtung Schweiz. Zum Glück hatte ihm seine Frau bei ihrem Telefongespräch am Vorabend mitgeteilt, wo sie sich aufhielt. Sie war einfach nicht raffiniert genug, ihm etwas zu verheimlichen. In die Schweiz! Auf die Idee war sie bestimmt wegen des dämlichen, vergammelten Buches gekommen. Na, wenigstens waren die Schweizer ein ordentliches Volk, dachte er erleichtert.

Wie gut, dass er in der Arbeit kurzfristig Urlaub bekommen hatte. Er hatte eine schwere Erkrankung seiner Ehefrau als Vorwand benutzt, da es ihm peinlich gewesen war, zuzugeben, dass er seine flüchtige Gemahlin einfangen musste. Geistesgegenwärtig hatte er Elisabeth auch an ihrem Arbeitsplatz krankgemeldet. Dort hatte man sich ein wenig gewundert, da sie sich ja selbst bereits krankgemeldet hatte. Warum nur rief ihr Mann auch noch deswegen an? Sprachen die beiden nicht miteinander? Elisabeths Chefin hatte sich dann aber keine weiteren Gedanken mehr über dieses widersprüchliche Verhalten gemacht. Sie wusste wenig über Elisabeths Privatleben und hatte auch kein Interesse daran.

Im Kinderdorf waren inzwischen die Kinder aus der Schule gekommen, und Elli hatte mit dem Auto eine Fuhre voll Kleinkinder aus dem Kindergarten abgeholt, was sie mit einem Einkauf verbunden hatte. Alle Kinder hatten sich auf ihre Häuser verteilt. Anschließend verputzte Ellis Familie mit großem Appetit den Eintopf. Die größeren Kinder mussten dann nochmals zum Nachmittagsunterricht in die Schule, während die kleineren Lisa mit ins Gelände schleppten, um ihr alles zu zeigen. Zusammen mit einer Kinderschar war sie auf dem Spielplatz, dann hatten alle Lust auf einen großen Spaziergang über die Wiesen und Felder, und danach durfte Lisa die kleine Ponyherde bewundern, die den Stall bewohnte. Nachdem die Tiere ausgiebig gestreichelt und gestriegelt worden waren, wurden sie zum Grasen auf die Koppel geführt. Erst, als es zu dämmern begann, hatten die Kinder genug und wollten nach Hause gehen.

Lisa bewunderte die Kinder für ihre Ausdauer und ihre Bewegungsfreude. Sie kannte nur Stadtkinder, die ihre Freizeit am liebsten vor dem Computer verbrachten. Die Beschäftigung mit der fröhlichen, ausgeglichenen Kinderschar hatte ihr unheimlich gutgetan, ganz zu schweigen von der Bewegung an der frischen Luft. Außerdem hatte sie inzwischen bereits zwei weitere Erzieherinnen und einen Erzieher kennengelernt und war angetan davon, welches Engagement diese Leute bei all ihrer zur Schau getragenen Lässigkeit vermittelten.

In diesem Umfeld fühlte sie sich pudelwohl und verstand spontan, warum das Kinderdorf für Kinder aus schwierigen Verhältnissen eine Wohltat sein musste. Immer klarer sah sie, dass sie selbst sich in einer sozialen Aufgabe engagieren wollte. Dabei war ihr bewusst, dass es nicht einfach werden würde. Sie war nicht mehr so jung, und es würde anstrengend werden, nochmals von vorne anzufangen.

Ärgerlich fragte sie sich, warum sie es nicht schon früher probiert hatte. Aus Furcht, beantwortete sie sich selbst ihre Frage. Furcht davor, wie Dieter reagieren würde. Furcht, ihren Lebensstandard einschränken zu müssen. Und Furcht vor dem Scheitern. Aber jetzt war sie an dem Punkt, es trotz aller Vorbehalte zu wagen. Und als die anderen Erwachsenen sahen, wie gut Lisa mit den Kindern klarkam, redeten sie ihr zu, ein Praktikum zu beginnen. Am besten hier, bei ihnen, im Kinderdorf.

Lisa lächelte bei der Vorstellung, sich jeden Tag um Yannick kümmern zu können. Der dunkelhäutige kleine Junge war das Sorgenkind aus dem Haus »Regenbogen« und der Einzige, dem man eine seelische Beeinträchtigung auf den ersten Blick anmerkte. Yannick war still und zurückhaltend und sprach kaum, obwohl er schon vier Jahre alt war. Er wirkte ängstlich und niedergeschlagen. Zu Lisa hatte er aber Vertrauen. Auf dem Rückweg zum Dorf legte er seine kleine, braune Faust in Lisas Hand und schaute mit seinen großen Augen, die so schwarz wie Kaffeebohnen waren, zu ihrem Gesicht auf. Die Frau mit dem dunkelblonden, zum Zopf geflochtenen Haar und den freundlichen Zügen gefiel ihm.

Es war schon fast dunkel, als Lisa und die Kinderschar die Ansiedlung erreichten. Herbstlicher Nebel war aufgezogen. Nachdem die Kinder die widerstrebenden Ponys in den Stall geführt hatten, waren alle erhitzt, hungrig und munter. Dass sämtliche Schuhe mit Schlamm überzogen waren, tat der Fröhlichkeit keinen Abbruch. Die letzten Meter bis zu den Häusern rannten sie. Lisa, an jeder Hand ein Kind, rannte und lachte mit.

In dem Moment, als sie Ellis Haus »Sternschnuppe« erreichten, bog ein Wagen auf den Hof ein. Lisa sank in sich zusammen, als sie Dieters Auto erkannte. Sie hatte damit gerechnet, dass er sie finden würde, hatte aber gehofft, es würde nicht so schnell passieren. Schon öffnete sich die Türe auf der Fahrerseite, und Dieter sprang heraus. Mit seinen eleganten Schuhen landete er direkt in einer schlammigen Pfütze. Dieter fluchte. Als er Lisa entdeckte, fuhr er sie an:

»Bist du verrückt geworden, du dumme Kuh, was fällt dir ein, einfach abzuhauen?«

Er gestikulierte wild mit beiden Armen und schien auf Lisa einschlagen zu wollen. Yannick versteckte sich hinter ihr. Die anderen Kinder zuckten zurück. Yasmina lief ins Haus, um Elli zu holen. Dieter packte seine Frau am Kragen ihrer Jacke und zerrte sie hin und her.

»Antworte gefälligst, wenn ich dich was frage! Was denkst du dir eigentlich dabei, einfach abzuhauen? Du wirst deinen Job verlieren!«

»Das wäre nicht mal das Schlechteste«, sagte Lisa, die endlich ihre Sprache wiedergefunden hatte und Yannicks Hand fest drückte.

»Spinnst du, du dumme Kuh, wir brauchen das Geld! Oder glaubst du, dass ich dich durchfüttern will, eine Person, die zu nichts nütze ist? Du bist nichts und du kannst nichts, es war der größte Fehler meines Lebens, dich zu heiraten! Wenn ich dich nur bei deinen nichtsnutzigen Eltern gelassen hätte, wo du hingehörst, dann könnte sich deine Mutter bis auf den heutigen Tag mit deiner Blödheit und deinen Launen herumschlagen, anstatt dass ich dich am Hals habe!« Dieter ging schließlich der Atem aus.

»Ich verlasse dich!«, sagte Lisa mit erstaunlich fester Stimme.

Dieter lachte höhnisch.

»Und wie willst du das machen? Du kommst doch keinen halben Tag ohne mich klar, unbeholfen, wie du bist! Ein hilfloseres Frauchen als dich hat die Welt noch nicht gesehen ...«

In diesem Moment kam Elli, von Yasmina alarmiert, aus dem Haus und unterbrach den Wortschwall des wütenden Ehemannnes. Sie hatte einen großen Teil der Vorwürfe mit angehört, die auf Lisa eingeprasselt waren.

»Jetzt ist es aber genug. Sie sollten sich Ihrer Frau gegenüber etwas mäßigen«, sagte Elli in ruhigem Ton.

»Wer sind Sie denn? Halten Sie sich gefälligst da raus! Ich wüsste nicht, was es Sie angeht, wie ich mit meiner Frau rede!«

»Es geht mich sehr wohl etwas an, da Lisa meine Freundin ist. Sie hat mir erzählt, wie Sie mit ihr umgehen, dass Sie sie schlagen. Und mit Ihrem Auftritt hier bestätigen Sie ja alles, was Lisa mir gesagt hat. Leute Ihres Schlages kenne ich zur Genüge, das können Sie mir glauben! In diesem Fall gibt es für Lisa ganz offensichtlich nur einen richtigen Schritt, nämlich, sich von Ihnen zu trennen!« Elli nickte Lisa aufmunternd zu.

Durch Ellis sicheres Auftreten war Dieter tatsächlich etwas der Wind aus den Segeln genommen.

»Meine Frau heißt Elisabeth, nicht Lisa«, wandte er trotzig ein.

»Also entweder kommst du jetzt sofort mit mir nach Hause, oder du kannst unsere Ehe vergessen!«, brauste er schließlich wieder auf.

»Dieter, vielleicht kommst du erst mal rein, und wir reden drinnen in Ruhe über alles«, schlug Lisa schüchtern vor.

»Das kommt ja überhaupt nicht in Frage!«, warf Elli ein. »Dein Mann sucht sich im nächsten Dorf eine Übernachtungsmöglichkeit. Morgen früh fährt er wieder nach Hause, und zwar ohne dich! Du bleibst hier bei uns, da wir dich brauchen!«

Selbstbewussten Frauen gegenüber war Dieter erstaunlich gehemmt. Er wagte es nicht mehr, Elli Widerstand zu leisten, und ging zurück zu seinem Auto. Beim Einsteigen bemühte er sich darum, möglichst wenig Schmutz mit den Schuhen ins Innere seines kostbaren Wagens zu tragen.

»Ich komme morgen früh wieder!«, brüllte er plötzlich, als er schon im Wagen saß. Dann brauste er davon, wobei die Autoreifen eine beträchtliche Schlammfontäne aufspritzen ließen.

Inzwischen war es ganz dunkel geworden. Die beiden Frauen waren erleichtert, den Störenfried losgeworden zu sein. Lisa musste erst mal Yannick trösten, der durch Dieters Szene verstört war. Er weinte und drängte sich ängstlich an Lisas Beine. Als er sich etwas beruhigt hatte, brachten ihn Elli und Lisa nach Hause. Anschließend verbrachten sie einen ruhigen Abend mit essen, Hausaufgaben mussten erledigt werden, und Lisa konnte Galina beim Lernen von Englischvokabeln helfen. Danach spielte sie noch ein wenig mit Theo, Donata und Yasmina, bevor diese ins Bett gingen. Schließlich unterstützte sie Elli bei der Hausarbeit.

»Du bist mir eine große Hilfe. Zu zweit schafft man einfach viel mehr weg, sodass wir früher Feierabend machen können«, sagte Elli erleichtert.

Später plauderten die beiden noch ein wenig bei einer Tasse Tee und kamen wieder auf Lisas Zukunftsperspektive zu sprechen. Elli war jetzt sicher, dass für Lisa die Trennung von Dieter das einzig Richtige sei und redete ihr dementsprechend zu. Auch Lisa war sich inzwischen fast sicher. Trotz des unangenehmen Auftritts von Dieter schlief Lisa in der folgenden Nacht gut.

Der nächste Morgen verlief ähnlich wie der vorhergehende. Lisa empfand die Routine des Lebens in einer Großfamilie wohltuend und nahm wahr, wie sicher sie sich mittlerweile in dem geborgenen Umfeld fühlte. Das würde sie sich von Dieter nicht mehr kaputtmachen lassen. Wie selbstverständlich beteiligte sie sich an dem Alltag im Kinderdorf und war erleichtert, dass Dieter nicht mehr aufgetaucht war. Allerdings kannte sie seine Hartnäckigkeit. Er würde wieder kommen. Lisa fürchtete sich vor der nächsten Konfrontation und wusste nicht, wie sie ihren Standpunkt durchsetzen sollte. Sie beschloss, jeden ungestörten Moment, der ihr vor der großen Auseinandersetzung blieb, zu genießen.

Am frühen Nachmittag streifte sie wieder zusammen mit den Kindern durch das weitläufige Gelände des Kinderdorfes. Lisa war überrascht, wie viele Freiheiten man den Kindern hier ließ. Die Erzieher schienen großes Vertrauen in das Verantwortungsbewusstsein ihrer Schützlinge zu setzen. Die Größeren passten wie selbstverständlich auf die Kleinen auf. Schließlich sammelten sich alle um die Ponykoppel. Die kleinen, gutmütigen Pferdchen mit dem struppigen Winterfell und den zotteligen Mähnen waren bei den Kindern sehr beliebt. Hier taute auch Yannick auf und fütterte sein Lieblingspony, das kleine dicke mit dem weißbraun gescheckten Fell, mit einer Mohrrübe. Schließlich hatte er genug und ergriff Lisas Hand.

»Teich«, sagte er und lächelte schüchtern. Dann zog er seine neue Freundin zu dem kleinen See, der idyllisch inmitten eines kleinen Wäldchens lag. Lisa und Yannick traten auf den kleinen, morschen Holzsteg hinaus, der weit in das stille Gewässer hineinreichte. Der Spiegel des kleinen Sees lag dunkel und unbewegt in dem kalten Herbstnachmittag da. Allein einige Enten in der Mitte des Sees verursachten eine geringe Bewegung der Wasseroberfläche. Vereinzelt schwammen goldgelbe Blätter im Wasser. Yannick hockte sich still auf dem Steg nieder und begann, noch mehr Blätter als Schiffchen im See schwimmen zu lassen. Lisa behielt ihn im Auge, stand mit verschränkten Armen da und genoss die ruhigen Minuten, während sie über das stille Gewässer hinblickte. Wieder dachte sie über ihre Zukunft nach.

»Hier treibst du dich also rum! Endlich finde ich dich!«

Lisa zuckte zusammen, als sie die wohlbekannte Stimme hörte, und fuhr herum. Dieter näherte sich mit großen, ungestümen Schritten und brachte den Steg zum Erzittern. Auch Yannick blickte auf. Ach, wieder der böse Mann, der seine neue Freundin gestern so angeschrien hatte. Den konnte er nicht leiden! Yannick setzte sein Spiel fort und versuchte, sich dabei möglichst unsichtbar zu machen – eine Kunst, die er perfekt beherrschte. Gleichzeitig hörte er aufmerksam zu, was die Erwachsenen sprachen.

Dieter packte Lisa am Arm. Auf dem Steg hatte sie keine Möglichkeit, ihm auszuweichen.

»Du kommst jetzt sofort mit und wir fahren nach Hause!«

»Lass mich los! Ich komme nicht mit! Du hast mir gar nichts zu befehlen!«

Der Mann zerrte Lisa am Arm hin und her und drängte sie immer mehr dem Ende des Stegs zu.

»Pass auf den Jungen auf«, stieß Lisa mühsam hervor und versuchte gleichzeitig, sich von Dieter loszureißen. Yannick schaute entsetzt zu dem tobenden Mann auf und wich zurück.

Der Junge stürzte über die Kante des Stegs ins Wasser und ging sofort unter.

»Yannick!«

Lisa riss sich mit Gewalt von Dieter los und sprang hinter dem Kind her. Als das Wasser über ihr zusammenschlug, erschien es ihr unerträglich kalt. Einen Moment lang war Lisa geblendet. Dann öffnete sie unter Wasser die Augen und suchte nach dem Kind. Gleichzeitig hörte sie, dass Dieter neben ihr ins Wasser sprang. Da! Lisa entdeckte den Jungen einige Meter unterhalb. Er sank wie ein Stein in die dunkle Tiefe. Schnell tauchte sie ihm nach und packte ihn an der Kapuze seiner roten Jacke. Während sie ihn nach oben zerrte, spürte sie, wie sie von Dieter gepackt wurde. Für einen Augenblick dachte sie, er wolle sie in die Tiefe stoßen. Stattdessen zog er sie zur Wasseroberfläche hinauf.

Die beiden Erwachsenen tauchten gleichzeitig auf und schnappten krampfhaft nach Luft. Dann wuchteten sie zusammen den bewusstlosen Jungen auf den Steg. Dieter zog sich auf die Planken hinauf und half dann seiner Frau, aus dem Wasser zu klettern. Er begann sofort, das Kind wieder zu beleben.

»Schnell! Hol Hilfe, den Notarzt!«, schrie er Lisa zu. Sie rannte, so gut es ihr mit den nassen Kleidern am Körper möglich war, zum nächsten Haus.

Als der Rettungswagen eintraf, atmete Yannick bereits wieder. Mit geschlossenen Augen lag er keuchend in Dieters Armen, der ihn zum Haus getragen hatte. Dieter übergab den Kleinen den Sanitätern, die sich sofort um ihn kümmerten. Lisa und Dieter fuhren zusammen mit Yannick ins Krankenhaus. Außer dem Schrecken hatten die beiden Erwachsenen keinen Schaden davongetragen und durften nach wenigen Stunden wieder nach Hause. Nur Yannick musste über Nacht im Krankenhaus bleiben und wurde gründlich untersucht. Körperlich schien er unbeschadet, aber zu seiner bereits bestehenden psychischen Belastung kam nun noch der Schock hinzu, beinahe ertrunken zu sein. Es blieb abzuwarten, wie er damit zurechtkommen würde.

Obwohl alle daran gewöhnt waren, dass im Kinderdorf ab und zu kleinere Unfälle geschahen, herrschte diesmal große Aufregung. Ein Kind war in Lebensgefahr geraten! Die anderen Kinder mussten noch lange über das Ereignis sprechen und machten sich Sorgen um Yannicks Zustand. Es dauerte, bis alle von ihren Erziehern einigermaßen beruhigt worden waren. Auch Elli brauchte lange, bis sie ihre ganze Kinderschar ins Bett gebracht hatte. Und dann musste sie Lisa trösten.

Elli seufzte leise. Es würde eine kurze Nacht werden, und morgen ging schließlich die Arbeit weiter. Aber Lisa brauchte ihre Unterstützung, und so saßen die beiden Frauen mitten in der Nacht im Haus »Sternschnuppe« im Wohnzimmer. Der Kachelofen verbreitete wohlige Wärme, und die beiden Frauen hatten es sich bei gedämpftem Licht auf dem riesigen Sofa mit dem abgewetzten, blassroten Stoffbezug bequem gemacht. Lisa hatte sich in ihre geliebte orangebraune Wolldecke gewickelt, die sie mitgebracht hatte. Beide tranken eine späte Tasse Kaffee. Lisa wollte ihrer neuen Freundin etwas sagen, wusste aber nicht recht, wie anfangen.

»Das, was heute passiert ist ... also, es ist wirklich entsetzlich, und es hätte einfach nicht passieren dürfen! Ich habe nicht gut genug auf den Kleinen aufgepasst, und wegen mir wäre er beinahe ertrunken!«, begann Lisa.

Elli dachte nach.

»Du solltest dir keine Schuldgefühle einreden. Es ist nun einmal passiert, wir können es nicht mehr rückgängig machen. Und wir müssen nun alle mit den Folgen des Unfalls weiter leben, allen voran Yannick. Schuldzuweisungen nützen nichts, davon wird es nicht mehr ungeschehen. So, wie du mir den Hergang erzählt hast, trifft dich überhaupt keine Schuld. Schließlich hat dich dieser Dieter durch seine Grobheiten abgelenkt, sodass du nicht mehr weiter auf den Jungen aufpassen konntest. Wenn überhaupt jemand an dem Unfall schuld ist, dann dieser Dieter! Wer weiß, vielleicht hat er Yannick sogar ins Wasser gestoßen?«

»Nein, das hat er definitiv nicht. Er hat den Jungen nicht angerührt, nur mich. Aber Yannick ist wahrscheinlich vor Angst zurückgewichen und dabei ins Wasser gefallen.«

Lisa verbarg ihr Gesicht in den Händen.

»Ach Gott, das ist alles meine Schuld! Nicht auszudenken, wenn er ertrunken wäre!«

»Aber er lebt!«, wandte Elli ein. »Und ihr beiden habt ihn gerettet. Du solltest dir klarmachen, dass das eine tolle Leistung war, besonders von dir.«

Lisa weinte. Elli dachte, es wäre für sie vielleicht doch besser gewesen, im Krankenhaus zu bleiben. Lisa schien immer noch unter Schock zu stehen. Schließlich stand Elli auf und holte aus der Küche eine Flasche mit Melissengeist. Davon goss sie einen großen Schluck in Lisas Kaffeetasse.

»Da, trink das, und dann gehen wir schlafen. Es ist höchste Zeit.«

Mithilfe dieses unkonventionellen Beruhigungsmittels konnte Lisa tatsächlich gut schlafen und wachte am nächsten Tag erholt auf. Heute würde allerdings mit Sicherheit wieder eine Konfrontation mit Dieter anstehen, der nach der Rückkehr aus dem Krankenhaus in sein Hotel gefahren war. Lisa hoffte, dass sie ihn endlich dazu bringen konnte, nach Hause zu fahren – ohne sie. Und tatsächlich: Kaum hatten die Kinder das Haus verlassen, um zur Schule zu gehen, stand auch schon Dieter in der Tür. Er trug eine etwas seltsame Zusammenstellung an Kleidung, da die besseren Stücke offensichtlich am Vortag mit ihrem Besitzer zusammen ins Wasser gefallen waren. Elli öffnete die Tür und begrüßte ihn zurückhaltend.

»Guten Morgen. Was kann ich für Sie tun?«

Dieter brauste auf.

»Sie wissen genau, was ich will! Ich will mit meiner Frau sprechen!«

»Jetzt hören Sie mal gut zu! Nach dem, was sie Lisa und dem Jungen gestern angetan haben, sollten Sie sich endlich einmal zusammennehmen und ausnahmsweise nicht den wilden Mann spielen! Was glauben Sie eigentlich, wer Sie sind? Bilden Sie sich wirklich ein, dass Lisa einen Herrn und Gebieter braucht, der ihr bei jeder Gelegenheit sagt, was sie zu tun und zu lassen hat? Das ist ein Irrtum! Lisa weiß selbst am besten, was für sie gut ist, und Sie sollten sie vielleicht endlich einmal tun lassen, was sie für richtig hält. Nur so hat sie eine Chance, zu sich selbst zu finden. Lisa hat hier ihre Bestimmung gefunden, und Sie haben kein Recht dazu, sie an ihrer Entfaltung zu hindern.«

Elli holte Atem und wollte ihre Predigt fortsetzen, aber im gleichen Moment tauchte Lisa hinter ihr auf.

»Lass gut sein, Elli. Dieter und ich machen einen Spaziergang und reden über alles. Nicht wahr, Dieter?«

Dieter war kleinlaut. Ellis Strafpredigt hatte ihm zu denken gegeben. War er wirklich so schlimm? Es schien tatsächlich so zu sein, sogar kleine Kinder fürchteten sich vor ihm. Er reichte Lisa ein Buch, das er als Geschenk mitgebracht hatte. Lisa blickte auf den Titel. Es handelte sich um einen schnöden, modernen Liebesroman, nicht zu vergleichen mit einem wirklich guten Buch wie »Entscheidung am Monte San Giorgio«. Den Wälzer hatte er bestimmt für wenig Geld in der Lobby seines Hotels gekauft. Dieter hatte es noch nie verstanden, passende Geschenke für sie zu finden.

»Wie hübsch.«

Ihr Sarkasmus prallte von Dieter ab. Mit einer gelangweilten Geste legte Lisa den Schmöker beiseite. Dann machte sich das

Ehepaar auf den Weg Richtung Ponykoppel. Den Teich mieden sie. An diesem Morgen war klares Wetter, der Himmel strahlend blau. Es war empfindlich kalt, und beide zogen ihre Jacken fest um sich. In einem der kahlen Obstbäume krächzte eine einsame Elster. Mann und Frau schwiegen. Dieter wusste nicht, wie er das Gespräch anfangen sollte, und Lisa war nicht dazu bereit, ihm zu helfen. Schließlich raffte er sich auf:

»Also, das gestern, mit dem Kind, das tut mir wirklich leid, ich bin da ausgerastet ...« Lisa antwortete nicht. »Aber mit deiner ewigen Sturheit und Unvernunft treibst du einen ja zum Äußersten! Du brauchst dich also nicht zu wundern, wenn so was passiert!«

Lisa atmete heftig ein. Also, das war ja das Letzte! Schon wieder begann er, ihr Vorwürfe zu machen.

»Das ist doch jetzt hoffentlich nicht dein Ernst?«, begann sie mit ungewohnter Schärfe. »Du willst also mir ganz allein die Schuld in die Schuhe schieben für das, was gestern passiert ist? Das lasse ich mir nicht mehr von dir gefallen! Wenn du mich nicht angegriffen hättest, wäre auch Yannick nicht ins Wasser gefallen, weil ich dann weiter hätte auf ihn aufpassen können! Du allein bist also schuld an dem Unfall. Aber das ist wieder mal so was von typisch für dich, mich für alles verantwortlich zu machen, anstatt selbst die Verantwortung für den Mist zu übernehmen, den du baust!« Lisa steigerte sich mehr und mehr in ihre Wut hinein, die sich über Jahre angestaut hatte. »Aber damit ist jetzt Schluss! Unsere Ehe ist zu Ende. Ich werde nicht mit dir nach Hause fahren, sondern hierbleiben. Ich werde hier ein Praktikum machen und anschließend eine Ausbildung als Erzieherin. Ich will endlich etwas Sinnvolles machen und mit Kindern arbeiten. Und wir werden uns scheiden lassen.«

Lisa war froh, dass sie ihre Gedanken so nachdrücklich ausgesprochen hatte. Dadurch schien ihre Zukunftsvision gleich viel greifbarer zu werden. Sie öffnete die Stalltür für die Ponys, die freudig auf ihre sonnige Weide hinausliefen und eine Runde im

Galopp drehten. Dann begannen sie, zu grasen. Wie schön es war, frei zu sein.

Lisa und Dieter hatten sich nicht mehr viel zu sagen. Dieter konnte sich eine letzte Kränkung nicht verkneifen:

»Immerhin solltest du mir zugutehalten, dass ich dir geholfen habe, das Kind aus dem Wasser zu ziehen! Allein hättest du das nie geschafft!«

Lisa erwiderte nichts. Schweigend kehrten sie zum Haus »Sternschnuppe« zurück, und Dieter reiste ab.

»Du hörst dann von meinem Anwalt«, war alles, was er Lisa zum Abschied zu sagen hatte.

»Und du von meinem«, konterte sie. Dann war er fort.

Lisa war wie erlöst. Für einen Moment hielt sie ihr Gesicht der spätherbstlichen Sonne entgegen. Dann wandte sie sich zur Tür um und betrat ihr neues Zuhause. Bestimmt konnte sie sich drinnen nützlich machen, und später, wenn die Kinder von der Schule zurück waren, würden sie zusammen Yannick besuchen. Lisa hoffte, dass er das Krankenhaus schon heute verlassen durfte.

Die rote Bucht

Der Aufstand wurde mit jedem Jahr größer. Vor wenigen Jahren noch hatte die Weltöffentlichkeit kaum davon Notiz genommen, was sich jedes Jahr in einer kleinen Bucht des Pazifischen Ozeans abspielte. Dabei hatten die Tierschutzorganisationen durchaus von der jährlichen Treibjagd auf die Delfine gewusst, beobachteten und dokumentierten sie regelmäßig. Aber erst seit Ric O'Barrys ambitionierter Dokumentation »Die Bucht« war weltweit eine breitere Öffentlichkeit auf die Ereignisse aufmerksam geworden. So wurde der Wirbel um den kleinen, bisher kaum bekannten Küstenort immer größer.

Takeo hatte es dermaßen satt! Er wollte doch nur in Ruhe seiner Arbeit als Fischer nachgehen und wie in den letzten zwanzig Jahren seine Familie und sich selbst ernähren. Diese verrückten Umweltschützer brachten ihn und seine Kollegen ganz durcheinander, behinderten, wo es nur ging, seine Crew bei der Arbeit und betrieben Sabotage. Obwohl die örtliche Polizei ihre Präsenz verstärkt hatte, um die Fischer vor den Verrückten zu schützen, wurde alles immer schwieriger. Die Aktivisten verschafften sich trotz Absperrungen durch Maschendraht und Zäune Zugang zu der Bucht, filmten und fotografierten ständig und versuchten permanent, die Leute in Gespräche zu verwickeln und durch Sprechchöre zu belästigen. Und jedes Jahr wurden es mehr!

Takeo hätte gute Lust gehabt, sich eine neue, ganz andere Arbeit im Binnenland zu suchen. Aber hier hatte er einen sicheren, gut bezahlten Job, auch wenn er selbst seine blutrünstige Arbeit nicht liebte. Aber wer fragte danach, wenn die Kinder zu Hause Ansprüche stellten? Und schließlich wollte er, dass seine beiden Söhne und seine Tochter es einmal besser hatten als er. So blieb er bei der Fischerei, um mit seinem Verdienst eine gute Ausbildung für die Kinder finanzieren zu können.

Aber heute war es entsetzlich! Während Takeo an diesem frischen, windigen Wintermorgen zur Mole hinabging, wurde er bereits von einer ganzen Meute von Aktivisten umringt. Er sah kein einziges asiatisches Gesicht in der Gruppe. Es schienen ausschließlich Europäer oder Amerikaner zu sein. Takeo fragte sich, ob diese Leute nichts Besseres zu tun hatten, als für teures Geld in ein japanisches Nest zu reisen, nur um ein paar Delfine zu schützen, die sie letztendlich doch nicht vor dem sicheren Tod bewahren konnten. Denn er und seine Männer leisteten ganze Arbeit.

Eine volle Fangflotte würde auslaufen, um Schwärme von Delfinen in die Bucht von Taiji zu treiben. Der infernalische Lärm des Sonars würde die Tiere so kopflos machen, dass sie in ganzen Scharen in ihr Verderben schwimmen würden. Wären sie erst einmal in der Bucht, würde man sie mit riesigen Netzen einkesseln. Es gäbe kein Entkommen. Takeo und seine Männer würden dann die Beiboote setzen und mitten in das Getümmel von panischen Delfinen hineinfahren.

Es war gerechtfertigt, dass sein Job so gut bezahlt wurde, fand er. Schließlich ging er ein hohes Risiko ein, sich diesem Chaos aus um sich schlagenden und verrücktspielenden Tieren auszusetzen. So mancher gute Mann war bei dieser gefährlichen Arbeit schon über Bord gegangen und schwer verletzt worden. Takeo machte sich ein paar abfällige Gedanken über die Dummheit der Delfine. Selbst schuld, wenn sie getötet wurden! Wer verlangte schließlich von ihnen, sich zusammentreiben und in ein Netz sperren zu lassen? Wenn sie nur einigermaßen gewitzt wären, würden sie sich gar nicht erst in die Nähe der tödlichen Falle jagen lassen. Aber umso besser für ihn und seinesgleichen, schließlich verdiente er gut mit seiner Arbeit. Obwohl er den Teil des Jobs hasste, der nach dem Zusammentreiben der Tiere folgte.

Zunächst mussten die guten Tiere für die Delfinarien ausgesondert werden: Junge Delfine, die besonders hübsch gefleckt waren, oder mit etwas Glück sogar ein rosiger kleiner Albino-Delfin. Es war schwierig, die guten Delfine aus der Masse von panischen Artgenossen auszuwählen und herauszufangen, ohne sie dabei zu verletzten. Aber mit diesem Teil der Arbeit war am meisten verdient, da die Delfinarien gut bezahlten. Und schließlich verlangten sie weltweit regelmäßigen Nachschub, da ihr Verbrauch hoch war. Eingepfercht in winzige Bassins, wurden die Delfine, die an die Weite der Weltmeere gewöhnt waren, bald krank, vegetierten dahin und starben. Und so mussten stets neue her. Ein lukratives Geschäft, an dem viele gut verdienten, nicht zuletzt Takeo.

Zwei Mann mussten den Delfin, der für zu wertvoll befunden worden war, um der menschlichen Ernährung zu dienen, in ein Netz wickeln und gemeinsam aus dem Wasser hieven. Dann musste das gefangene Tier möglichst schnell auf den Fischkutter gebracht werden, wo es bis zum Weitertransport in einem kleinen Container mit Seewasser zwischengelagert wurde. Diese Arbeit war diffizil und beanspruchte mehrere Stunden, oft einen ganzen Tag. Meistens ließen Takeo und seine Crew dann die übrigen gefangenen Tiere, die zum Töten vorgesehen waren, über Nacht im Netz und erledigten den unangenehmsten Teil der Arbeit am nächsten Morgen.

Oder zukünftig vielleicht in der Nacht, wenn der Wirbel um die Aktivisten noch schlimmer würde. Dann wäre der größte Teil der Schlächterei schon vorbei, bis die Verrückten versuchten, sich einzumischen. Auf die Idee, nachts zu stören, waren sie bisher noch nicht gekommen. Vermutlich, weil diese verweichlichten Langnasen nicht auf ihren Schlaf verzichten konnten. Takeo lächelte schadenfroh. Die hatten es gerade nötig, Tiere, die zum Essen bestimmt waren, vor dem Schlachten schützen zu wollen, und selbst hielten sie nicht mal ein bisschen Jetlag aus! Würde ihnen nicht schaden, mal etwas Delfinfleisch zu essen; das machte stark. Sah man ja an ihm selbst, weil er sich regelmäßig davon ernährte.

Takeo war von der harten Arbeit als Fischer, die er von frühester Jugend an tat, gestählt. Auch wenn sich in letzter Zeit bei ihm erstaunlich früh erste Alterserscheinungen bemerkbar machten: ein leichtes Nachziehen des linken Beins, unkontrolliertes Zucken des linken Augenlids, überhaupt eine Schwäche auf der gesamten linken Körperhälfte. Auch die Zähne wackelten. Takeo achtete nicht darauf. Er war eben keine zwanzig mehr.

Da waren schon wieder die Verrückten! Eine ganze Meute davon stellte sich zwischen ihn und die Mole. Wer die nur auf das Gelände gelassen hatte? Die Fremden bewegten sich aufgeregt auf ihn zu und schrien unverständliches Zeug. Wenn nur seine Mitarbeiter schon da wären! Takeo blieb stehen und blickte zurück. In der Ferne, bei den Fabrikhallen, sah er eine Gruppe von Männern, das musste seine Crew sein. Wohlweislich hatten sie sich bis jetzt von der See ferngehalten, um der Konfrontation mit den Tierschützern aus dem Wege zu gehen, und ihren Chef alleine ins Messer laufen lassen.

Eine hübsche, blonde Aktivistin stürzte direkt auf ihn zu. Sie war blutjung, kaum älter als der größere von Takeos Söhnen. Er konnte nicht umhin, den Mut der jungen Frau zu bewundern. Britta war außer sich vor Verzweiflung. Die Hilflosigkeit, womöglich nichts gegen das bevorstehende Gemetzel tun zu können, machte sie verrückt.

»Warum tun Sie das? Was denken Sie sich dabei, diese wunderbaren Tiere einfach abzuschlachten? Schämen Sie sich denn gar nicht?«, schrie sie ihm ins Gesicht.

Takeo hatte den genauen Wortlaut nicht verstanden in dem Geschrei der Menschenmenge und dem Tosen des auffrischenden Windes.

»Warum mischen Sie sich in unsere Angelegenheiten? Die westliche Welt hat genug eigene Probleme, um die sie sich zuerst kümmern sollte.« Takeo versuchte höflich zu bleiben, wenn schon diese ungezogene, kleine Langnase nicht dazu in der Lage war, die mindesten Regeln zwischenmenschlichen Umgangs zu wahren.

Britta blickte wütend auf Takeos undurchdringliche Gesichtszüge. Die vermeintliche Gleichgültigkeit dieser schlitzäugigen Mondgesichter machte sie rasend!

»Wissen Sie denn nicht, wie intelligent und feinfühlig diese Tiere sind? Können Sie sich denn nicht vorstellen, wie entsetzlich es für die Delfine sein muss, in einem Netz gefangen zu werden? Und dann wird ihnen auch noch bei lebendigem Leib der Bauch aufgeschlitzt, bis sie sich in ihrem eigenen Blut wälzen!« Brittas Stimme war bei diesen Worten immer lauter und schriller geworden.

Takeo wich zurück, da sie versucht hatte, ihn an seinem Overall zu packen. Brittas Mitaktivisten, eine Schar junger Männer, versuchten behutsam, sie von dem Fischer wegzuziehen und sie zu beruhigen. Takeo verneigte sich leicht und suchte schwerfällig nach Worten. Er war es nicht gewohnt, sich in englischer Sprache zu artikulieren.

»Sie in Ihrer Heimat schlachten doch auch Schweine, Kühe, Hühner. Diese Tiere leiden genauso. Bitte um Ihre Höflichkeit, sich nicht in Nippons Angelegenheiten einmischen zu wollen, und außerdem: Delfine sind selbst Jäger, und sehr grausam zu ihren Beutetieren.«

»Das ist doch überhaupt kein Argument! Darauf können Sie sich nicht hinausreden!« Britta war jetzt völlig außer sich.

Erleichtert atmete Takeo auf, als endlich die Polizei kam. Ein großes Aufgebot von Beamten kreiste die Aktivisten ein und drängte sie vom Gelände. Takeo hoffte, dass sie nicht inhaftiert würden. Das wünschte er weder der hübschen Blonden noch den anderen jungen Leuten. Dann machte er sich an die Arbeit. Endlich war auch seine Crew zu ihm gestoßen. Es wurde Zeit, dass sie es hinter sich brachten. Der Wind frischte mehr und mehr auf, die See wurde immer aufgewühlter. Auch hatte es zu schneien begonnen.

João war völlig erschöpft. Kaum, dass er sich noch zum Atmen über Wasser halten konnte. Zusammen mit mehreren hundert Artgenossen war er seit dem Vortag in einem riesigen Fischernetz eingesperrt. Zuerst hatten er und die anderen noch gekämpft und sich gewehrt, aber mittlerweile hatten sie dazu keine Kraft mehr. Viele von Joãos Freunden und Familienmitgliedern waren schon vor Ermattung ertrunken und auf den Meeresgrund gesunken. Andere Delfine waren von den seltsamen, bunten Lebewesen aus dem Wasser gehoben und in kleinen Booten fortgebracht worden.

João kannte Boote und Schiffe, davon hatte er auf hoher See schon viele gesehen. Bisher war allerdings noch nie Gefahr von ihnen ausgegangen. Unbeschwert und frei konnte man stundenlang auf den Bugwellen der Schiffe reiten, und die bunten Wesen, die sich auf den Schiffen aufhielten, freuten sich immer über den Anblick der Delfine. So hatte João, der erst eineinhalb Jahre alt war, die Weite der Weltmeere genossen und noch niemals schlechte Erfahrungen mit Schiffen bzw. den sich darauf befindlichen Lebewesen gemacht. Bis gestern.

Ahnungslos war er mit einer großen Schule von Delfinen dahingeschwommen. Es handelte sich nicht nur um seine Familie, sondern um weitläufige Verwandtschaft und Freunde. Die Delfine, die sich zu einem Schwarm zusammengefunden hatten, gehörten sogar verschiedenen Arten an. Damit hatten diese geselligen Nomaden der Hochsee überhaupt kein Problem. Behände jagten sie dahin, suchten nach Fischen, die sie verspeisen konnten, und genossen die pfeilschnelle Fortbewegung im Wasser.

Bis die Tiere plötzlich von einem unheimlich lauten, nicht enden wollenden Geräusch gepeinigt wurden. Das Sonar der Fischkutter war für die lärmempfindlichen Tiere eine Qual. Viele von ihnen versuchten, den Kopf aus dem Wasser zu heben, um ihr Gehör vor dem entsetzlichen Geräusch zu schützen. Durch das Sonar wurden die Delfine so verwirrt, dass sie die Orientierung verloren. Für die Fangflotte war es einfach, den konfusen Schwarm in die Nähe der Bucht zu treiben und schließlich in einem Netz einzukesseln, das sich immer enger um die Tiere zusammenzog.

Mit dem unbeschwerten Wellenreiten war es vorbei. João rief panisch nach seiner Mutter und den anderen Familienmitgliedern, aber in dem unüberschaubaren Gewühl aus silbrig grauen Leibern verlor er seine Familie sofort aus den Augen. Und in dem Durcheinander aus entsetzten Schreckensrufen von hunderten Delfinen war es unmöglich, Rufkontakt zu halten.

Nach der ersten Attacke durch die Fischerboote, die einige Delfine entführt hatten, hörten die übrigen schließlich irgendwann auf, zu kämpfen und um sich zu schlagen. Für den Moment schienen sie schließlich sicher zu sein. Man musste nur aufpassen, dass man in dem Gedränge aus Gefangenen nicht unter die Wasseroberfläche gedrückt und ertränkt wurde. Ansonsten war es erträglich, auch wenn sich allmählich Hunger einstellte. João beruhigte sich etwas. Sobald es hell wäre, würde er versuchen, seine Mutter zu finden. Jetzt konnte er auch wieder nach ihr rufen, da die anderen Tiere nicht mehr so verzweifelt durcheinanderschrien.

Plötzlich kamen allerdings die Fischerboote wieder. Sie schienen den Delfinen nicht wohlgesonnen zu sein. Anstatt einzelne Tiere lebend auszusondern, begannen die bunten Lebewesen auf den Booten diesmal, einen Delfin nach dem anderen umzubringen. João bemerkte entsetzt, dass sich das Wasser um ihn zusehends rot färbte, schrie seinen Mitgefangenen eine verzweifelte Warnung zu und versuchte, zum Rand des Netzes zu schwimmen.

Beinahe hätte er es geschafft, den Rand mit einem elastischen Schwung seines muskulösen Körpers zu überwinden, als sich ein Fischhaken in seine Seite bohrte. João wurde gewaltsam auf den Rücken gedreht, und ein Messer schlitzte seinen Leib von vorne bis hinten auf. Blut und Eingeweide ergossen sich ins Meer.

Britta hatte sich wieder Zugang zu dem Sperrgebiet verschafft. Nachdem sie und ihre Mitaktivisten von der Polizei entfernt worden waren, hatte sie sich von den anderen getrennt, was in dem allgemeinen Chaos nicht aufgefallen war.

Britta war klein und wendig und hatte sich im Gebüsch unsichtbar gemacht. Dann hatte sie eine Stelle gesucht, an der sie den Drahtzaun überwinden konnte. In dem felsigen Gelände war dies keine leichte Aufgabe gewesen. Britta hatte sich die Knöchel verstaucht und Gesicht und Hände am Gebüsch zerkratzt. Schließlich war es ihr durch eine gewagte Kletterpartie gelungen, einen Felsen zu erklimmen, der so nahe am Gitterzaun stand, dass sie diesen übersteigen konnte. Welch ein Glück, dass die Japaner keinen Stacheldraht verwendet hatten.

Aufgepeitscht durch eine Überdosis Adrenalin, war Britta zu allem entschlossen. Zügig kletterte sie das felsige Steilufer hinab, um zu der Bucht zu gelangen, in welcher das Gemetzel stattfand. Zwar hatte sie keine Ahnung, was sie tun sollte, wenn sie am Strand unten wäre, aber ihr würde schon etwas einfallen! Und wenn es nur darum ging, die Schweinerei zu dokumentieren. Die Digitalkamera baumelte an einem Trageriemen um Brittas Hals, zusammen mit dem Feldstecher. Auf alle weiteren Ausrüstungsgegenstände hatte sie verzichtet.

Inzwischen war das Steilufer jedoch bereits von einer dünnen Schneeschicht bedeckt. Obwohl Britta Bergschuhe trug, kam sie mehr als einmal ins Rutschen. Als sie schon fast unten war, stürzte sie und legte die letzten paar Höhenmeter rollend zurück. Dabei prellte sie sich die Rippen und schlug mit dem Hinterkopf gegen einen Felsen. Mühsam richtete sich Britta auf, betastete die Beule an ihrem Kopf und blickte zur See.

Sie war zu spät gekommen! Entsetzt erkannte sie, dass das Wasser der Bucht bereits blutrot war. Durch den Feldstecher sah sie in der Mitte der Bucht die eingekesselten und verzweifelt kämpfenden Delfine, und dazwischen die Fischerboote. Zwar hatten die Japaner die Boote diesmal mit Plastikplanen als Sichtschutz umhüllt, aber Britta wusste nur zu gut, was sich dahinter abspielte. Irgendetwas musste geschehen, und wenn es nur ein Zeichen war, das von ihr gesetzt würde!

Schwer humpelnd suchte Britta das Ufer ab. Schließlich entdeckte sie ein kleines Ruderboot, das in einem Einschnitt des Steilufers vertäut lag. Für eine so kleine Nussschale war der Seegang zu hoch, aber Britta traute sich die Herausforderung zu. Sie löste das Tau, kletterte in das Boot, stieß vom Ufer ab und ruderte los. Kaum hatte sie allerdings abgelegt, merkte sie, dass sie sich zu viel zugemutet hatte. Die Wogen spielten mit der Nussschale wie mit einem Stück Treibholz und überschütteten Britta mit rosafarbenem Gischt.

»Delfinblut, wie schrecklich!«, dachte sie.

Gleichzeitig entdeckte sie mehrere ertrunkene Jungtiere im Wasser. Britta versuchte, wieder zurück zum Ufer zu rudern, als das Boot kenterte und die junge Frau ins Meer kippte. Britta hielt sich für eine gute Schwimmerin, aber gegen die aufgewühlte, eisige See hatte sie keine Chance. Sie schaffte es nicht, sich an dem gekenterten Boot festzuhalten, ebenso wenig gelangte sie zurück zum Ufer, obwohl es in greifbarer Nähe schien. Nach kurzem Kampf war Britta völlig ausgekühlt und ging unter.

Schnell füllten sich ihre Lungen mit blutigem Salzwasser. Während des Ertrinkens umarmte sie, bereits ohne Bewusstsein, ein totes Delfinbaby. Kein Mensch hatte Brittas Untergang bemerkt.

Gegen Abend waren endlich alle gefangenen Delfine getötet, die ausgeweideten Körper waren geborgen worden, und für diesmal war die blutige Arbeit erledigt. Takeo war froh darüber, dass endlich Feierabend war. Als er spät in der Nacht aufs Festland zurückgekehrt war, fühlte er sich ungeheuer erleichtert. Heute würde er kein Delfinfleisch zur Abendsuppe essen, nur Reis und Gemüse.

Seine neurologische Störung war in dieser Nacht besonders schlimm; schwerfällig humpelte er an der Mole entlang. Wie gut, dass Wochenende war. Die Nacht würde er in der Baracke für die Fischer verbringen und am nächsten Morgen mit dem Zug nach Hause reisen. Bei seiner Familie würde er etwas Ruhe finden. Erleichtert stellte er fest, dass keine Tierschützer oder Journalisten mehr unterwegs waren, da sie vor der Kälte der Winternacht geflohen waren. Takeo hätte heute keine weitere Konfrontation mehr mit ihnen ertragen.

Takeo konnte seinen Beruf nicht mehr lange ausüben. Wenige Jahre später wurde er so krank, dass er sich vorzeitig zur Ruhe setzen musste. Er litt unter ständigen Schmerzen und vielfältigen Lähmungserscheinungen, war völlig kraftlos und hinfällig. Auch sein Erinnerungsvermögen kam ihm zusehends abhanden. Schließlich wurde er zum Pflegefall. Als Takeo starb, war es eine Erlösung.

Postum wurde ihm viel Anerkennung durch seine Vorgesetzten zuteil, die Takeos vorbildliches Pflichtbewusstsein lobend hervorhoben. Schließlich war er, als ihn die geheimnisvolle Krankheit schon stark beeinträchtigt hatte, noch lange Zeit unter großer Mühe seiner Arbeit nachgegangen. Er hatte geglaubt, sein Gesicht wahren zu müssen. Takeos Minamatakrankheit, die in der Region kein Einzelfall war, wurde durch seinen Arbeitgeber selbstverständlich geheim gehalten.

Als Joãos Bauch aufgeschlitzt worden war, starb der Delfin so schnell, dass er nichts davon merkte. Die einzige Veränderung, die er wahrnahm, war, dass er nun plötzlich in viel wärmerem Wasser schwamm als vorher. Es war auch viel sauberer und schien durchstrahlt von einer feurigen Morgenröte, wie er sie bisher noch nie gesehen hatte. João wollte auftauchen, um die Morgenröte von der Wasseroberfläche aus zu beobachten. Aber befand er sich denn überhaupt im Wasser?

Plötzlich kamen ihm Zweifel an der Art des Elements, das ihn umgab. Auch sein Körper war nicht mehr so wie früher. Aber war es denn ein Körper? João stellte fest, dass er denken, fühlen und sich erinnern konnte. Auch Bewegung war möglich, aber viel schneller als in seinem bisherigen Leben. Er brauchte sich den Ortswechsel nur vorzustellen, und schon war dieser vollzogen.

Allein war João auch nicht: Er fühlte, mehr als dass er sie sah, andere Wesenheiten um sich. Sie ähnelten am ehesten dem Leuchten, das manche Lebewesen der Tiefsee verbreiteten. Mehrere dieser freundlichen Kreaturen näherten sich ihm blitzschnell, umringten ihn und begrüßten ihn. João wusste nicht, ob es Delfine oder andere Lebewesen waren, aber das schien keine Rolle zu spielen.

Erstaunt bemerkte er, dass er sich mit den Wesen verständigen konnte, ohne dass sie einander etwas zurufen mussten. Die von den anderen ausgesandten Gedanken teilten sich ihm mühelos mit. Und so erfuhr er sogleich, dass er in einer besseren Welt gelandet war und hierbleiben durfte. João war entzückt von seiner neuen Lebensweise. Die neue Körperlosigkeit war eine große Erleichterung für ihn, obwohl er seinen schnittigen Delfinkörper durchaus geschätzt hatte.

»Gibt es hier keinen Fisch?«, fragte er in die Runde seiner neuen Freunde.

Die anderen übermittelten ihm ein Lachen.

»Bem-vindo, João! Wir leben in der nicht materiellen Welt. Hier brauchst du nichts mehr zu essen. Dadurch musst du auch keine anderen Lebewesen mehr töten. Genieße einfach dein Leben und lass es dir gut gehen!«

Das ließ sich João nicht zweimal sagen. Neugierig erkundete er seine neue Umgebung. Es gab hier keine Dinge oder Landschaften, aber unzählige dieser wohlwollenden Geistwesen waren um ihn. An Gesellschaft schien es also nicht zu mangeln. Das Licht in diesem gesegneten Gewässer – oder was immer es auch sein mochte – changierte in allen Farben des Regenbogens. Außerdem waren João und seine Gefährten von himmlischen Düften und herrlichen Klängen umgeben, wie er sie von seinem früheren Leben her nicht kannte. Er schien im Paradies gelandet zu sein! João wäre am liebsten vor Freude im hohen Bogen aus dem Wasser gesprungen. An den neuen, körperlosen Zustand hatte er sich noch nicht gewöhnt.

In diesem Moment sank eine zartgelb leuchtende Wesenheit auf ihn zu. Sie wirkte ratlos und schien neu hier zu sein. João erinnerte sich daran, wie herzlich er gerade empfangen worden war, und folgte dem Beispiel der Alteingesessenen. Zusammen mit ein paar anderen Geistwesen umringte er die Zartgelbe und begrüßte sie freundlich.

»Wo bin ich denn hier?«, fragte Britta. »Ich muss ertrunken sein!«

»Mach dir keine Sorgen, das kann dir hier nie wieder passieren! Du bist in einer nicht materiellen Welt gelandet, in der es kein Wasser gibt. Mach es dir einfach bequem und genieße dein Dasein«, erklärte einer der Anwesenden.

Britta erschrak.

»Aber ich wollte doch die Delfine retten! Jetzt kann ich meine Aufgabe in der Welt nicht mehr erfüllen! Und das, wo ich doch noch so jung bin! Ich wollte außerdem noch studieren, und dann – was ist mit meiner Familie? Werde ich meine Eltern und Geschwister nie mehr wiedersehen?«

Brittas zartgelbes Leuchten vermittelte Trauer.

Ein anderes Geistwesen, das große Weisheit ausstrahlte, versuchte sie zu trösten.

»Es war wirklich edelmütig von dir, die Delfine retten zu wollen. Und von deinen ehemaligen Artgenossen, den Menschen, ist es ein großes Unrecht, so mit den Tieren umzugehen. Ich weiß, wovon ich rede, da ich mein irdisches Leben als Schwein in einem Schlachthof der Menschen beendet habe. Aber darüber brauchst du dir hier wirklich keine Gedanken mehr zu machen! Das hast du jetzt überstanden. Deine Familie und Freunde werden dich zweifellos sehr vermissen, aber sie werden den Schmerz überwinden. Und ehe du dich versiehst, bist du wieder mit ihnen vereint, da sie sterben und dann auch zu uns stoßen werden!«

Britta schien etwas getröstet, aber nicht ganz zufrieden mit dem, was ihr der Schweine-Geist berichtet hatte.

»Aber wenn es von uns Menschen ein Unrecht ist, Tiere zu töten, was ist dann mit den Pflanzen? Das sind ja schließlich auch Lebewesen! Es hat mich schon immer gestört, dass wir Menschen dazu gezwungen werden, uns von anderen Lebewesen zu ernähren!«

Der Schweine-Geist war nicht auf einen philosophischen Diskurs vorbereitet. Im Allgemeinen waren die Neulinge so glücklich über ihr neues Leben, dass sie die Missstände ihres vorigen Daseins sofort vergaßen.

»Äh, darüber kann ich dir keine Auskunft geben. Da musst du jemand anderen fragen.«

Mit dieser Aussage war Britta zwar keineswegs zufrieden, aber ehe sie nachhaken konnte, näherte sich João.

»Herzlich Willkommen, Britta. Ich bin João. Vor Kurzem war ich noch ein Delfin, und es sind viele andere von meiner Spezies hier. Wir danken dir, dass du dich für uns eingesetzt hast. Genieße einfach dein neues Dasein und erfreue dich an der Schönheit dieser Welt!«

Britta näherte sich ihm, voller Freude darüber, dass sie sich mit einem dieser wunderbaren Delfine plötzlich mühelos verständigen konnte. Aber noch ließen sie die Schrecken ihres vorigen Daseins nicht los.

»Hier sind also viele Delfine? Das heißt doch, dass in dieser verdammten Bucht unzählige von euch umgebracht worden sind! Ich kann es immer noch nicht fassen!«

João schwieg, da er nicht wusste, wie er Britta trösten sollte.

»Die irdische Welt scheint ein Ort voller Leiden zu sein«, sagte er schließlich. »Wie schön, dass wir das hinter uns haben und jetzt in einer besseren Welt leben dürfen. Freu dich doch einfach darüber!«

Britta ließ die neue Umgebung auf sich wirken, das Gefühl der Schwerelosigkeit, die köstlichen Düfte und die wunderbare Musik.

»Ganz nett, ja, aber auf die Dauer ein wenig langweilig, oder? Ist hier nicht mehr los?«

Eine mitfühlende Wesenheit hatte vernommen, was Britta gesagt hatte, und näherte sich besorgt.

»Man merkt, dass du noch deinem alten Leben verhaftet bist. Dies wird sich aber bald ändern. Finde dich einfach in dein neues Dasein ein, und bald wirst du nichts mehr vermissen. Und wir alle hier werden dich dabei unterstützen!«

Damit gab sich Britta schließlich zufrieden. Ihr wurde bewusst, welche Leichtigkeit und Unbeschwertheit die Körperlosigkeit mit sich brachte. Schwungvoll katapultierte sie sich von dem blass orangefarbenen Bereich in die dunkelviolette Zone der nicht materiellen Welt. João folgte ihr. Britta lachte.

»So ist das also, wenn man im Jenseits ist! Etwas Besseres hätte mir gar nicht passieren können, als mit ein paar netten Delfinen zusammen auf einer Wolke zu sitzen. Fehlt nur noch, dass du Harfe spielst.«

João verstand Brittas Witz nicht, übermittelte seiner neuen Freundin aber trotzdem ein Lächeln.

In diesem Moment tauchte aus einem nebelgrauen Bereich eine düstere Wesenheit auf, von der ein klägliches Leuchten ausging. Der Neuankömmling näherte sich Britta und João zögernd und verströmte Melancholie. Die beiden Freunde und weitere Geistwesen umringten ihn. Das Begrüßungsritual wiederholte sich:

»Konnichiwa Takeo!«

»Konnichiwa«, erwiderte Takeo und versuchte, sich leicht zu verneigen, was ihm in seiner immateriellen Gestalt jedoch nicht möglich war.

Diese einfache Geste der Höflichkeit war ihm bereits in den letzten paar Jahren seines irdischen Lebens abhanden gekommen, da er wegen seiner Erkrankung zum Pflegefall geworden war. Nicht nur die qualvollen Schmerzen, sondern auch der Gesichtsverlust wegen seiner Hilflosigkeit hatten ihn gepeinigt. So fühlte er im Moment unendliche Erleichterung darüber, von seinem Körper befreit zu sein, auch wenn er sich in seiner neuen Umgebung noch nicht recht orientieren konnte.

Bevor er hier angekommen war, hatte er bereits eine lange Reise durch eine öde, düster graue Landschaft aus wabernden, lichtlosen Nebelschwaden zurückgelegt. Am meisten hatte ihn dort die absolute Einsamkeit bedrückt, sodass er hoch erfreut war, endlich andere Lebewesen zu finden. Takeo bemerkte sogleich, dass ihm die anderen ihre Gefühle direkt mitteilen konnten, und er verfügte selbst über diese Fähigkeit. Seine freundlichen Absichten wurden sofort verstanden, ohne dass er sich verneigen musste. Wie angenehm!

»Würden Sie so freundlich sein, meiner Wenigkeit mitzuteilen, in welch gastfreundlichen Gefilden ich nach langer, einsamer Reise Unterschlupf gefunden habe?«

Die Alteingesessenen sandten Takeo ein Lächeln.

»Die Förmlichkeiten kannst du ab sofort vergessen! Hier bei uns sind wir alle ganz ungezwungen. Mach es dir einfach bequem und genieße dein neues, unbeschwertes Dasein!«, rief Britta, die sich mittlerweile eingelebt hatte.

»Aber ich bin sehr krank und bedarf der Pflege«, wandte Takeo ein.

»Deine Krankheit hast du zusammen mit deinem früheren Leben zurückgelassen. Hier in der nicht materiellen Welt brauchst du dir über körperliche Schmerzen keine Gedanken mehr zu machen«, erklärte ihm eine ehemalige Sardine, silbrig schimmernd.

»Welche Krankheit hattest du denn?«, fragte João voller Mitgefühl.

»Die Ärzte diagnostizierten bei mir die Minamatakrankheit. Früher war ich Fischer. Dadurch habe ich natürlich während meines ganzes Lebens viel Fisch und andere Meeresfrüchte gegessen. Erst, als sich bei mir die Vergiftung mit Quecksilber bemerkbar machte, stellte ich fest, dass dies ein Fehler gewesen war. Aber es war zu spät! Die Nervenschäden waren bereits so weit fortgeschritten, dass ich bald bettlägerig und zum Pflegefall wurde.

Offensichtlich bin ich jetzt gestorben, da ich mich hier bei euch so wohl fühle, wie schon lange nicht mehr. Ich würde es sehr begrüßen, hierbleiben zu dürfen«, antwortete Takeo unbefangen. Dass sein neuer Bekanntenkreis aus den Opfern seiner früheren Arbeit bestehen könnte, kam ihm nicht in den Sinn.

Viele Wesenheiten, die früher Fische und andere kleinere Meerestiere gewesen waren, blickten den ehemaligen Fischer erschrocken an und erinnerten sich an das unvermeidliche Fressen und Gefressenwerden der irdischen Welt. Wie gut, dass sie das hinter sich gelassen hatten!

João schwieg und dachte an die vielen Fische, die er selbst in seinem irdischen Leben konsumiert hatte. Plötzlich näherte sich Britta dem trist graufarbenen Takeo-Geist und versuchte, ihn in der Art einer Amöbe zu umfließen.

»Bist du etwa dieser japanische Fischer, der zusammen mit seinen Komplizen Hunderte und Aberhunderte von Delfinen abgeschlachtet hat?«

Bei diesen Worten blitzte sie grell auf und schien ähnlich einer Supernova zu explodieren. Takeo fühlte Wellen heiligen Zorns, die sie ihm entgegenschleuderte.

»Aber das ist Jahre her!«, versuchte er sich zu rechtfertigen.

»Ich war vor meinem Tod aus gesundheitlichen Gründen schon viele Jahre nicht mehr berufstätig. Und damals konnte ich nicht anders, da ich ja schließlich leben musste und eine Familie zu ernähren hatte!«

Britta staunte, dass sich die Jahre von Takeos Krankheit in der nicht materiellen Welt auf ein Nichts reduziert hatten. Offensichtlich spielte die irdische Zeit im Jenseits keine Rolle mehr.

»Das ist doch nur eine Ausrede! Es gibt auch noch andere Arten, seinen Lebensunterhalt zu verdienen, ohne dass man dabei Tiere abschlachtet!«

Britta schien ihre Auseinandersetzung, die sie mit Takeo in der roten Bucht begonnen hatte, unvermindert heftig fortsetzen zu wollen. Auch in der besseren Welt war sie unversöhnlich.

Takeo schwieg. Wie sollte er ihr erklären, dass er als junger Mann einer Familientradition gefolgt war und den Beruf ergriffen hatte, den seine Eltern ihm zugedacht hatten? Und dass ihm der Gehorsam seinen Eltern gegenüber wichtig gewesen war, so wichtig, wie es sich die Menschen der westlichen Welt einfach nicht vorstellen konnten? Außerdem: Schonte denn die westliche Welt Tiere? Keineswegs, aber Takeo war zu höflich, um Britta wieder damit zu konfrontieren. Noch dazu, wo sie im Jenseits waren. Er war der Meinung, man solle die alten Geschichten ruhen lassen.

Britta sah das nicht so.

»Du entschuldigst dich jetzt gefälligst bei allen Delfinen, die du umgebracht hast! Und genauso bei allen Fischen! Das ist ja das Mindeste, was du tun kannst!«

Takeo schlug betrübt nach mattgrau um. João war dem Gespräch gefolgt und mischte sich nun ein:

»Lass gut sein, Britta! Takeo konnte eben nicht anders, genauso wie ich, der ich im Meer einfach nur meiner Natur gefolgt bin. Auch ich habe unzählige Fische getötet. Hast du denn, als du am Leben warst, nie Fleisch gegessen, Wollpullover oder Lederschuhe getragen oder sonst etwas aus Tieren Hergestelltes verbraucht?«

Britta gab es zu.

»Trotzdem!«, begehrte sie auf. »Delfine sind einfach viel zu intelligent, um als Nahrung auf unseren Tellern zu landen!«

Hier stimmte João absolut mit Britta überein.

»Da hast du recht! Aber du musst bedenken, dass wir jetzt an einem besseren Ort sind als der Erde. Offensichtlich sind wir hier der irdischen Gesetzmäßigkeiten enthoben und stehen alle auf der gleichen Stufe. Daher sollten wir uns unsere früheren Fehler gegenseitig verzeihen und uns versöhnen!«

»Du hörst dich an wie von der Heilsarmee«, wandte Britta ein.

Ehe João sich erkundigen konnte, was sie mit »Heilsarmee« meinte, wurden sie jedoch plötzlich von einer unüberschaubaren Menge von Geistwesen in allen nur erdenklichen Farben umringt. Die Wesenheiten leuchteten vor Freude und schienen einen Reigen um Britta, João und Takeo zu vollführen. Schließlich jubelten sie enthusiastisch:

»João, du Edelster unter den Edlen! Wir preisen dich dafür, dass du die Gesetze der besseren Welt so schnell verstanden hast! Du bist einer der unseren!«

Mit diesen Worten bezogen sie Britta, João, Takeo und alle weiteren Anwesenden in ihren leuchtenden Tanz mit ein, wirbelten vor Freude wie ein farbenfroher Tornado immer schneller um sich und katapultierten sich schließlich in die nächsthöhere Dimension, in welcher reine Liebe herrschte.

Danksagung

Ich danke meinen Mentoren Edith Dilber und Michael Krause dafür, dass sie meine ersten schriftstellerischen Schritte gefördert und mich beständig dazu ermuntert haben, weiter zu schreiben.

Außerdem bedanke ich mich bei Barbara Clausnitzer, Dr. Jürgen Diemer, Petra Drenk, Adriana Gerz, Alois Krieg, Inge Marxreiter, Martina Oberreit, Karin Junker und Peter Zeitler für die Unterstützung meiner Schriftstellerei und den Beitrag an kreativen Ideen – eine Fundgrube der Inspiration.

Ich danke Klaus Sollinger vom Scripta Literatur-Studio für die Ermutigung, dieses Buch zu veröffentlichen, weiter für das sorgsame Lektorat, die geduldige Beantwortung meiner Fragen und dafür, mir erklärt zu haben, wie ein Buch überhaupt entsteht.